로크미디어가
유혹하는
재미있는 세상

싱크

싱크 15

2017년 2월 27일 초판 1쇄 인쇄
2017년 3월 3일 초판 1쇄 발행

지은이 현민
발행인 이종주

기획 팀 이기헌 송윤성 왕소현
책임 편집 이세종

발행처 (주)로크미디어
출판등록 2003년 3월 24일
주소 서울시 마포구 성암로 330 DMC첨단산업센터 3층 314호
Tel (02)3273-5135 **Fax** (02)3273-5134
홈페이지 rokmedia.com **E-mail** rokmedia@empas.com

값 8,000원

ISBN 979-11-5999-809-6 (15권)
ISBN 979-11-255-8684-5 04810 (세트)

싱크

15

†현민 게임 판타지 장편소설†

로크미디어

CONTENTS

구출

버려진 지하 도시.

김현은 뾰족한 탑 꼭대기에 서서 팔짱을 낀 채 아래를 노려보고 있었다.

'저건 아닌데.'

세 사람이 한 명을 에워싸며 마치 장난을 치듯 괴롭히고 있었다.

발목을 잡아 세게 던지자 건물 외벽에 푹 처박혔다.

상대가 기어 나와 일어설 때까지 자기들끼리 히히덕거리던 세 사람 중 하나가 이번에는 옆구리를 걷어찼다. 당하는 사람은 비명도 지르지 못하고 맥없이 광장 맞은편으로 날아가 뒹굴었다.

김현은 끼어들고 싶은 마음을 억눌렀다.

지금 중요한 건 성질석 확보다. 충분한 양이 모이면 바로 수왕진을 발동시켜 물의 정령왕을 소환해야 한다. 아무것도 모르고 개입했다가 골치 아픈 일에 휘말린다면 시간만 낭비하고 말 것이다.

'잘못하면 우다치 꼴이 나겠지.'

스물두 권짜리 역사서 《룬트란 왕국의 역사》는 뜨거운 용기를 앞세워 끼어들었다가 거대한 소용돌이에 말려들어 희생된 어설픈 영웅의 이야기로 가득 차 있었다.

우다치는 그 대표적 인물로, 악마를 도와주었다가 자신이 나고 자란 도시를 폐허로 만든 무인이었다.

벨레스카르는 숨을 헐떡거리며 척살대를 응시했다. 놈들의 얼굴에 새겨진 문신이 보였다.

모기와 바퀴벌레 그리고 도마뱀.

크립테아 놈들은 왜 하나같이 징그러운 벌레나 파충류로 변신할까? 멋진 갈기를 휘날리는 사자나 어마어마한 위용을 자랑하는 드래곤으로 변하면 안 되는 이유라도 있을까?

웃음이 튀어나왔다.

척살대주 자르의 눈에 힘이 들어갔다.

'웃어?'

자르는 저 건방진 침입자의 얼굴이 구겨지는 꼴을 보고 싶었다.

"한 가지 비밀을 알려 줄까? 우리는 첩자가 올 줄 알고 있었다."

"웃기는 소리. 내 정체를 알고 있었다면, 날 고문할 필요도 없었겠지."

비웃는 벨레스카르.

"첩자의 존재는 알았지만, 누가 왜 첩자를 보냈는지 몰랐다면 대답이 될까."

"……."

벨레스카르의 입가에서 미소가 사라졌다.

지금까지도 자신이 왜 들켰는지 이해할 수 없었다. 저 척살대주의 말이 사실이라면 완벽한 잠입이 탄로 난 이유가 설명된다.

따라서 정말 놈들이 알고 있었다면, 누군가 알려 준 사람도 있다는 뜻이다.

천도에서도 고위 신족 몇 명만 자신이 이곳 크립테아로 내려간다는 사실을 알고 있다. 그렇다면 그들 중 누군가가 비밀을 누설했다는 건데, 신족이 크립테아와 내통을 했다는 의미였다.

벨레스카르의 눈에 힘이 들어갔다.

"그게 사실이라 해도, 척살대주 따위가 알 리는 없지. 그대가 사왕이라면 몰라도."

"후후, 당신 말이 맞아. 나 역시 우연히 들었을 뿐이니까. 이제 좀 얼굴이 볼만해졌네."

자르가 낄낄대자 세쿠와 파멘이 사람의 목소리와 동물의 울음이 뒤섞인 소리로 웃어 댔다.

벨레스카르는 시간의 장벽을 쳐다봤다. 살아서 돌아가야 할 이유가 생겼다. 뒤통수친 놈을 잡아내어 응징하지 않는다면 죽어도 눈을 감지 못할 것이다.

"이 비겁한 놈들! 내 죽어서도 너희 크립테아 놈들, 날 배신한 놈들에게 복수하겠다!"

벨레스카르는 분통을 터트렸다.

"이제, 죽어라."

자르가 벨레스카르를 향해서 돌진했다.

몸을 돌려 동료들이 기다리는 곳으로 움직이려는 순간, 괴롭힘을 당하던 사람이 지른 소리가 탑 꼭대기까지 올라왔다.

"이 비겁한 놈들! 내 죽어서도 너희 크립테아 놈들, 날 배신한 놈들에게 복수하겠다!"

귀가 쫑긋 섰다.

크립테아!

김현은 그 즉시 아래로 뛰어내렸다.

퍽.

땅바닥에 착지한 김현.

흙먼지가 허리 근처까지 올라오며 사방으로 퍼졌다.

갑자기 나타난 김현을 본 척살대는 뒤로 물러섰다.

그들을 뜯어본 김현은 제대로 서 있을 힘조차 없는 벨레스카르에게로 고개를 돌렸다.

"도와 드려요?"

벨레스카르는 겨우 눈꺼풀을 밀어 올려 김현을 쳐다볼 뿐이었다. 말을 내뱉을 기운조차 그에겐 없었다.

"너, 뭐냐?"

척살대주 자르였다.

"나? 그게 뭐가 중요해. 지금 우리가 여기서 만났다는 게 중요하지. 근데, 이를 어쩌지? 초면에 실례를 하게 될 것 같아서 말이야."

김현은 기분이 묘했다.

시비를 거는 깡패처럼 말해 본 적, 한 번도 없다. 건들건들 시건방진 태도로 말을 하게 될 줄이야. 솔직히 아주 재미있었다.

"미친놈……."

자르의 입에서 그 말이 튀어나온 순간, 김현이 빠르게 움직였다.

결각보!

단숨에 거리를 줄인 김현은 파멘의 코앞에 이르렀고, 팔꿈치를 명치에 박고 주먹으로 연달아 턱을 후려쳤다. 김현이 몸을 돌려 뒤늦게 공격을 알아차린 자르와 세쿠에게로 이동하자, 파멘은 통나무처럼 천천히 땅바닥에 쓰러졌다.

세쿠는 명치를 겨우 막아 냈지만 턱은 허용하고 말았다.

다행히 자르가 김현의 옆구리를 노리는 바람에 세쿠는 파멘과 달리 볼썽사나운 꼴은 면했다.

'역시 저 녀석이 젤 강해. 얼마나 강할까? 이거 재미있겠는데.'

자르를 살펴보던 김현은 허리에 찬 가죽 벨트를 풀어 쓰러진 파멘의 손목과 발목을 단단히 묶었다. 그 작업을 하면서도 자르, 세쿠에게서 눈길을 떼지 않았다.

"이제 보니, 첩자를 도와주러 온 원군이었구나."

눈에 힘이 들어간 자르가 말했다.

"첩자?"

김현은 고개를 돌려 겨우 몸을 일으켜 반쯤 무너진 벽에 등을 기댄 벨레스카르를 쳐다봤다.

'첩자라면 누군가 크립테아의 존재를 알고 거기로 보냈다는 뜻인데. 아무튼, 크립테아의 적이니⋯⋯ 구할 이유는 충분하겠구나. 끼어들기 잘했어.'

"모른 척해 봐야 소용없다. 아무튼, 잘됐다. 우린 배후가 무척이나 궁금했거든."

자르가 두 주먹을 앞으로 살짝 내밀었다.

변신이 시작되었다.

눈꼬리의 피부가 터지며 검은 눈동자가 커졌다. 흰자위는 거의 사라졌고, 눈동자는 둘로…… 넷으로…… 계속 개수는 늘어났지만 하나의 크기는 작아져 수백 개의 눈으로 이루어진 곤충 특유의 겹눈처럼 변했다.

콧구멍에서 암갈색의 나뭇가지 같은 것이 튀어나왔다. 바람이 불지 않는데도 살랑살랑 움직이는 그 물체는…… 보기만 해도 역겨웠다.

입술은 빠르게 늘어나 뾰족한 촉수 형태로 바뀌었는데, 초록과 주황 그리고 청록으로 시시각각 변하고 있었다.

등을 뚫고 투명한 날개가 모습을 드러냈을 때에야 김현은 머릿속으로 모기를 떠올릴 수 있었다.

'지금 저 사람이 모기로 변신하고 있는 거지? 꿈은 아니겠지……?'

그 옆에 있던 또 다른 사람이 앞으로 엎드리자 단단한 갈색의 껍질이 옷을 뚫고 올라와 등을 덮었다. 옆구리에서 새까만 다리가 튀어나오고 팔과 다리도 그와 비슷하게 바뀌었는데, 단단해 보이는 곤충의 다리였다.

'저건…… 바퀴벌레야.'

투둑.

벨트 끊어지는 소리에 김현은 고개를 돌렸다.

조금 전 사로잡았던 녀석의 몸도 바뀌고 있었다.

두꺼운 거죽, 길고 붉은 혓바닥, 단단한 다리는…… 코모도왕도마뱀을 닮은 괴물이었다.

"변신이 끝나기 전에 공격해야 하네."

벨레스카르가 남은 힘을 끌어모아 겨우 말했다.

김현은 힐끔 그를 쳐다봤지만 그 과정이 끝날 때까지 기다렸다.

이유는 간단했다. 저 변신이 크립테아 특유의 능력이라면 얼마나 강해지는지 확인하고 싶었다. 몬스터대전을 일으킨 게 크립테아라면, 이번 한 번만 싸우고 두 번 다시 만나지 않을 놈들이 아니기 때문이다.

"넌 충고에 귀를 기울였어야 했다."

자르가 말했다.

"그럴까?"

빙긋 웃던 김현의 눈이 커졌다. 살짝 몸을 띄운 자르의 날개가 파드득 움직이자, 믿기지 않을 만큼 빠른 속도로 다가왔던 것이다.

김현은 녀석의 촉수가 목을 꿰뚫기 직전 겨우 몸을 비틀어 피할 수 있었다.

퍽.

하지만 발길질을 허용하고 말았다.

뒤로 날아간 김현은 버려진 건물의 문을 부수고 안으로 처박혔다.

'어마어마하군.'

밖으로 나온 김현은 뒤에서 다가오는 인기척에 앞으로 몸을 날렸다.

쾅!

코모도왕도마뱀 같은 녀석이 김현이 서 있던 곳으로 떨어졌고, 그 충격으로 땅바닥이 움푹 패었다.

앞으로 피한 김현을 기다린 건, 바퀴벌레로 변신한 척살대원 세쿠였다.

파파팍.

금속처럼 단단한 다리가 쉬지 않고 김현을 때렸다. 팔을 올려 막아도 그 힘은 고스란히 몸으로 전해졌고, 김현은 뒤로 밀렸다.

자르, 파멘이 달려들자 사정은 악화되었다. 몸을 웅크려도 빈틈으로 놈들의 공격이 쏟아졌다.

'마탑 바트란의 변신술과는 확실히 달라. 마법이라기보다는 몸 자체의 능력 같으니까. 다음에 크립테아와 상대하려면 이 변신 능력 자체를 봉쇄할 필요가 있겠어.'

상대의 전투 스타일을 확인한 김현이 발로 땅을 굴렀다. 천부선공 제2문 타각이었다.

쾅!

충격파가 사방으로 퍼지며 척살대를 날려 버렸다. 그들은 왜 자신들이 튕겨 나왔는지 알지 못해 서로를 쳐다봤다.

그 순간, 벨레스카르는 눈이 휘둥그레졌다.

'저건…… 타각이야!'

김현은 플레임소드를 뽑았다. 내공을 주입하자 검이 붉게 타올랐다.

김현은 오른팔을 휘돌리며 척살대를 쳐다봤다.

"그 정도로 강해질 수 있다는 말이지. 좋아. 그쪽 능력을 봤으니, 이제 내가 뭘 할 수 있는지 보여 줘야겠지?"

자르, 세쿠, 파멘이 동시에 움직였다.

위로 날아오른 자르는 정면으로 돌진하는 세쿠를 볼 수 있었다. 외골격이 단단해서 웬만한 무기로는 흠집도 낼 수 없는 세쿠였기에 가능한 공격법이었다.

캉!

플레임소드가 튕겨 나왔다.

"어?"

뒤로 밀린 김현.

파멘은 왼쪽 측면에서 달려들어 크고 예리한 이빨로 김현의 머리를 노렸다. 단번에 물어뜯을 생각이었다.

결각보로 몸을 비틀어 연합 공격에서 벗어난 김현은 고주파음을 들을 수 있었다. 위에서 지켜보던 자르가 틈을 파고들며 김현의 정수리를 노리고 달려든 것이다.

"조심하게!"

벨레스카르가 외쳤다.

김현은 그쪽으로 고개를 돌려 벨레스카르를 보며 활짝 웃었다.

자르가 뾰족한 주둥이를 내밀었다. 두개골도 쉽게 뚫는 흡혈관이었다.

'멍청한 놈! 뇌수를 모조리 빨아 주마.'

흡혈관이 정수리를 꿰뚫기 직전, 놈은 사라졌다.

자르는 급히 날개를 펼쳐 땅과의 충돌을 겨우 모면했다. 주위를 살핀 그는 벨레스카르 바로 옆에 서 있는 상대를 발견했다.

"걱정, 안 하셔도 됩니다."

김현이 말했다.

"나, 나는……."

벨레스카르는 그 태연한 표정에 말문이 막혔다.

자르는 화들짝 놀랐다.

'공간 이동술이다! 마법은 아니야.'

뒤에서 인기척이 느껴졌다.

자르는 벨레스카르 옆에 있어야 할 놈이 사라졌음을 깨닫고 공중으로 날아올랐지만, 얇은 날개가 순식간에 마법검에 의해 타 버리며 땅바닥을 나뒹굴었다.

자신을 내려다보던 놈이 또 사라졌다.

이번에는 파멘의 뒤에 나타난 녀석은 뒷다리를 발로 걸어 차 꺾어 버렸다.

눈치 빠른 세쿠는 달아났지만 멀리 가지 못했다. 녀석이 허공으로 이동하더니 세쿠의 등을 밟은 것이다. 그 단단한 등껍질이 안쪽으로 움푹 파였고, 세쿠는 기절하고 말았다.

김현은 바퀴벌레와 도마뱀을 모기 옆으로 던졌다. 변신이 풀리자 원래의 몸으로 돌아왔는데, 하나같이 피부가 창백해 져 얼굴에 새겨진 문신이 도드라졌다.

김현은 첩자의 상태를 보려고 다가갔다.

벽에 기댄 채 앉아 있던 벨레스카르가 무거운 눈으로 김현 을 올려다봤다.

"셀레스카르와는 어떤 관계인가?"

김현은 가만히 상대를 쳐다봤다. 어떻게 알았을까? 아, 타 각을 알아본 것이다! 그렇다면 타각이 셀레스카르와 관련이 있음을 아는 사람이다.

"형제 사이라네."

벨레스카르는 김현이 원하는 대답을 말했다.

김현은 상대를 뜯어봤다.

하이엘프 셀레스카르의 고귀하면서도 근엄한 얼굴과는 사 뭇 달랐다. 눈앞의 사람은 귀도 그리 뾰족하지 않았다. 피부 도 셀레스카르에 비하면 어두운 색깔이었다.

고개를 갸웃거리는 김현.

"자네가 펼친 타각, 셀레스카르에게서 배운 게 아닌가?"

"아무리 봐도 엘프로 보이지 않는데요."

"……나는 하프엘프라네. 인간과 엘프 사이의 혼혈이지. 그 때문에 겉모습은 오히려 인간 쪽에 가깝네. 셀레스카르와는 배다른 형제라고 보면 되지. 그보다, 자네는 셀레스카르의 제자인가?"

"맞습니다."

김현은 눈앞의 사람이 진짜 셀레스카르의 형제인지 아닌지 판단하지 않았다. 확인할 방법이 없으니, 일단은 크립테아에 잠입한 첩자로 대할 생각이었다.

"셀레스카르가 인간을 제자로 삼다니, 놀랍군. 그보다, 자네는 왜 여기 있는 건가?"

"전 김현입니다."

김현은 까다로운 질문을 간단한 대답으로 받아넘겼다.

"……나는 벨레스카르네."

"어르신이라고 부르면 되겠죠?"

"자네 마음대로 하게."

김현을 뜯어보던 벨레스카르의 시선이 뒤쪽으로 향했다.

고개를 돌린 김현은 눈살을 찌푸렸다.

자르의 손이 세쿠의 옆구리 깊이 박혀 있었다. 세쿠의 얼굴 절반이 이미 자르의 가슴에 묻혀 있었고, 파멘은 목 위가 자르의 등 안으로 들어가 있었다.

척설대는 하나의 몸으로 합쳐지는 중이었다. 융합을 통해 체구는 점점 커지고 있었다.

"……코르디앙일세."

벨레스카르였다.

김현은 하프엘프를 쳐다봤다.

"크립테아 놈들은 강적이 나타나면 저런 식으로 융합을 통해 강해진다네. 코르디앙이 끝나기 전에 공격하는 게 좋을 거야."

"알겠습니다."

이번에도 대답과 달리 김현은 융합이 끝날 때까지 기다렸다.

"어르신은 저기 빛의 커튼이 있는 쪽으로 가십시오. 거기 동료들이 있으니 제가 보냈다고 하면 도와줄 겁니다."

"자네는……?"

"저걸 보고 그냥 갈 수는 없죠."

'자부심이 대단하군. 허나, 방심으로 대가를 치른 후에야 실수를 알게 되겠지. 그보다, 셀레스카르의 제자가 만계에는 왜 내려와 있는 거지? 설마, 천도의 신족이 셀레스카르에게도 부탁을 한 건가?'

김현이 무슨 생각을 하는지 알아차린 벨레스카르는 천천히 절뚝거리며 걷기 시작했다.

코르디앙이 완성되었다.

자르는 몸에서 느껴지는 압도적인 힘에 흥분을 감출 수 없었다.

코르디앙을 꺼린 이유는 단 하나, 원래 몸으로 돌아갈 수 없다는 사실 때문이었다. 삶을 마감할 때까지 이 흉측한 몸으로 살아가야 한다. 하지만 이렇게나 강력한 힘이라면……후회하지 않을지도 모른다.

자르는 불청객을 내려다보았다.

작았다. 손바닥으로 뭉갤 수 있을 만큼이나.

'아니지. 내가 커진 거다, 후후.'

자르는 피부로 데펜도르를 뿜어냈다. 데펜도르는 끈적끈적한 안개 같은 기운으로 현섬 같은 공간 이동술을 막아 낸다.

상대의 발을 묶은 후, 그가 움직였다.

팡!

먼지가 솟아오른 순간, 자르는 사라졌다.

퍽.

엄청난 속도로 돌진한 자르의 발길질에 김현은 뒤로 날아가 길 건너편 벽을 뚫고 안쪽 정원의 말라 버린 연못에 처박혔다. 기침을 하며 몸을 일으킨 김현이 고개를 들어 위를 쳐다봤다.

쾅!

공중에서 내려온 자르의 발에 연못 바닥이 푹 꺼졌다.

결각보로 피해 버린 김현은 플레임소드를 뽑아 자르의 발목 뒤쪽을 깊게 베었다.

화염이 상처를 비집고 안쪽을 태우는데, 잘린 피부 사이로 흘러나온 검붉은 피가 불꽃을 덮었다. 물도 순식간에 수증기로 만드는 플레임소드의 열기도 자르의 피에 담긴 화염 저항 속성을 이기진 못했다.

자르가 휘두른 팔을 김현은 완전히 피할 수 없었다. 갑자기 팔이 늘어났던 것이다.

퍽.

주먹이 관자놀이를 강타했다.

김현은 한때 물이 흘렀던 수로의 기둥을 무너뜨리며 벽하나를 뚫고 건물 안으로 날아가 돌 탁자를 부수며 겨우 멈췄다.

벨레스카르의 충고가 옳았다.

코르디앙은 세 사람이 가진 힘의 합이 아니었다. 더하기가 아니라 곱하기에 가까웠다.

쿵쿵 소리를 내며 벽을 부수고 다가온 자르는 천천히 일어서는 김현을 보며 웃었다.

"벌써 지쳤어? 그러면 곤란한데."

"그럴 리가."

김현은 소매로 귀와 이마 근처를 닦았다. 피부가 찢어졌는지 피가 흐르고 있었다.

슬슬 화가 났다. 얼마나 강한지 살짝 맛만 보려고 했는데. 아무래도 제대로 싸워야 할 것 같았다.

김현이 주먹을 움켜쥐고 내공을 뿜어내자 돌 조각과 흙먼지가 사방으로 퍼져 나갔다.

"햄버거, 감자튀김, 짜장면, 탕수육……."

라이언은 잠꼬대하는 박용준을 내려다보며 피식 웃었다.

우직하고 성실하며 희생이 몸에 밴 이 녀석이 고등학생이라는 사실을 쉽게 잊어버린다. 먹고 싶은 음식을 줄줄이 읊는 모습이야말로 어쩌면 진짜일지도 모른다.

'그 녀석 때문이야.'

박용준과 동갑인 김현.

김현 역시 얼굴만 보면 곱상한 학생이다. 시험을 염려하고, 또래의 여학생을 쫓아다니고, 친구들과 몰려다니는 게 훨씬 잘 어울린다.

김현이 만계 또는 뎁스 파이브라 불리는 이 세계에서 홀로 수백 년이나 지내 왔다는 사실을 대체 누가 믿을 수 있을까? 자신도 직접 이곳으로 내려와 7년 넘게 수왕진을 건설하고 몬스터 사냥을 하지 않았다면 결코 받아들이지 못했을 것이다.

가까운 곳에서 지켜보니, 김현이 왜 그토록 강한지 알 수 있었다.

하품이 나왔다.

다음 불침번은 박용준이다. 깨워야 하는데 입을 오물거리는 녀석을 보니 그 꿈을 망치고 싶지는 않았다.

다른 녀석들은 저마다 편한 자리에서 자고 있었다. 김현의 자리만 비어 있었다.

김현이 사라진 지 하루가 넘었다.

평소에도 김현은 말도 없이 자리를 비울 때가 가끔 있었다. 유달리 안색이 좋지 않거나 피부가 붉어지면 휙 어디론가 가 버리는데, 길어도 사흘 안에는 말끔한 표정으로 돌아왔다.

다들 김현의 몸에 이상이 있음을 알았지만, 도움이 될 수 없기에 가만히 지켜보기만 했다.

이번에도 김현이 무사히 돌아올 거라고 확신했다. 그래서 불을 피우고 확보한 성질석을 살펴보면서 기다리고 있었다.

마른 뿌리를 모닥불에 던져 넣은 라이언은 오로라처럼 허공에 걸쳐 있는 빛의 커튼을 바라보았다.

대장질을 좋아하는 아로간타르는 빛의 커튼이 수상하다면서 접근을 금지했다. 하지만 라이언에게 그 지시는 아무런 영향도 주지 못했다.

몸을 일으킨 라이언은 빛의 커튼을 향해 천천히 걸어갔다. 어찌나 강렬한지 공중에서 일렁이는 빛이 만져질 것만 같았다.

라이언은 손을 앞으로 내밀었다.

빛이 닿는 순간, 손톱이 투명해지며 안쪽의 핏줄과 근육이 얼핏 보였다.

라이언은 얼른 손을 뒤로 뺀 후 손가락 끝을 살폈다. 오랫동안 제대로 씻지 못해서 새까만 때가 껴 있을 뿐, 상한 곳은 없었다.

'꺼림칙하지만 뭐, 죽는다고 해도 부활하면 그만이니까.'

커튼처럼 드리워진 빛 속으로 단숨에 뛰어든 라이언은 머리를 때리는 격렬한 고통에 정신을 잃을 뻔했다. 섬광과 짙은 어둠이 뒤섞이며 시야를 가득 채웠다.

갑자기 호흡이 뚝 끊겼다.

그와 동시에 사방이 막혔다. 벽과 천장이 자신을 향해 다가와 옥죄는 것만 같았다.

발버둥을 쳤다.

고함을 지르려 했으나 입 밖으로는 신음만 나올 뿐이었다.

삐삐삐.

경고음이 거실은 물론 '쥐구멍'이라 불리는 실험실까지 시끄럽게 울렸다.

공중에 떠 있는 원통 형태의 로봇 프로메테우스는 메시지 창을 볼 수 있었다.

사용자 상태 악화
혈압 저하, 체온 저하, 의식 반응 전무.
사용자의 안전을 위해 119에 신고합니다.

놀란 프로메테우스는 페플 커넥터로 이동했다.
커다란 방 하나에 커넥터 세 개가 나란히 놓여 있었다. 그 중 하나가 붉게 빛났다.
"라이언에게 문제가 생겼군."
앞으로 5분 내에 119구 구조대가 이곳으로 와서 라이언을 커넥터에서 꺼내어 병원으로 옮길 것이다.

라이언은 가라앉는 기분이었다.
어린 시절의 경험, 잊었다고 생각했던 기억이 떠올랐다.
호수에서 헤엄치다가 수초에 발이 휘감겼다. 다리에 쥐가 나서 가라앉고 말았다. 낚시하던 노인이 뛰어들어 구해 주었다. 갈비뼈에 금이 갈 정도로 가슴을 압박하지 않았다면 거기서 삶은 끝났을 것이다.

'그때와 같아······.'

라이언은 왜 이런 일이 벌어지는지 생각할 여유조차 없었다. 다시 시작된 두통으로 머리가 깨질 듯 아팠다.

프로메테우스의 예상은 어긋났다.

다른 메시지 창이 나타났던 것이다.

연락 요청

현재 신고 전화 폭주로 119 구조 요청에 실패했습니다. 경찰 사고 접수에도 실패했습니다.

페플 시스템은 119 구조대와 경찰에 지속적으로 연락하겠습니다. 이 메시지를 읽는 분도 연락을 취하시길 바랍니다.

폭주?

한꺼번에 전화가 몰린다는 뜻이다.

프로메테우스는 10분 이내에 누구의 도움도 받을 수 없다는 사실을 깨달았다. 그건 자신이 직접 라이언을 도와야 한다는 의미였다.

즉시 판단을 내린 프로메테우스는 만약의 사태를 대비하여 제작했던 암 머신을 작동시켰다. 인간의 팔처럼 유연한 관절을 지닌 기계 팔 두 개가 프로메테우스의 몸체에 부착되는 순간, '쉬익' 공기 빠지는 소리가 들렸다.

자르가 주먹을 내려쳤다.

붕!

김현은 두 팔을 X 자 형태로 교차하며 공격을 막았다.

퍽!

어마어마한 힘에 두 발이 30센티미터나 푹 꺼졌고, 주위로 거미줄 같은 금이 뻗어 나갔다. 충격파가 퍼져 나가며 근처에 있는 흙먼지는 물론 조그만 자갈까지 쓸어 가 버려 갑자기 발 주변이 깨끗해졌다.

좋은 아이디어가 떠올랐다.

김현이 다리에 내공을 주입하며 좌각을 펼친 순간, 사방에서 공기가 모여들었다. 흙먼지가 떠오르며 황색의 안개를 만들어 냈다.

김현은 물론 자르까지 아무것도 볼 수 없었다.

'내겐 귀가 있지.'

김현은 아예 눈을 감고 대사형 겔란드에게 배운 스킬 '청명'에 모든 것을 맡겼다.

놈의 발소리가 들린다.

놈의 호흡도.

심지어 놈의 근육이 만들어 내는 기척까지도.

김현이 앞으로 미끄러지며 자르의 발뒤축을 걸어찼다. 한 번으로는 휘청거릴 뿐이었다. 틈을 주지 않고 연속 공격으로 체술 타케노프의 은와를 펼쳤다. 은회색 소용돌이가 먼지 안개를 뚫으며 놈의 등허리에 꽂혔다.

퍽퍽퍽.

세 번이나 연거푸.

자르는 앞으로 넘어졌다.

김현은 타각으로 신나게 밟았다.

쾅쾅쾅!

보통 몬스터라면 몸이 산산조각이 나고 말았겠지만, 이 녀석은 아주 강했다. 김현의 발목을 잡더니 땅바닥을 향해 세 번 내리치더니 황갈색 안개 너머로 던져 버렸다.

세 개의 기둥을 부순 김현은 마른 우물에 처박혔다. 기우뚱하던 건물이 그 위로 무너져 내렸다.

습관적으로 공간 이동술을 펼쳤다. 하지만 몸은 건물 잔해로 뒤덮인 우물 밑바닥에 갇혀 있었다.

현섬은 막혔다.

김현은 조금도 두렵지 않았다. 오히려 입가에 슬며시 미소가 감돌 만큼 흥분한 상태였다.

코불롬은 몬스터였고, 그 전투 방식은 단조로웠다. 코불롬이 가진 능력을 파악한 순간, 시간이 걸렸을 뿐 놈의 운명은 정해졌다.

반면에 저 녀석은…… 전사였다.

상대의 틈을 파고들 줄 아는 싸움꾼.

김현은 그게 좋았다.

'계속 시간을 끌 수는 없지. 이제 끝내야겠다.'

인벤토리에서 사라겐의 비월을 꺼낸 후, 수라부월공의 세 번째 초식 비어초목을 펼쳤다.

"라이언!"

꽤 넓은 범위를 훑었지만 라이언은 흔적도 발견되지 않았다. 김현에 이어서 라이언까지 사라진 것이다.

"여기!"

아로간타르가 소리쳤다.

달려간 박용준은 아로간타르의 손가락을 따라서 시선을 아래로 내렸다.

발자국이 남아 있었다.

사람들이 모였다. 라이언이 빛의 커튼 너머로 향했다는 사실은 명백했다.

"이대로 기다릴 수는 없습니다. 그러니 제가 가겠습니다."

아로간타르가 박용준을 쳐다봤다.

박용준은 천천히 고개를 끄덕였다. 지금 상황에서는 그게 최선 같았다.

앞으로 나선 아로간타르는 성큼성큼 걸어 시간의 장벽 속으로 돌진했다.

사라겐의 비월이 자르의 어깻죽지에 푹 박힌 순간, 김현은 메시지 창을 볼 수 있었다.

퀘스트 NPC 계약 해지
알 수 없는 이유로 녹색날개 일족의 엘프 아로간타르와의 계약이 해지되었습니다. 다시 체결하려면 아로간타르를 찾아가십시오.

'계약 해지? NPC는 죽는다고 해도 부활할 뿐 계약이 해지되진 않는데. 무슨 일이 벌어졌는지 몰라도, 얼른 돌아가야겠어.'

김현의 눈에 힘이 들어갔다.

어깨에서 도끼를 뽑은 자르가 김현을 향해 휘둘렀다.

붕!

결각보로 후퇴하여 간단히 피한 김현은 허리에 찬 명검 퀘

르를 뽑았다. 생명력 감소가 시작되었다. 김현은 공중으로
뛰어올라 단번에 자르의 정수리를 갈랐다.

머리가 둘로 갈라졌는데도 자르는 두 팔을 뻗어 김현을 잡
으려 했다.

김현은 팔을 잘라 냈다.

발목도 사선으로 베어 냈다.

하지만 상대는 죽지는 않았다. 분리된 팔이 스멀스멀 뱀처
럼 기어 몸통에 달라붙었고, 몸의 나머지 부분도 천천히 회
복되고 있었다. 갈라진 정수리 역시 마찬가지였다.

저 크립테아인을 죽이는 방법을 꼭 알아내고 싶지만, 지금
은 아니었다. 왜 아로간타르와의 계약이 깨졌는지 확인해야
한다.

김현은 몸을 돌려 빛의 커튼을 향해 달렸다.

"김현! 라이언! 아로간타르!"

아무리 불러도 대답은 돌아오지 않았다.

박용준은 눈살을 찌푸렸다. 길고 위험한 사냥은 무사히 끝
났다. 성질석도 충분히 얻어 냈다. 남은 건, 지상으로 올라가
는 것뿐이라 생각했었다.

김현은 어디로 갔을까?

평소처럼 몸에 문제가 생겨서 잠시 떠났을까?

라이언은?

발자국을 고려한다면 저 정체불명의 빛 너머로 갔다. 아로간타르가 쫓아갔지만 둘 다 대답이 없다.

"제가 들어가겠습니다."

추광대주 트로얀이 나섰다. 허락을 구하는 게 아니라 통보였다. 트로얀은 이미 커튼처럼 일렁이는 빛의 장벽 앞으로 걸어가고 있었다. 테룽과 레반이 뒤를 따랐다.

"멈춰!"

박용준이었다.

트로얀이 천천히 돌아서서 박용준을 쳐다봤다. 사부님의 친구를 무시할 수는 없다.

"이 녀석 먼저."

박용준이 손짓했다.

그림자처럼 박용준을 따라다니는 정령 추영이 구름처럼 앞으로 날아왔다. 박용준은 손가락으로 시간의 장벽을 가리켰다. 추영은 말 잘 듣는 리트리버처럼 빛을 향해 움직였고, 간단히 통과했다.

추영을 통해 박용준은 버려진 도시를 볼 수 있었다.

'두 사람은 어디 갔지? 아! 발자국! 저건 김현 발자국인데. 얕은 발자국은 아로간타르 거고. 왜 라이언의 발자국은 없는 거지? 대체 어떻게 된 거야?'

저 빛의 커튼이 이방인에게만 문제를 일으킬까?

그렇다면 김현의 발자국이 설명되지 않는다.

추영을 불러들인 박용준은 트로얀에게 사실을 알렸다. 테룽과 레반도 함께 들었다.

"손!"

테룽이었다.

박용준은 눈살을 찌푸리며 손을 들어 올렸다. 손등이 반짝거렸다. 이어서 몸 전체로 그 빛이 퍼져 나갔다.

누군가 몽둥이로 내려친 것처럼 고통이 정수리를 덮친 순간, 박용준은 정신을 잃었다.

인터넷을 뒤져서 알아낸 상세한 의학 지식과 안진후가 실험을 위해 냉장고에 남겨 놓은 회복약 덕분에 라이언은 위기를 넘겼다.

뺨에 핏기가 감돌았다.

호흡도 정상으로 돌아왔다.

"휴우."

프로메테우스는 암 머신을 움직여 땀을 닦는 시늉을 했다. 이런 몸에 땀이 흐를 리 없음을 뒤늦게 알아차린 그는 잠시 조용히 있었다.

여전히 살아 있다고 확신하지만, 이런 깡통에 갇혀 있으면서도 진정으로 산 것일까?

이 심오한 고민에 빠질 여유는 그에게 없었다.

동시에 두 개의 페플 커넥터, 박용준과 고형덕이 탄 커넥터가 붉게 빛났다. 그와 함께 메시지 창이 나타났다. 라이언의 경우와 동일했다.

프로메테우스는 지금 벌어지는 일을 알고 있었다.

페플에 접속한 유저들 중 상당수가 강제로 쫓겨났는데, 그 과정에서 크고 작은 충격을 받았다. 대부분 가벼운 기절이나 순간적인 감전 같은 증상이었는데, 커넥터 시스템은 자동적으로 119와 경찰에 연락을 취했다.

한꺼번에 전화가 몰리는 바람에 119도 경찰도 제대로 대응하지 못하는 상황이었다.

프로메테우스는 붉게 빛나며 경고음을 내는 커넥터로 날아갔다.

아로간타르는 비틀거리며 걸어오는 사람을 발견했다. 녹색의 검 토포레를 뽑았다. 수상한 행동을 취한다면 즉시 반격하기 위해서였다.

벨레스카르는 발을 헛디디며 앞으로 넘어졌다. 생명력 소모가 극심해서 도저히 일어날 수가 없었다.

조심스럽게 다가간 아로간타르는 검 끝으로 벨레스카르의 어깨를 살짝 건드렸다.

숨을 몰아쉬며 시선을 옮긴 벨레스카르는 자신 같은 혼혈이 아닌, 순수한 혈통의 엘프를 알아보았다. 만계의 지하에 엘프가 내려오다니.

'아까 그 녀석의 일행이겠군.'

눈이 감겼다. 눈꺼풀을 밀어 올릴 힘이 그에겐 없었다.

공기가 밀려 나가는 묵직한 소리가 들렸다. 겨우 고개를 든 벨레스카르는 김현을 발견했다.

"대사형!"

아로간타르였다.

빙긋 미소를 지은 김현은 벨레스카르의 가슴에 손을 올렸다. 빈사 상태에 빠진 이 하프엘프에게 필요한 기운은…… 목계가 아니었다. 금속 특유의 차갑고 단단한 기운이었다.

천부선공 제5문 오행의 묘리를 이용하여 금계로 성질을 바꾸자, 김현에게서 흘러나온 힘이 벨레스카르의 몸속으로 빠르게 스며들었다.

하얗게 질렸던 안색이 서서히 돌아왔다.

"괜찮습니까?"

"……자네도 금의 속성인가?"

"자세한 이야기는 나중에 하죠."

고개를 든 김현은 아로간타르를 쳐다봤다.

"업어."

"누군데요?"

"나중에."

고개를 끄덕인 아로간타르는 벨레스카르를 가볍게 업었다. 그 역시 만계에 와서 이전과는 비교하기 힘들 만큼 강해졌다.

"저보다 먼저 라이언이 그 빛나는 벽을 통과했는데, 어디 있는지 찾을 수가 없습니다."

"그래?"

김현은 주위를 날카롭게 살폈다.

"문제는…… 발자국이 없습니다. 빛의 벽 저쪽에는 있는데 여기에는 전혀 없습니다."

"라이언은 내게 맡기고, 넌 사람들과 합류해라."

"네, 대사형."

아로간타르는 서둘러 시간의 장벽을 향해 달렸다.

데펜도르의 효과는 이미 사라졌다. 김현은 공간 이동술을 펼치며 도시를 샅샅이 뒤지기 시작했다.

벨레스카르는 이를 악물었다.

시간의 장벽으로 접어드는 순간 고통이 파도처럼 몰려와 그를 삼켰다. 그 때문에 몸이 부들부들 떨렸고 이가 탁탁 부딪치며 소리가 났다. 다행히 장벽의 두께는 얇았다. 탑의 붕괴로 줄어든 것이다.

　"아로간타르 님!"

　앞쪽에서 들린 목소리.

　벨레스카르는 겨우 고개를 들며 가느다랗게 눈을 떴다.

　'어떤 사람을 알고자 하면 친구를 보라는 말이 있지. 셀레스카르가 제자로 받아들인 녀석 옆에 누가 있는지 보면…… 김현에 대해서도 알 수 있겠지.'

　모닥불을 두고 달려오는 사람들 중 유독 한 사람이 눈에 띄었다. 벨레스카르는 뒤늦게 그 정체를 알아차렸다.

　'배, 뱀파이어잖아…….'

　그 옆에는 뒤뚱거리는 드워프도 있었다.

　뱀파이어와 드워프가 바로 앞까지 다가오자, 벨레스카르는 얼른 눈을 감았다.

　"누굽니까?"

　트로얀이 물었다.

　"그게…… 나도 몰라."

　"그런 대답이 어디 있습니까?"

　"대사형이 부탁한 사람이야. 그러니까 어떻게 좀 해 봐."

　아로간타르는 모닥불 옆에 깔아 놓은 가죽에 벨레스카르

싱크

를 눕혔다.

마법사 레반이 벨레스카르의 가슴과 배에 손을 올리고 힐링을 펼쳤다.

"용준 사형은?"

아로간타르가 주위를 둘러보며 물었다.

"……갑자기 사라졌습니다."

테룽이 답했다.

"그게 무슨 말이야?"

트로얀이 나서서 설명했다. 빛이 박용준의 몸을 감싸자 이동 마법처럼 사라졌다는 내용이었다.

"저 너머에서 무슨 일이 있었습니까?"

트로얀이 물었다.

"나도 잘 몰라. 라이언과 대사형을 찾으러 갔다가 저 사람을 만났고, 대사형이 나더러 업고 돌아가라고 해서 그대로 나온 것뿐이니까. 저 이상한 빛을 통과할 때 머리가 좀 쑤셨어. 죽을 만큼은 아니지만."

아로간타르가 말린 고기를 꺼내어 입에 물고 씹기 시작했다.

'대사형?'

벨레스카르의 눈이 커졌다.

그러고 보니 아까도 김현을 대사형이라고 불렀었다. 그렇다면 이 엘프 녀석도 셀레스카르의 제자라는 뜻인데.

오랫동안 아무리 뛰어난 인재를 봐도 시큰둥했던 셀레스카르였는데, 왜 갑자기 제자를 둘이나 받아들였을까?

힐링의 효과가 몸 전체로 퍼지기를 기다리며 귀를 열어 두었던 벨레스카르는 멀쩡한 엘프를 보고 의문에 사로잡혔다.

'처음 시간의 장벽을 넘었을 때 나는…… 거의 죽을 뻔했다. 비록 장벽이 약화되었다고 해도 조금 전 역시 머리가 쪼개질 것처럼 고통스러웠는데. 뭐, 좀 쑤셔? 엘프라서 그럴까? 아니야, 김현이라는 녀석도 장벽 때문에 고생한 것 같지는 않았어. 아무래도 차근차근 알아봐야겠군.'

벨레스카르는 일부러 신음을 흘리며 상체를 일으켰다. 그의 예상대로 아로간타르, 트로얀 등이 다가왔다.

"자네들은 누군가? 날 구해 준 그 친구는 안 보이는군……."

"대사형은 곧 올 겁니다. 저는 아로간타르입니다."

"난…… 벨레스카르라고 하네."

"벨레스카르?"

언젠가 들어 본 이름이라 아로간타르는 고개를 갸웃거렸다.

"자네 사부 셀레스카르가 내 형님일세. 외모에 대해 의문이 생기겠지. 셀레스카르 같은 순수 혈통의 하이엘프가 아닌, 인간의 피가 섞인 하프엘프라면 대답이 되겠지."

아로간타르의 눈이 싸늘하게 식었다. 그제야 벨레스카르에 대한 기억이 떠올랐다.

셀레스카르가 엘프 일족 대부분이 존경하는 명예의 상징이라면 벨레스카르는 치욕의 상징이었다.

"아직도 살아 있었습니까?"

"보다시피."

벨레스카르는 그 급격한 태도 변화에도 전혀 놀라지 않았다.

"엘프는 절대 찾을 수 없는 곳으로 잘도 도망치셨네요. 이 축축하고 위험한 지하, 당신에게 아주 잘 어울립니다."

"엘프 일족의 율법에 따르면, 자넨 날 죽여야 할 거야."

아로간타르는 녹색 검 토포레를 뽑을 뻔했다. 저 하프엘프는 제1차 몬스터대전에서 은색의 눈썹 일족을 몰살시킨 원흉이었다.

"잘 아는군요. 하지만 당신에 대해서는, 대사형이 결정할 겁니다."

"그 율법에 따르면, 자네 역시 처벌을 면치 못할 걸세."

"……뭐라고요?"

얼굴이 일그러진 아로간타르가 벨레스카르를 노려보았다.

벨레스카르는 눈짓으로 뱀파이어와 드워프를 가리켰다. 그리고 물었다.

"저들이 자네 동료 아닌가?"

"……."

아로간타르는 눈빛이 흔들렸다.

동료라고 인정하는 순간 일족의 율법을 범하게 된다. 그렇다고 아니라고 말할 수도 없다. 만계에서 함께 마법진을 건설하고, 함께 사냥해 왔다. 몇 번이나 도움을 받았고, 그만큼 도와주었다. 겉으론 드러내지 않았지만 녹색날개 엘프 일족 누구보다도 가까워진 셈이었다.

트로얀, 테룽, 레반이 아로간타르를 쳐다보았다.

아로간타르는 입을 다문 채 모닥불 반대쪽으로, 어둠을 향해 걸어갔다.

분위기가 달라졌다.

'저 녀석들 사이에 끈끈한 동료애 따위는 없군. 적어도 종족을 뛰어넘을 정도는 아니야. 그렇다면 김현이라는 녀석이 구심점이겠어. 그 녀석을 중심으로 이질적인 놈들이 모여 있는 거지. 대체 왜 저런 놈들이 만계에 내려와 있을까? 진짜로 셀레스카르가 지시를 내렸을까? 그러면 곤란한데.'

슬며시 미소를 머금은 벨레스카르는 모닥불의 열기를 느끼며 고민을 시작했다.

정신이 든 라이언은 몰려드는 두통에 신음을 흘렸다. 손가락 끝에 만져지는 까끌까끌한 감촉에 화들짝 놀랐다. 있는 힘껏 눈꺼풀을 밀어 올렸다.

입이 벌어졌다.

울퉁불퉁한 자연 동굴이 아니었다.

불이 겨우 어둠을 밀어내는 지하도 아니었다.

너무나 밝았다.

아이보리 색깔의 벽지가 눈에 들어왔다. 조그만 문양이 반복되는 벽지였다.

"이제 좀 괜찮나?"

불쑥 나타난 원통형의 로봇.

라이언은 눈살을 찌푸렸다. 가물가물 저 로봇에 대한 기억이 떠올랐다.

"……프로메테우스?"

"맞네."

"그, 그러면 여기는?"

"페플파크, 진후 녀석의 집이지. 대체 무슨 일이 있었던 건가?"

"그, 그건……."

말문이 막혔다.

다시 두통이 시작되었다. 얼굴이 일그러졌다.

"이걸 복용하게. 그럼 좀 나아질 걸세."

프로메테우스는 금속 재질의 손으로 물컵과 진통제를 건넸다.

"……다른 사람들은요?"

라이언이 물었다.

"고형덕도, 박용준도 괜찮아. 두 사람은 경고 메시지를 보자마자 바로 꺼냈으니까. 자네보단 나을 거야."

"김현은요?"

"같이 있었던 건가?"

"저는 김현을 따라서 그 빛나는 커튼으로 들어갔는데, 거기서 갑자기 정신을 잃었습니다."

"페플 시스템에 접속했던 사용자들이 대규모로 쫓겨났네. 아무래도 자네는 아주 깊은 세계에 내려가 있었기 때문에 충격이 심각했던 것 같아."

"그게 무슨 말입니까?"

"메이저 업데이트가 시작되었네. 페플 그룹이 공식적으로 발표했지. 조금 전에. 일정이 앞당겨진 모양이야. 아무튼, 앞으로 사흘은 페플 접속이 불가능해."

"안 됩니다. 돌아가야 합니다."

억지로 몸을 일으킨 라이언은 커넥터가 놓인 방으로 비틀거리며 걸어갔다.

프로메테우스는 말리지 않았다.

커넥터에 겨우 올라탔지만 접속은 되지 않았다. 경고 메시지만 반복적으로 나올 뿐이었다.

축 늘어진 라이언을 기계 팔로 안아다가 침대에 다시 눕힌 프로메테우스는 할아버지가 손자에게 말하듯 속삭였다.

"지금은 푹 쉬게. 그래야 뭐든 할 수 있으니까."

지친 라이언은 눈을 감았다.

탑 꼭대기에서 도시를 내려다본 김현이 끌어 올린 내공을 목소리에 담아 크게 외쳤다.

"라이언!"

버려진 지하 도시 전역으로 소리가 퍼져 나갔고, 여기저기서 메아리가 돌아왔다. 그러나 귀 기울여 봐도 라이언의 대답은 들리지 않았다.

내공을 두 배로 늘려 더 크게 외치자, 낡은 지붕이 와르르 무너졌고 근처의 건물도 붕괴되었다.

혹시나 하는 마음으로 파티 창을 열었다.

"……이런."

계약 해제된 아로간타르만 파티 멤버 목록에서 빠진 게 아니었다. 라이언도, 박용준도…… 심지어 지상에서 대학사 요프람을 돕고 있을 고형덕도 목록에서 찾을 수 없었다.

눈살을 찌푸린 김현은 다가오는 존재를 발견했다. 괴물 같은 크립테아인이었다. 그렇게 당하고도 완전히 회복된 것이다. 끝장을 내고 싶은 충동이 솟았다.

'지금은 아니야.'

김현은 공간 이동술로 사라졌다.

김현이 시간의 장벽을 뚫고 나타났다.

팅기듯 일어난 사람들이 그를 향해 모였다. 홀로 떨어져 있던 아로간타르 역시 김현에게로 달려갔다.

모닥불 옆에 앉아 딱딱한 고기를 조금씩 뜯고 있던 벨레스카르는 자신의 추측이 옳았다고 확신했다.

'역시, 저 녀석이 중심이야.'

벨레스카르는 짓궂은 상상을 해 봤다. 만약 김현이 갑자기 사라져 버린다면 나머지 사람들에게 어떤 일이 벌어질까. 지금처럼 '사이좋은 척' 지낼 수는 없을 것이다.

하마터면 쿡쿡 소리 내어 웃을 뻔했다.

그 기분은 한 가지 가능성 때문에 깡그리 망가졌다.

셀레스카르의 지시를 받고 김현이 여기 내려왔다면? 대사형이라면 곧 수제자다. 저렇게 많은 사람들을 데리고 만계까지 놀러 왔을 리는 없다.

'누가 셀레스카르에게 부탁했을까? 도주 우라누크? 아니면 게마인? 누군지 몰라도 실수했어. 일을 맡겼으면 끝까지 믿었어야지.'

김현이 다가왔다.

싱크

"괜찮습니까?"

"자네 동료들 덕에 좋아졌어. 그나저나 신기한 조합이야. 난 뱀파이어와 드워프, 엘프가 인간과 함께 파티를 이룬 걸 한 번도 본 적이 없네."

벨레스카르가 슬쩍 눈길을 주자, 아로간타르와 트로얀 등이 불편해하는 느낌이 강해졌다. 보이지 않을 만큼 작았던 균열이 서서히 커지는 중이었다.

김현은 이상한 분위기를 눈치챘지만, 그보다 더 중요한 일에 집중했다.

"크립테아가 저 너머에 있습니까?"

"저 너머, 그 아래에 있네."

벨레스카르는 시간의 장벽을 손으로 가리켰다.

"크립테아가 만계를 휩쓴 대지진, 화산 폭발과 관련이 있습니까?"

질문을 던지는 김현은 진지했다.

"크립테아 중심에 마그나타라는 초대형 마법진이 건설됐네. 화염계 마법진으로, 그 목적은 시간의 탑을 무너뜨려 저 장벽을 없애는 거지. 마그나타는 지금도 화맥에서 열기를 흡수하여 나머지 두 개의 탑을 무너뜨리는 중이라네. 그러니, 관련이 있다고 봐야겠지."

주먹이 부르르 떨렸다. 김현은 너무나 무거워 버티기도 힘겨웠던 짐을 내려놓은 기분이었다.

'나 때문이 아니었어! 크립테아 놈들 때문이었어!'

그동안의 마음고생이 생각났다. 때로는 불면으로 밤을 지새우기도 했었다. 그 깊은 고민을 누구에게도 털어놓지 못했다.

'멍청한 도마뱀 새끼.'

김현은 들끓는 분노를 도저히 참을 수 없었다.

결각보로 내달리며 낡은 주택의 외벽과 충돌했다. 오행 중 금의 기로 몸을 감싼 터라 벽에 구멍이 크게 뚫렸고, 그 충격으로 집 전체가 흔들리며 무너져 내렸다.

건물 하나로는 성에 차지 않았다. 타각으로 석상을 부수었고, 잔해를 공중으로 끌어 올려 구체로 뭉친 후 날려서 여러 개의 건물을 볼링 핀처럼 무너뜨리기도 했다.

벨레스카르는 아무 말도 못 하고 눈만 껌벅거렸다. 자신이 실언을 한 게 아닐까 생각해 봤지만, 이유는 찾지 못했다.

김현은 조금도 속이 시원하지 않았다. 지금이라면 드래곤과 싸워도 이길 것만 같았다.

손의 감촉이 이상했다. 피부가 빨갛게 변하더니 여기저기서 거품처럼 부풀었다. 몸 전체에 열이 올랐으며, 가슴이 뜨거워 미칠 것만 같았다.

'자카리안의 구슬……!'

김현은 즉시 현섬을 펼쳐 지상으로 올라갔다.

최대한 수왕진으로부터 멀리 떨어지기 위해 두 번 더 공간을 이동한 순간, 콰콰쾅 김현은 폭발했다.

들끓는 분노의 감정을 억눌렀기에 폭발의 범위는 좁았고, 위력도 비교적 약했다. 그래도 구덩이의 깊이는 10미터나 되었고 폭은 50미터에 달했다.

김현은 인벤토리에서 옷을 꺼내어 입었다. 오랜만에 찾아온 폭발이었다. 던전을 훑으며 강한 몬스터를 사냥할 때도 터지지 않았건만.

이 모든 게 비디타스, 그 망할 드래곤 때문이었다.

지하에서 일행이 자신을 기다리고 있음을 생각해 낸 김현은 한숨을 내쉬며 현섬을 펼쳤다.

잠시 후, 김현이 일행을 한곳으로 불러 모았다.

벨레스카르는 비틀거리며 김현을 향해 걸어갔다.

김현이 손을 내밀었다.

아로간타르 등이 서로 손을 잡은 모습에, 벨레스카르는 미심쩍은 표정으로 김현을 향해 손을 뻗었다.

"뭘 하는……."

말이 끝나기 전에 시야가 일그러졌다.

모닥불과 빛나는 시간 장벽 그리고 울퉁불퉁한 벽과 천장이 기괴하게 소용돌이치며 멀어졌고, 무지개 같은 형형색색의 기다란 띠가 왼쪽으로 또는 오른쪽으로 회전하고 있었다. 손을 잡은 사람들은 그 기이한 동굴을 통과하는 중이었다.

입이 벌어지고 비명이 튀어나왔다.

"악! 아악! 아아악!"

다행히 그 끔찍한 시간은 짧았다.

손을 놓치며 쓰러진 벨레스카르는 파란 하늘을 볼 수 있었다. 크립테아의 서왕 타릴에게 붙잡힌 이후, 두 번 다시 보지 못할 거라 생각했던 그 하늘이었다.

감동을 느낄 여유 따윈 없었다. 배 속에서 폭풍이 일어났다. 벨레스카르는 겨우 몸을 뒤집어 위장에 든 것을 게워 냈지만 일어날 힘은 없었다. 그는 자신의 토사물에 얼굴을 처박고 말았다.

만나야 할 놈

초장거리 이동 마법으로 드래곤 레어 입구에 도착한 비디타스는 가파른 언덕 아래쪽을 내려다보았다. 평소와 달리 아주 조용했다.

"오셨습니까?"

레어를 지키는 집사 화그가 다가왔다.

"이상한데."

이방인들은 나방이 불에 이끌리듯 레어로 몰려들다가 곳곳에 설치된 방어 마법진에 의해 목숨을 잃었다. 불사의 능력 때문인지 이방인들은 계속 도전했고, 계속 죽어 나갔다. 그 때문에 입구 아래쪽은 항상 소란스러웠다.

오늘은 흔치 않은 예외였다.

"이방인들이 모두 사라졌습니다."

"모두?"

"네."

"……왜?"

"이유는 모릅니다. 룬트란 왕국뿐 아니라 중명 제국, 레나르카 왕국에서도 같은 현상이 벌어진 걸 보면, 이방인의 세계에 문제가 생긴 모양입니다. 이전에도 비슷한 일이 있었으니, 며칠이면 다시 돌아올 겁니다."

"음."

비디타스는 입술을 깨물었다. 드래곤인 자신은 크립테아로 내려갈 수 없다. 따라서 김현을 꼬드겨 장벽 너머로 보내야 하는데 녀석까지 사라져 버렸다면…… 몹시 곤란해진다.

김현은 다른 이방인들과 다르다. 녀석은 소환진을 통해 직접 이곳으로 넘어왔다. 따라서 보통 이방인들처럼 이계로 사라지진 않았을 것이다.

허기가 느껴졌다.

"먹을 것 좀 가져와."

"제센 케루크가 있습니다만."

"좋아."

비디타스는 반질반질 윤이 나는 돌 탁자 앞에 앉아 그 너머 웅장한 모습으로 서 있는 조각상을 올려다보았다.

높이만 무려 10미터에 달하는 거대한 석상은 이제 막 전투에 돌입한 전사의 모습을 담고 있었다. 당장이라도 움직일 듯한 역동적인 근육, 소리를 지를 것만 같은 입과 강렬한 눈빛, 검을 든 팔, 질주하는 다리의 형태는 아무리 봐도 지겹지 않았다.

"과연 부려옥이야."

레어에는 뛰어난 예술가의 작품 수백 점이 곳곳에 전시되어 있었다. 모두 비디타스가 공들여 입수한 물건이었다. 부려옥의 '전사'는 그중에서도 돋보이는 작품이었다.

화그가 먹음직스러운 요리를 가져왔다.

금 재질의 접시에는 은은한 향이 기가 막힌 버섯 케루크를 독특한 향료 제센으로 볶은 음식이 담겨 있었다. 심해의 고래 배 속에서만 자라는 버섯 케루크는 같은 무게의 금보다 수십 배나 비싼 식재료였다.

반쯤 접시를 비운 비디타스는 한 가지 결론에 이르렀다. 이번 사태를 해결하기 위해서는 김현의 도움이 절대적으로 필요했다.

'그 녀석이 날 도와줄까? 진실을 알게 되면 이를 갈며 달려들지도 모르는데.'

"고민이 있어 보이십니다."

화그였다.

충직한 집사를 슬쩍 쳐다본 비디타스는 그동안 벌어진 일을 설명했다. 이방인 김현을 이용하여 크립테아의 문제를 해결해야 하는데, 쉽게 말을 듣지 않을 거라는 생각도 솔직하게 털어놓았다.

"퀘스트를 부여하면 됩니다."

"……퀘스트?"

비디타스의 눈이 가늘어졌다.

"주인님이 퀘스트를 어떻게 생각하시는지 잘 압니다. 인간이나 드워프, 엘프 같은 허약한 종족이 이방인의 힘을 빌리기 위해 시작한 일종의 계약과 보상 체계가 퀘스트니까요."

"그렇게 잘 알면서 퀘스트를 해라?"

"저는 조금 전 주인님을 위해 맛있는 요리를 가져왔습니다. 그 행동은 주인님이 허약해서가 아니라, 제가 마땅히 할 일이기 때문입니다. 저는 주인님의 마력 덕분에 정령계로 돌아가지 않고 여기 존재할 수 있습니다. 이것 또한 퀘스트라고 볼 수 있지 않겠습니까?"

"음."

화그의 말에도 일리가 있다. 능력이 없어서 김현의 힘을 빌리는 건 아니다.

시간의 장벽 붕괴를 막기 위해서다! 전쟁을 막기 위해서다!

따라서 녀석에게 퀘스트를 제안한다고 해서 부끄러워할 필요는 없다.

고개를 끄덕인 비디타스는 무구의 방으로 향했다. 화그가 뒤따랐다. 벽과 천장이 정교하고 아름다운 그림으로 가득한 복도 끝에 무구의 방이 있었다.

벽과 선반 가득 검, 도, 방패, 갑옷, 투구 등으로 채워져 있었다. 대부분 인간이나 드워프, 엘프 등 다른 종족이 만들어 낸 걸작이었다. 몇 개는 비디타스 자신이 제작한 무구였다.

신중한 태도로 살피던 비디타스는 붉은 검을 집어 들고 뒤에 서 있는 화그를 쳐다보았다.

"어때?"

"레드본 블레이드. 좋은 선택이긴 합니다만, 김현이라는 이방인이 만족할지는 속단할 수 없습니다."

"왜? 내가 직접 제작한 이 칼에 군침을 흘리는 놈들이 얼마나 많은데."

비디타스는 레드본 블레이드를 붕붕 휘둘렀다.

"마탑이나 무문뿐 아니라 드워프, 뱀파이어, 엘프 심지어 천도의 신족까지 값진 보물을 미끼로 이방인의 힘을 끌어모았고, 그 과정을 통해 지나치게 강한 무구가 이방인의 손에 들어가고 말았습니다. 레드본 블레이드는 탁월한 칼이지만, 극소수의 이방인은 그보다 좋은 무기를 가지고 있는 것 또한 현실입니다, 주인님."

비디타스는 화그를 살짝 노려봤다. 불의 정령이자 드래곤 레어를 지키는 파수꾼이며 동시에 집사이기도 한 저 녀석은 자신의 주장을 강조할 때 '주인님'이라는 호칭을 사용한다.

"그 녀석이 이놈보다 좋은 칼을 가지고 있다는 건가?"

비디타스는 붉은 칼을 들어 올렸다. 칼에서 뜨거운 열기가 뿜어져 나와 뱀의 혀처럼 날름거렸다.

"플레임소드."

"그따위 검을 레드본 블레이드에 비교하다니!"

"명검 퀘르."

비디타스는 아무 말도 못 했다.

퀘르는 광마 중천이 사용한 검이었다. 하늘에 떠 있는 도시, 즉 천도의 도주 우라누크가 직접 만든 검으로, 균형을 깰 만큼 강력한 무기였다.

물론 약점도 있었다. 누구든 검을 쥐고 휘두르는 매 순간 생명력이 고갈되기에, 아무리 강한 놈이라고 해도 매우 짧은 시간 동안만 퀘르를 사용할 수 있었다.

그 점을 고려해도 명검 퀘르는 레드본 블레이드보다는 우수한 무구였다.

"정말 그 녀석이 퀘르를 가지고 있나?"

"제가 알아본 바에 따르면, 김현이 명검 퀘르의 현재 주인입니다."

"골치 아프게 됐군. 레드본 블레이드를 안겨 주고 크립테아로 내려가게 만들려 했더니만."

비디타스는 팔짱을 끼고 무구를 살폈다.

드래곤이 깊은 생각에 잠기자 화그는 조심스럽게 문을 닫으며 밖으로 나갔다.

여기 모아 놓은 수많은 무구 중 아깝지 않은 물건은 단 하나도 없었다. 모두가 보물이었고, 여기 둘 만한 가치가 있는 물건이었다.

이방인에게 주려니 너무나 아까웠다. 하나를 고르면 그 물건을 가져올 때의 기쁨과 흐뭇함이 너무나 생생하게 떠올랐다. 다른 녀석으로 바꾸면, 포기하지 말아야 할 이유가 몇 가지나 생각이 났다.

무구의 방은 모두 세 개.

거기 있는 갖가지 무구를 다 합치면 족히 수천 개는 될 텐데도, 고르기는 쉽지 않았다.

그때, 화그가 방으로 들어왔다.

"손님이 오셨습니다."

"손님?"

"그분입니다."

화그의 얼굴이 살짝 일그러졌다.

"······알았다."

즉시 알아차린 비디타스는 레어의 중심부로 걸어갔다.

금빛의 머리카락이 허리까지 내려오는 아름다운 여인이 검을 들고 보이지 않는 적과 싸우는 석상을 올려다보고 있었다. 그 여자가 입은 드레스는 조금만 움직여도 빛이 쏟아지는 마법이 걸려 있었다.

"이거, 부려옥 작품이지?"

여자는 돌아보지도 않고 물었다.

"맞아."

비디타스는 눈살을 찌푸렸다. 부려옥 작품이라면 눈에 불을 켜는 저 녀석이 사실을 알았으니, 귀찮은 일이 생길 것이다.

"부려옥 작품은 모두 내가 모았다고 생각했는데, 여기 있을 줄이야."

비디타스는 중명 제국과 서쪽의 토한국 등 북쪽의 땅을 지배하는 드래곤 옆에 섰다.

"저쪽에 하나 더 있어. 그래 봐야 당신이 꾸며 놓은 부려옥의 방에는 미치지 못하겠지만."

부려옥은 중명 제국 역사상 손꼽히는 조각가로, 작품을 만드는 족족 황가나 지체 높은 귀족에게 팔려 나갔다. 그 명성은 인간이라는 종족을 뛰어넘어 엘프, 드워프에게 이르렀는데, 부려옥 사후 100년 정도 지났을 무렵에는 그 경쟁에 드래곤까지 끼어들었다.

지금 중명 제국의 황궁 비고에 있는 조각상은 모두 정교한 모조품이었다. 드래곤 유스타나가 가짜를 거기 두고 진품을 자신의 레어로 가져가 버린 것이다.

비디타스는 욕심 많은 드래곤 몰래 마음에 드는 작품 두 점을 은밀히 빼돌릴 수 있었다. 특히 '전사'는 부려옥의 마지막 작품이었다.

"하나 더 있단 말이지. 뭐, 좋아. 그 부분은 나중에 의논해도 되니까. 내가 직접 여기까지 온 이유는 당신도 잘 알 거야."

"모르겠는데, 전혀."

"재앙."

유스타나가 비디타스를 노려보았다. 드래곤 특유의 흉폭한 기운이 눈빛에 서려 있었다.

비디타스는 움찔거렸다. 뒤늦게 부아가 치밀어 올랐다. 감히 내 레어에 와서 저런 눈으로 나를 노려봐?

"허락도 받지 않고 내 땅에 들어온 것만으로도 로드에게 처벌을 건의할 수 있다는 건, 당신도 알고 있지?"

"나도 이렇게 좁고 촌스러운 곳에 오고 싶진 않았어. 너무 시끄러워서 참을 수가 있어야지. 조용한 이웃이라면 내가 왜 여기까지 왔겠어?"

"문제는 곧 해결될 테니까, 신경 끄고 춥고 냄새나는 당신 땅으로 돌아가기나 해."

"정말 해결될까?"

유스타나가 빙긋 웃었다. 무언가 아는 듯한 표정이다.

비디타스는 물어볼 뻔했다. 다행히 꾹 참았다. 저런 도마뱀 따위에게 빚을 지고 싶진 않았다.

"이번 일 잘못되면 은퇴해야 할지도 몰라. 말이 은퇴지…… 소멸이잖아. 인간으로 따지면 죽음이고. 그런 치욕을 당하고 싶진 않겠지? 그렇지?"

"그래서?"

"저 작품."

유스타나가 긴 손가락으로 부려옥의 대리석상을 가리켰다. 정보와 조각상을 교환하자는 뜻이었다.

비디타스는 손을 들어 부려옥이 죽기 전 마지막으로 남긴 조각상을 향해 파이어볼을 펼쳤다. 그 걸작은 불길에 휩싸이며 산산조각이 났다.

눈이 휘둥그레진 유스타나가 몸을 부들부들 떨며 비디타스를 노려봤다.

"어, 어떻게……?"

"꺼져."

"……뭐?"

"하나 더 부술까?"

"……아니."

유스타나는 즉시 이동 마법으로 사라졌다.

이를 악문 비디타스는 무구의 방으로 돌아갔다. 망설임은 사라졌다. 천리적경과 드래곤 아머를 챙긴 그녀는 화그에겐 한마디 말도 없이 초장거리 이동 마법을 펼쳤다.

검을 휘둘렀다.

검이 공기를 가르는 소리가 부웅, 제법 크게 들렸다. 김현은 그 소리에 귀를 기울이며 다시 검을 들어 올렸다.

붕, 붕, 붕.

밤새 검을 휘두른 탓에 팔이 뻣뻣하고 어깨가 아팠지만 아직은 참을 만했다. 수련의 고통에도 익숙해진 상태. 오랫동안 몸을 단련해 온 덕이다.

몸은 힘들어도 마음은 평온하다. 버릇이 되었는지 가만히 쉴 때가 오히려 더 심란하다.

해가 산맥의 윤곽을 뚫고 올라왔다.

단숨에 날아온 아침 첫 햇살이 김현의 눈을 간지럽혔다.

그 순간, 김현은 그 빠른 화살을 둘로 쪼개는 기분으로 검을 내리쳤다.

들려야 할 소리가 들리지 않는다.

눈이 커졌다.

다시 한 번 검을 휘둘러 봤다.

붕.

햇빛에 집중하느라 소리를 놓쳤을까? 아니다. 검을 움켜쥔 손의 감촉도 달랐다. 김현은 엄지로 군살 덮인 손가락의 마디를 만졌다. 말로 설명하긴 힘든, 묘한 느낌이 남아 있었다.

김현은 검을 내려놓았다.

퍽.

무거운 검이 흙바닥에 꽂혔다.

김현은 인벤토리에서 《룬트란 왕국의 역사》 21권을 꺼냈다. 하도 자주 읽어서 끝부분이 닳아 버린 책을 펼치니 원하는 내용이 나왔다.

묵검

십년비무에서 다섯 번이나 우승하여 명성을 떨친 스로칸의 검객 실레온이 말한 검의 경지로, 검을 휘둘러도 소리가 전혀 들리지 않는 상태.

은밀한 공격을 위해 내공으로 소리를 막거나 숨기는 보통의 검술과 달리, 묵검은 검 스스로 소리를 머금는다. 설명이 어려운 이 경지에 오르기 위해 숱한 검객들이 도전했으나, 극소수만 이를 수 있었다.

책을 덮고 인벤토리에 넣으려는데, 책등이 뜯기며 종이가 흩어졌다.

"이런."

김현은 프로 복서가 잽을 날리듯 제각기 다른 방향으로 떨어지는 종이를 빠르게 잡았다.

《룬트란 왕국의 역사》는 틈이 날 때마다 꺼내어 한 페이지라도 읽은 책이었다. 워낙 다양한 인물, 다양한 사건, 다양한 장소가 나오는 데다 분량도 방대해서 조금도 지겹지 않았는데, 자주 읽다 보니 책이 낡아 터지고 만 것이다.

나중에 손보기로 하고 인벤토리에 넣는데 아래쪽에서 목

소리가 들렸다.

"대사형!"

울창한 숲 사이로 언뜻 보이는 사람은 아로간타르였다.

빙긋 웃은 김현은 다시 검을 들어 붕붕, 소리를 내며 휘두르기 시작했다.

"계속 찾았습니다!"

"왜?"

"사제가 대사형을 찾는데 꼭 이유가 있어야 합니까?"

"평소라면 넌 어디 있을까?"

김현은 계속 검을 휘두르고 있었다.

"……침대요. 휴우, 맞습니다. 용건이 있어서 찾은 겁니다."

"말해 봐."

"벨레스카르. 어떤 인물인지 알고 있습니다."

검이 중간에서 멈췄다.

김현은 고개를 살짝 돌려 엘프 사제를 쳐다봤다.

아로간타르는 벨레스카르가 저지른 만행을 낱낱이 설명했다. 어릴 때부터 촌장을 비롯한 일족의 어른으로부터 들은 내용이지만 그는 마치 현장에서 직접 본 것처럼 생생하게, 때로는 과장을 섞어서 말했다.

반응을 기다렸지만 대사형은 검을 내린 채 멀뚱멀뚱 아로간타르를 쳐다볼 뿐이었다.

"제 생각엔…… 크립테아에서 보낸 첩자 같습니다."

"이유는?"

"두 가지 이유가 있습니다. 첫째, 벨레스카르처럼 사악한 엘프가 그동안 어디 있었겠습니까? 분명히 크립테아에 숨어 지냈을 겁니다. 둘째, 벨레스카르는 크립테아에 잠입했다고 주장하지만 누가 보냈는지 아예 말을 하지 않습니다. 둘 다 충분히 의심스러운 부분입니다."

"의식은?"

"아직입니다."

허약한 몸 상태에서 현섬으로 충격까지 받은 벨레스카르는 정신을 잃었고, 이틀이 지난 지금까지도 침대에 누워 회복 중이었다.

"그래서 결론은?"

"내쳐야 합니다."

아로간타르는 단호했다.

"음, 알겠다."

"신중하게 생각하셔야 합니다."

그렇게 말한 아로간타르가 돌아서서 별장으로 내려가는데, 김현이 그를 부드러우면서도 힘있게 불렀다.

"사제."

"……네?"

불안한 눈빛으로 돌아보는 아로간타르.

"제2문 쌍각은 이미 돌파했지?"

"아, 네."

"파워를 수련 중이겠네?"

무극심법 제3문이 바로 파워로, 분신술과 관련된 단계였다.

"……그렇습니다."

"해 봐."

"지금요?"

"사제와 단둘이 오붓한 시간을 가진 게 참 오랜만이라는 생각이 들어서 말이야. 이런 기회를 놓칠 순 없지. 사부님이 안 계시니, 부족한 대사형이 그 역할을 할 수밖에."

"나, 나중에 해도 됩니다만."

김현의 눈에 힘이 들어갔다.

아로간타르는 대사형의 방식을 잘 알았다. 평소 과묵하고 자신의 의견을 내세우지 않지만, 한번 마음을 먹으면 누구도 바꾸지 못한다.

한숨을 내쉰 엘프는 대사형 앞으로 걸어가 파워의 자세를 취했다.

"축현부터."

"……네."

아로간타르는 새벽 일찍 대사형을 찾아온 걸 속으로 후회했다.

몸의 중심을 천천히 아래로 내리며 마보의 자세를 유지했다. 서서히 사방에서 기운이 몰려와 천천히 소용돌이를 치며 아로간타르의 몸을 감쌌다. 바로 무극심법 제1문 축현의 단계였다.

다음은 쌍각.

아로간타르가 몸을 일으키며 앞으로 한 발 내딛자, '탕' 소리가 나며 충격파가 바닥의 흙먼지를 날려 버렸다.

아로간타르가 제3문 파위로 접어드는 순간, 팔짱을 끼고 지켜보던 김현이 끼어들었다.

"좌각은 왜 빠뜨려?"

"……네."

아로간타르는 타각과는 반대 원리인 좌각을 펼쳤지만, 그 위력이 현저히 떨어져 조그만 흙과 나뭇잎이 겨우 30센티미터가량 떠올렸다가 바로 떨어졌다.

사제는 대사형 앞에서 고개를 푹 숙였다.

김현은 아로간타르 앞에 섰다.

'내 잘못이야. 그동안 던전 사냥이다, 수왕진이다…… 바빠서 이 녀석을 제대로 챙기지 못했으니까. 재능은 뛰어난데 수련 시간이 부족한 게 탈이야.'

아로간타르는 자존심 센 엘프였다. 녹색날개 일족의 후계자이니 그럴 만도 했다.

가슴을 후벼 파는 비난으로 자극을 줄 수도 있지만, 김현은 다른 방법을 택했다.

"잠시 엘루마에 갔다 올 생각이다."

"······네?"

예상 못 한 말에 놀란 아로간타르.

"만나야 할 놈이 있어서."

김현은 사제를 위해 그놈이 '드래곤'이라는 말은 생략했다.

"저도 같이 가겠습니다."

"아니, 넌 여기 남아서 나 대신 사람들을 도와줘. 성질석은 필요한 양만큼 확보했으니까 던전에 내려갈 필요는 없을 거야. 수왕진 보수 작업 좀 도와주면 돼. 그리고 개인 수련에도 신경 쓰고."

아로간타르는 '나 대신'이라는 말에 입이 쩍 벌어졌다. 대사형 대신이라는 건, 곧 대사형처럼 여기 있는 사람들을 이끄는 책임을 맡아 달라는 뜻이었다.

'당연한 거야. 나 말고 누가 할 수 있겠어? 하하하, 역시 대사형이야!'

"아로간타르."

"듣고 있습니다, 대사형."

"내가 돌아올 때까지 좌각을 완성시켜. 가능하면 파워도 돌파하고. 나중에 확인할 거야."

"최선을 다하겠습니다!"

아로간타르는 히죽히죽 웃었다.

손가락이 목에 닿았다. 맥박을 재기 위해서였다. 그 손가락은 얼굴 위로 올라와 눈꺼풀을 밀어 올렸다.

"어제와 상태가 비슷해. 힐링 마법 제대로 한 거 맞지?"

벨레스카르의 몸을 살핀 세르프가 고개를 돌려 뒤에 서 있던 마법사 레반을 쳐다봤다.

"나 못 믿어?"

"차도가 없으니까 그러지. 사부님도 저 엘프가 깨어나기를 기다리고 계시잖아. 그보다, 저 엘프에 대한 이야기, 너도 들었지?"

"무슨 이야기?"

힐링 마법을 준비하며 레반이 침대 옆으로 다가섰다.

"하프엘프래."

"하프엘프라면 인간과 엘프 사이에서 태어난 거잖아."

눈이 휘둥그레진 레반.

"맞아. 게다가 제1차 몬스터대전에도 참가했대. 더 놀라운 건, 하이엘프 셀레스카르의 동생이래."

"말도 안 돼."

"진짜라니까. 아로간타르 사숙이 말하는 걸 직접 들었어."

레반은 입을 쩍 벌렸다.

힐링 효과가 몸 깊숙이 스며들도록 꼼꼼하게 마법을 펼친 레반은 세르프와 함께 방을 떠났다.

벨레스카르는 천천히 눈을 떴다. 사실 정신은 이미 한참 전에 차렸다. 몸을 제어하여 의식을 잃은 상태처럼 보이도록 만들었을 뿐이다.

'여기 있는 사람들 모두가 나를 알게 됐군. 나 역시 그들에 대해 알아야 공평하겠지.'

벨레스카르는 하급 정령 르지쿰을 소환했다. 자두 크기의 까만 구체 형태인 르지쿰은 눈과 귀를 대신하는 용도로 사용되는 정령이었다.

천장에 닿도록 높이 올라간 르지쿰이 복도로 나갔다. 정령은 소환자의 의지에 따라 자유롭게 움직였다.

"이얍!"

카캉.

기합과 무기 부딪치는 소리가 들렸다.

벨레스카르는 르지쿰을 그 방향으로 움직였다.

열린 창으로 나가려는데, 정령은 유리에 부딪혀 튕겨 나왔다. 세 번이나 시도한 후에야 거기 투명한 유리가 있음을 깨달은 벨레스카르는 감탄을 금치 못했다.

이렇게나 얇고 투명한 데다 견고한 유리라니.

열린 곳을 통해 밖으로 나가자 가파른 공터에서 격렬하게 싸우는 두 사람이 보였다.

드워프가 커다란 도끼를 휘두르며 달려들자, 예리한 검을 쥔 뱀파이어가 민첩하게 요리조리 피하며 드워프의 틈을 노렸다. 두 사람은 죽일 듯이 서로를 몰아붙였다. 도끼가 뱀파이어의 목으로 날아들고 뾰족한 검이 가슴으로 파고드는 순간, 둘은 웃음을 터트리며 무기를 내렸다.

"몸을 띄우며 내리치는 도끼 공격, 아주 매서웠다."

"조그만 공간도 비집고 파고드는 검은 아직도 피할 수가 없습니다."

휴식은 짧았다.

다시 맞붙은 뱀파이어와 드워프는 르지쿰으로 따라잡기 힘들 만큼 거칠게 싸웠다.

르지쿰을 통해 그 장면을 지켜보던 벨레스카르는 혀를 찼다.

'참으로 무식한 수련법이군. 셀레스카르가 여기 있었다면 탄식했겠지. 하긴, 수제자가 뱀파이어를 제자로 삼았으니 기가 막혀 죽을지도 모르겠군.'

김현이 트로얀을 제자로 받아들였다는 사실을 셀레스카르가 알게 된다면, 어떤 반응을 보일까? 하프엘프인 자신을 벌레 보듯 했던 고고한 엘프의 눈에 뱀파이어는 박멸해야 마땅한 해충으로 보일 것이다.

분노한 셀레스카르가 트로얀을 직접 처단한다면, 김현은 어떤 표정을 지을까? 이성을 잃은 김현이 사부에게 달려든다면, 그 또한 놓치면 안 될 구경거리일 것이다.

벨레스카르는 르지쿰을 공중으로 띄웠다.

별장이 한눈에 들어왔다. 박공지붕, 정교한 대칭 구조, 산자락까지 내려온 숲과의 어울림 등 매우 인상적인 건축물이었다.

'저, 저게 뭐야?'

그를 놀라게 한 건, 별장이 아니라 그 너머 들판에 펼쳐진 초대형 마법진이었다.

마그나타와 비교할 만큼 거대한 마법진은 이미 완성됐거나 완성을 목전에 둔 듯 보였다.

'저, 저건 요툰이야!'

벨레스카르는 정신을 차릴 수 없었다.

그 마법진 근처로 쿵쿵 소리를 내며 거인이 무거운 수레를 끌고 있는데, 치열한 전쟁에서 수많은 인간, 엘프, 드워프를 공포로 몰아넣었던 몬스터 요툰이 분명했다.

자세히 보니 요툰 외에도 좀비나 스켈레톤, 리자드맨 같은 몬스터들이 질서 정연하게 마법진 근처에서 일을 하는 중이었다.

마법진에 대해 좀 더 자세히 알기 위해 르지쿰을 이동시켰으나, 원하는 만큼 전체 구조를 파악하기는 힘들었다. 마력이 전달되는 범위 밖으로 정령을 움직일 수는 없었다.

그때, 얼굴이 시야를 가득 채웠다.

"금계 정령 같은데, 이게 왜 여기 있을까?"

양날도끼 사라겐의 비월 위에 서 있던 김현이 손을 뻗어 르지쿰을 잡았다.

소스라치게 놀란 벨레스카르는 르지쿰을 정령계로 돌려보내려 했지만, 실패하고 말았다.

공간을 뚫고 김현이 침대 옆으로 나타났다. 그가 손을 들어 르지쿰을 보여 주었다.

"깨어나셨군요."

"험험, 이제 막 정신을 차렸다네."

태연하려고 애를 쓸수록 당황한 표정이 뚜렷해졌다.

"잘됐습니다. 안 그래도 이야기를 나눌까 했으니까요."

김현이 왼손을 내밀자, 벽에 붙어 있던 의자가 날아왔다. 그는 의자를 침대 옆에 놓고 천천히 앉았다.

"이 녀석, 이름이 뭔가요?"

김현은 구슬 형태의 정령을 침대에 내려놓았다.

"……르지쿰일세."

"아, 정탐용 정령이군요."

"정탐이라니…… 난 그저 이곳이 어딘지 알고 싶었을 뿐이네."

벨레스카르는 서둘러 르지쿰을 정령계로 돌려보냈다.

"크립테아에 첩자로 잠입했다고 들었는데, 사실입니까?"

"……맞네."

"누가 보낸 겁니까?"

"자넨 셀레스카르의 명령으로 이곳에 내려온 건가?"

하프엘프는 질문으로 맞섰다.

"밝히고 싶지 않다면 말 안 해도 됩니다. 그건 중요한 문제가 아니니까요. 조금 전 정령을 통해 본 초대형 마법진은 수왕진입니다."

"수왕진이라면…… 물의 정령왕을 소환하는?"

"맞습니다."

김현은 빛의 도시 엘루마에 어떤 재앙이 벌어지는지, 왜 그런 대지진이 일어나는지 찬찬히 설명했다. 자연스럽게 수왕진 건설 이유도 드러났다.

"……자네는 그 사람들을 살리기 위해 여기서 저 거대한 마법진을 만들었다는 건가?"

벨레스카르는 처음으로 이 괴상한 이방인이 셀레스카르를 닮았다고 생각했다. 셀레스카르 역시 멍청한 놈들을 살리겠다고 엉뚱한 일에 뛰어든 적이 있었다.

"제가 궁금한 건, 물의 정령왕을 소환하면 크립테아에 있다는 화염계 마법진 마그나타를 파괴할 수 있을지…… 그 가능성입니다."

"음."

김현은 차분하게 기다렸다.

"파괴는 어렵네. 잘해야 시간을 늦추는 정도일 걸세. 이미 하나가 붕괴됐으니 그것도 쉽지 않을지도 모르네."

"그렇군요."

"충고 하나 해도 되겠나?"

"말씀하세요."

"백신교에 대해 알고 있나?"

"대충은요."

김현은 《룬트란 왕국의 역사》를 통해 백신교가 어떻게 시작되었는지, 지금 상태는 어떤지에 대해 어느 정도는 파악한 상태였다.

"내가 알기로 백신교는 처음으로 종족 사이의 차이를 뛰어넘어 인간, 엘프, 드워프는 물론 뱀파이어까지 '우리'라고 부른 종교라네. 그 때문에 극심한 탄압으로 파멸 직전에 이르렀지만, 같은 이유로 끈질기게 되살아나곤 했지. 백신교가 강성해진 계기는 그 허황된 철학을 버리기로 한 결단이라네. 인간과 엘프는 다르네. 엘프와 드워프도 마찬가지고. 뱀파이어는…… 언급할 가치도 없지. 자넬 보면 백신교를 처음 시작한 그 성녀 스베린이 생각나. 스베린은 상대가 누구든…… 심지어 악인이라고 해도 끌어당기는 묘한 힘의 소유자였네. 그녀가 있었기 때문에 엘프, 드워프, 뱀파이어 그리고 인간이 하나가 될 수 있었네. 그녀의 존재가 곧 백신교였지. 허나, 성녀 스베린이 어떻게 죽었는지 아는가? 자신이 철석같이 믿었던 인물들…… 가족보다 신뢰했던 놈들에게 버림받고 살해당했네. 그 이유는 분명해. 스베린은 현실을 몰랐던 거지. 서로 다른 종족이 하나가 될 수 있다는 거짓을 신봉했기 때문에 비참하게 죽은 걸세."

"이방인에 불과한 저를 백신교의 초대 교주와 비교하다니, 이거 영광인데요."

"셀레스카르는 아무나 제자로 삼지 않았네. 주위에서 아무리 귀찮게 굴어도 버티던 그가 자넬 첫 번째 제자로 받아들였지. 자넨 일개 이방인이 아닐세."

"충고, 감사드립니다."

고개를 살짝 숙인 김현이 복도로 나가자, 벨레스카르는 한숨을 내쉬었다.

대면은 사람에 대해 많은 것을 알려 준다. 눈빛, 목소리, 말하는 방식, 몸동작 등 겉으로 드러난 흔적을 통해 내면의 상태를 유추할 수 있다.

'빌어먹을. 어떻게든 셀레스카르를 이겨서 그 잘난 콧대를 꺾어 놓고 싶었는데, 저런 놈을 제자로 받아들이다니. 내가 먼저 만났다면 저 녀석을 제자로 삼았을 텐데.'

피곤이 몰려왔다.

눈을 감은 벨레스카르는 서서히 잠으로 빠져들었다.

사각사각.

단단한 끝이 적갈색 돌 표면을 긁었다.

체리는 폭연석 가루를 모으는 중이었다. 자칫 잘못해서 힘이 들어가 불꽃이 튀기라도 한다면 가루는 물론 화염의 기운을 머금은 폭연석까지 터져…… 이 방이 날아가 버릴 것이다.

집중력이 요구되는 작업이 이어지자 땀이 흐르기 시작했다. 눈꺼풀 끝에 맺힌 땀방울 하나가 뚝 아래로 떨어지자 체리는 손등으로 얼른 막았다. 가루에 땀이 섞이면 폭발력에 문제가 생길지도 모른다.

"휴우."

오전 내내 작업을 진행했는데도 가루의 양은 얼마 되지 않았다. 저격용 탄환 스무 발 정도만 제작이 가능하다. 방법을 찾고 있지만 아직 탄환을 보다 쉽고 빠르게 만드는 비결은 알아내지 못했다.

그때, 세르프가 방으로 들어왔다.

"방해한 거 아니지?"

"막 끝났어. 근데 무슨 일이야?"

"소식 못 들었구나. 사부님이 엘루마로 가신대."

"왜?"

"그건 아무도 몰라. 뭔가 이유가 있으시겠지. 그보다, 너 가문 사람들 제대로 대피했는지 궁금해했잖아. 내가 너라면 당장 가서 같이 가고 싶다고 조를 거야. 좋은 기회니까. 둘이 오붓하게 시간을 보낼 수 있는."

"무, 무슨 말을 하는 거야?"

"이제 솔직하게 털어놓을 때도 됐잖아. 아직도 내가 못 미더운 거야?"

"마, 말이 되는 소릴 해야지."

"난 정말 모르겠다. 넌 사부님을 진짜로 좋아하고 사부님도 널 아끼는 것 같은데, 왜 불꽃이 튀지 않을까? 하긴, 수왕진으로 물의 정령왕을 소환하려는 사부님에겐 그런 여유가 없을지도 모르겠다."

"그분이 날 아낀다고 생각해?"

"둔탱이."

세르프가 들고 있던 조그만 가방을 내밀었다.

"뭔데?"

"도시락. 어서 가 봐."

"……고마워."

체리는 도시락을 들고 서둘렀다.

별장 앞뜰에는 사람들이 몰려와 있었다. 다들 이야기를 듣고 온 모양이었다.

평소엔 산등성이 가까운 곳에 직접 지은 대장간에서 쇳덩이를 두들기는 늙은 대장장이도, 지하 서재에서 잘 나오지 않는 대학사도 거기 있었다.

"사부님, 추광대가 모시겠습니다."

트로얀이었다.

"금방 올 거야. 여기서 수왕진 작업을 도와주면서 수련하는 게 훨씬 나아."

김현은 트로얀과 사람들을 훑어보며 말했다. 그의 시선이 체리에게 잠시 머물렀다.

체리는 용기를 내어 앞으로 나섰다.

"뮤카멘 백작가를 둘러보고 싶어요."

함께 가겠다는 의지의 표현이었다.

"그건 안 돼."

김현의 뜻은 명백했다.

얼굴이 딱딱하게 굳은 체리.

앞으로 다가간 김현이 체리의 귀에 대고 속삭였다.

"백작가는 염려 안 해도 돼. 이미 대피는 끝났을 테니까. 그리고 엘루마로 가는 이유는 드래곤 때문이야. 만나서 담판을 지어야 해서. 이건 비밀이야. 사람들이 알면 좀 불안해할 것 같아서."

"비밀, 지킬게요."

체리는 달콤한 기분이었다. 엘루마로 가는 이유, 아무도 모른다. 그걸 자신에게만 살짝 알려 준 것이다.

"갔다 올게."

"……여기 이거요. 도시락이에요."

"역시 날 생각해 주는 건 체리밖에 없어. 고마워. 나중에 봐."

싱크

뒤로 물러서며 인벤토리에서 티메후르를 꺼낸 김현은 활짝 웃으며 사라졌다.

빛의 도시 엘루마는 텅 비어 있었다. 고양이 울음도 들리지 않았다.

어슴푸레한 하늘을 배경으로 솟아난 첨탑과 건축물의 윤곽선은 섬세하면서도 아름다웠다. 건물 외벽은 정교한 조각으로 덮여 있었고, 곳곳에 석상과 청동상이 세워져 고풍스러운 분위기를 자아냈다.

이 도시는 거대한 박물관이었다. 잿더미로 파괴되어서는 안 될 곳이었다.

김현은 그 순간 얼마든지 이곳에 올라올 수 있었지만 그동안 특별한 목적 없이는 엘루마에 오지 않은 이유를 깨달았다. 자신의 잘못으로 파괴될 수도 있는 도시를 눈에 담고 싶지 않았다. 그 도시를 걷고 싶지 않았다.

이제는 그런 감정과는 안녕이다.

"비디타스, 이 멍청한 도마뱀 새끼!"

진상을 알게 되면 어떤 표정을 지을까? 드래곤이라고 신뢰했더니만. 비디타스는 드래곤이라는 존재가 별거 아니라는 증거였다!

반드시 엘루마를 지켜 낼 생각이었다! 죄책감 때문이 아니라, 이 멋진 도시를 위해서, 여기서 살아가는 사람들을 위해서.

　현섬을 펼친 김현은 봉쇄 구역에 도착했다. 검은 바다 마레 아래쪽으로 뚫린 터널 입구에 들어서자 물고기처럼 헤엄치던 망량이 알아차리고 몰려왔다.

　김현은 오행의 기운을 끌어 올려 가볍게 놈들의 공격을 막으며 안으로 들어갔다.

　터널을 통과하자 바로 현섬을 펼쳐 건물 안으로 이동했고, 대현자 파르소겐의 뒷모습을 볼 수 있었다.

　그가 천천히 돌아섰다.

　"자넨 나가지 않았군."

　"……."

　김현은 그 의미를 즉시 이해했다.

　"이방인들이 사라졌네. 피난을 도와주던 이방인들뿐 아니라, 허점을 노리고 귀족가의 보물을 털던 놈들까지 모두. 자네 세계에 문제가 생긴 모양인데."

　"아무래도 그런 것 같습니다."

　어떤 문제일지 생각해 봤지만, 짐작도 하기 힘들었다. 페플 시스템에 문제가 생겼는지도 모른다. 그 문제가 무엇이든, 안진후에게 맡기고 여기서 할 수 있는 일에 집중해야 한다.

　"마법진 건설은 잘되고 있나?"

"완성됐습니다."

"······정말이지 놀랍군. 물의 정령왕을 소환하는 마법진이 완성됐다니 말이야."

"그보다, 크립테아에 대해 아십니까?"

"크립테아?"

그때, 파르소겐이 입고 있던 예복 리토랄레의 왼쪽 가슴이 빛나더니 하얀 연기가 흘러나왔다. 연기는 빠르게 형체를 갖추었다.

중년의 여자는 두리번거리다가 김현을 보자마자 달려들어 손톱을 휘둘렀다.

김현은 결각보로 슬쩍 피하며 파르소겐을 쳐다봤다. 파르소겐은 한숨을 내쉬며 고개를 흔드는 중이었다.

현자 집단 호지센의 회주였다가 스스로 망량이 되어 예복 리토랄레에 잠들었던 모레얀은 미꾸라지처럼 잘도 피하는 김현을 노려보더니, 파르소겐을 향해 손을 뻗었다.

예복의 왼쪽 소매에서 튀어나온 망량 카젠이 포효하며 모레얀 앞에 착지했다.

사태가 심각해지자 파르소겐이 끼어들었다.

"모레얀 님, 그 사람은······."

"시끄럽다! 크립테아 놈을 앞에 두고도 가만히 있다니! 넌 호지센의 회주 자격이 없다!"

모레얀은 막무가내였다. 그녀가 손가락으로 김현을 가리

키자 고릴라처럼 생긴 망량 카젠이 공격을 시작했다.

늘어난 카젠의 손이 김현을 움켜쥐려는 순간, 현섬이 펼쳐졌다. 김현은 파르소겐 옆에 나타났다.

"망량 같은데, 누굽니까?"

"호지센의 선대 회주님."

"말이 잘 안 통하는 분이군요."

"……맞네."

카젠의 입이 벌어졌고, 주위의 공기가 녀석의 목구멍으로 빨려 들기 시작했다. 유니온의 지하 비고에서 무수한 아이템을 빨아들였던 스킬 보로투였다.

김현은 파르소겐을 데리고 공간 이동술로 피했다. 뒤쪽의 벽까지 뜯기며 카젠의 목구멍 너머로 사라졌다. 넘실거리는 까만 바다 마레가 벽 너머로 드러났다.

현기증을 겨우 억누른 파르소겐은 오른손을 리토랄레의 왼쪽 소매에 올리며 '미누틴'을 펼쳤다. 망량의 힘 자체를 약화시키는 스킬로, 콘센치오 5단계에 이르러야 가능한 기술이었다.

카젠은 즉시 연기로 흩어졌고, 예복의 소매로 돌아왔다.

놀란 모레얀이 파르소겐을 죽일 듯 노려봤다.

"너! 감히!"

"모레얀 님, 도대체 왜 그러십니까?"

"저 녀석은 크립테아인이다! 현자의 적이란 말이다!"

싱크

모레얀이 소리를 질러 댔다.

"이 사람은 셀레스카르 님의 수제잡니다."

"……뭐?"

파르소겐이 김현을 쳐다봤다.

그 눈빛을 본 김현은 가볍게 앞으로 나서며 좌각을 펼쳤다. 바닥에 떨어져 있는 크고 작은 부스러기가 공중으로 떠올랐고, 3초 정도 머무른 후에 원래 자리로 추락했다.

그제야 모레얀은 입을 뻐끔거리더니 공격 자세를 풀었다.

"험험, 진짜 그분 제자로군. 완벽한 좌각이었어. 진작 말을 했으면 이런 일은 없었을 거 아닌가?"

"그럴 틈은 주셨어야죠."

파르소겐이었다.

"그나저나, 셀레스카르 님의 제자가 왜 크립테아를 입에 올린 거지?"

김현은 날뛰다가 갑자기 근엄한 척하는 모레얀의 태도 변화에 웃음을 터트릴 뻔했다. 그 부분을 지적하진 않았다. 얻어야 할 게 있기 때문이다.

"아무래도 이번 대지진의 원인이 크립테아 같습니다."

"그렇군! 크립테아라면 말이 돼!"

"크립테아에 대해 아는 대로 말씀해 주십시오."

흥분한 모레얀은 현자답지 않게 횡설수설했지만, 김현이 이해하지 못할 정도는 아니었다.

크립테아 군주라고도 불리는 황제 투리우스 아래에 사왕이 존재한다. 동왕 앙즈, 서왕 타릴, 북왕 테투도, 마지막 남왕 파포르는 크립테아를 지탱하는 네 개의 기둥이었다.

1차 몬스터대전의 원흉이며, 2차 몬스터대전 역시 놈들과 관련 있다는 게 모레얀의 설명이었다.

"이곳을 덮칠 대지진은 3차 몬스터대전의 시작이겠군."

중얼거린 모레얀이 김현을 쳐다봤다. 그리고 말을 이었다.

"놈들은 몬스터를 군대처럼 부리지. 하지만 놈들의 진정한 힘은 그게 아니야. 코르디앙이라 불리는 융합 능력인데, 상상을 초월할 만큼 강해진다. 드래곤 로드와 천도의 도주가 황제 투리우스를 죽이기 위해 힘을 합쳤는데도 결국 그 뜻을 이루지 못했으니까. 오히려 드래곤 로드는 죽었고, 도주는 오른팔을 잃었다네. 그 대가를 치른 후에야 크립테아를 시간의 장벽 너머에 겨우 가둘 수 있었다더군."

김현은 깜짝 놀랐다. 지금까지 만난 존재 중 드래곤이 가장 강했다. 드래곤 로드는 드래곤이라는 종족 중에서도 최강일 것이다.

크립테아의 군주가 드래곤 로드를 죽일 만큼 강하다니!

"감옥의 문이 열리면, 지옥이 펼쳐지겠군요."

파르소겐이었다.

모레얀은 천천히 고개를 끄덕였다.

그때, 공간을 뚫고 비디타스가 나타났다. 엘프로 변신한 드래곤을 본 모레얀은 입을 쩍 벌렸다.

"위, 위대한 존재시여."

"날 알아?"

"저는…… 호지센의 회주 모레얀입니다. 지금은 망량으로 저기 리토랄레에 머물고 있습니다."

"아, 기억나는군. 미쳐서 날뛰다가 말년에 겨우 정신 차린 현자. 대단한 결정이야. 망량이 되어서까지 호지센을 생각하다니 말이야. 그건 그렇고, 여기 있었군. 또 정령을 풀어서 그 광활한 만계를 뒤져야 하는지 고민했는데, 다행이야."

비디타스는 김현을 바라보았다.

김현 역시 비디타스를 빤히 쳐다보고 있었다.

잠시 후, 김현이 입을 열었다.

"도마뱀 새끼."

"……뭐?"

비디타스는 귀를 의심했다.

파르소겐과 모레얀도 화들짝 놀라 김현과 비디타스를 번갈아 쳐다봤다.

"만계에는 도마뱀 새끼가 아주 많아. 밤에 잠을 설칠 정도로. 그건 그렇고, 나도 잘됐어. 크립테아 문제로 당신을 찾을 생각이었으니까."

김현이 말했다.

"……알아냈군. 놈들과 만난 건가?"

김현은 고개를 끄덕였다.

"시간은 아껴야겠지?"

비디타스가 윙크를 하자, 빛이 그들을 삼켰다.

"꺼억! 컥컥!"

파르소겐이 속에 든 것을 게워 내는 소리였다. 만계로의 이동은 늙은 현자에겐 감당하기 힘든 충격이었다. 그 쇼크 때문에 모레얀은 흩어져 예복 리토랄레로 흡수되었다.

"저렇게 허약해서야, 쯧쯧."

황량한 벌판을 둘러보며 비디타스가 말했다.

"할 말이 있다면서?"

김현이었다. 퉁명스러운, 결코 듣기 좋은 말투는 아니었다.

"크립테아에 대해 알았다면 몬스터대전도 알 테고, 시간의 장벽에 대해서도 알고 있겠지?"

비디타스는 슬쩍 김현의 눈치를 살폈다. 평소와 달리 드래곤은 몹시 불편했다.

"대충."

불만이 느껴지는 대답.

"크립테아 놈들이 세 개의 탑 중 하나를 무너뜨렸다. 이대로 두면 나머지 두 개도 부수겠지. 그러면 놈들을 가둬 놓았던 시간의 장벽은 없어질 테고, 3차 몬스터대전이 시작되겠지. 무수히 많은 사람들이 끔찍한 고통 속에서 목숨을 잃겠지. 물론 가만히 내버려 둔다면."

"그래서?"

김현은 팔짱을 꼈다. 일단은 들어 본 후에 판단하겠다는 마음이었다.

건방진 태도에 비디타스의 눈썹 끝이 치솟았지만, 화를 내지는 않았다. 한번 꾹 참은 것이다.

"협정 때문에 드래곤인 나는 장벽 너머로 내려갈 수 없다. 안타깝게도."

"나는 드래곤이 아니라서 내려갈 수 있다?"

"역시 똑똑해."

비디타스는 이 칭찬이 상대에게 긍정적인 효과를 거두기 바랐지만, 성공하기 어렵다는 사실도 잘 알았다. 저 이방인은 칭찬에 휘둘리는 인물과는 거리가 멀다.

다행스럽게도, 이방인은 보상을 좋아한다. 이 녀석도 이방인이다.

"문제를 해결한다면, 아주 귀중한 칼을 자네에게 주지."

비디타스는 시뻘건 칼을 꺼냈다. 자루부터 칼 몸체 모두 불꽃처럼 타오르고 있었다.

김현은 메시지 창을 볼 수 있었다. 오랜만에 나타난 퀘스트 창이었다.

−퀘스트를 받아들이겠습니까?

그 자리에서 퀘스트를 거절한 김현이 드래곤을 쳐다봤다.

"얼마나 좋은 칼인지 내가 어떻게 알아?"

이맛살을 찌푸린 비디타스는 건방진 이방인을 위해서 직접 식별 마법을 펼쳤다.

김현은 아이템의 능력치가 마음에 들지 않았다. 그는 비디타스에게 명검 퀘르를 내밀었다.

검을 받아서 식별 마법으로 가치를 확인한 비디타스의 얼굴이 구겨졌다. 레드본 블레이드도 괜찮은 칼이지만 최대 사용 시간 1분 40초라는 약점을 고려한다고 해도 명검 퀘르에 비할 바는 아니었다.

"그렇다면 레드본 블레이드에 이것까지."

비디타스는 동그란 외알 안경을 꺼냈다. 이번에도 식별 마법으로 아이템의 가치를 알려 주었다.

천리적경

천리적경은 잉타스가 제작한 외알 안경으로, 마력이나 내공을 주입하면 먼 곳까지 볼 수 있는 아이템입니다. 감지 스킬 센키오와 결합하면 견고한 벽 너머를 투시할 수 있으며, 천리적경의 능력이 개방되면 눈으로 볼 수 없는 것까지 볼 수 있습니다.

마력이나 내공을 주입하면 아이템이 깨어납니다. '가까이', '멀리'로 거리를 바꿀 수 있으며, '투시'는 물리적 장애물 너머를 보게 해 줍니다. 감지할 물건이나 사람의 이름을 부르면 천리적경이 보여 줄 것입니다.

김현은 드래곤이 건넨 동그란 유리를 눈에 대 보았다. 유리의 외곽이 흐물거리더니 찰싹 피부에 달라붙었다. 도수 없는 안경을 쓴 느낌이었다.

내공을 주입한 순간, 유리알이 붉게 변했다. 빨간 선글라스를 쓴 느낌이었다.

김현이 2킬로미터 남짓 떨어진 바위 기둥을 쳐다보며 '가까이'라고 속삭이자, 천리적경은 마치 줌으로 당긴 것처럼 기둥의 주름까지 생생하게 보여 주었다.

"센키오는 어떤 스킬이야?"

김현은 맡겨 놓은 물건 찾듯 당당하게 물었다.

"너 정도면 이미 가능할 거다. 기를 퍼트려 사물이나 특정한 존재를 찾는 거니까."

"아하."

김현은 즉시 이해했다. 시험은 다음으로 미뤘다. 그는 천리적경을 드래곤에게 돌려주었다.

"나한테는 딱히 필요한 물건이 아니라서."

김현을 노려본 비디타스는 짜증을 억누르며 드래곤 아머를 소환했다. 시꺼먼 금속으로 제작된 견고한 갑옷이 공간을 가르며 나타났다. 이번에는 아무런 설명도 없이 식별 마법으로 얼마나 좋은 아이템인지 보여 줬다.

> **드래곤 아머**
> 드래곤은 크립테아와 상대하기 위해 직접 갑옷을 제작했습니다. 최강의 금속 중 하나인 타빌륨에 갖가지 성질석을 추가했을 뿐 아니라 드래곤의 피를 넣어 마법을 부여한 갑옷으로, 엄청난 방어력을 자랑합니다. 특히 크립테아와 싸우면 갑옷은 더 특별해집니다.
> **효과** : 이동속도 +50%, 방어력 +300%, 마법 저항력 +200%, 크립테아와의 전투 시 패시브 스킬 디스멤 발동

"어?"

김현은 비디타스가 내민 갑옷이 용현갑과 매우 닮았다는 사실을 알아차렸다. 그가 인벤토리에 넣어 둔 용현갑을 꺼내자 비디타스가 깜짝 놀랐다.

"……낡고 오래되어 원래 부여된 디스멤 마법이 망가졌지만, 분명히 드래곤 아머다. 어디서 난 거지?"

김현은 용갑 제작으로 유명한 뮤카멘 백작가 대대로 내려오는 용현갑이 드래곤이 직접 만든 갑옷이었다는 사실에 잠시 할 말을 잃었다. 체리가 이 사실을 알게 되면 어떤 표정을 지을까 상상해 봤다.

"디스멤은 뭐야?"

비디타스는 자신의 질문 따위 가볍게 무시하는 이방인을 노려봤지만, 아쉬운 쪽은 자신이었다. 저 무례는 이번 일이 무사히 끝난 후에 갚아도 늦지 않다.

"야생의 몬스터를 길들여 군대처럼 다루는 조련사는 대규모 전투에서 힘을 발휘한다. 크립테아가 일으킨 몬스터대전이 무서운 건, 바로 그 군대 때문이야. 크립테아 놈들은 모두 조련사라고 봐야 하니까. 디스멤은 조련사 특유의 테이밍을 방해하는 스킬로, 일정 범위 안에 들어온 몬스터와 조련사 사이의 관계를 끊어 버린다. 그 때문에 몬스터가 조련사를 물어 죽이는 일도 발생하지. 같은 원리로, 디스멤은 크립테아 특유의 코르디앙, 즉 융합도 약화시킨다. 디스멤 없이 놈들을 죽이기는 거의 불가능해."

"와아!"

감탄사가 터져 나왔다.

"마그나타만 파괴하면 레드본 블레이드, 천리적경 그리고 완벽한 드래곤 아머까지 모두 주겠다."

비디타스는 이번에는 김현이 절대 거절하지 못할 거라고 확신했다.

"그 전에, 한 가지 확인할 게 있는데."

"말해 봐."

"지난번에 만났을 때, 대지진이 나 때문에 벌어진 재앙이라고 말했잖아."

드디어 그 문제를 지적한다. 비디타스는 준비한 핑계를 입에 올렸다.

"아, 그거? 아주 사소한 착각이지. 그렇다고 완전히 틀린 말은 아니야. 엄밀한 시각으로 따져 볼 때, 네가 일으킨 대폭발이 만계의 지하에 영향을 줬고, 그로 인해 시간의 탑이 더 빨리 무너졌을 테니까."

잠시 손가락으로 턱을 긁으며 생각에 잠겼던 김현이 입을 열었다.

"크립테아의 군주가 드래곤 로드를 죽였다던데, 사실이야?"

비디타스는 그저 김현을 응시할 뿐이었다. 그 눈빛이 곧 대답이었다.

"그 드래곤 로드가 자카리안?"

김현은 조금 더 파고들었다.

"……그래."

침통한 목소리.

김현은 한숨을 내쉬었다. 몸이 서서히 뜨거워지고 있었다. 자카리안의 용옥이 뿜어내는 열기 때문이었다.

한 번도 자카리안이 왜 죽었는지 생각해 보지 않았다. 그저 늙어서 삶을 마감했다고 여겼다.

"드래곤 로드조차 감당할 수 없을 만큼 강한 존재가 있는 곳으로 일개 인간, 게다가 이방인인 나더러 내려가라는 거로군. 아이템 몇 개를 던져 주면서 말이야."

"투리우스와 싸울 필요는 없다. 아니, 싸워서는 안 돼. 분명히 크립테아 어딘가에 거대한 마법진이 있을 거야. 넌 그저 그 마법진만 파괴하면 된다."

"마그나타."

"뭐?"

"그 마법진 이름이야. 어떻게 알아냈는지 궁금하지? 공교롭게도 크립테아에 잠입했다가 정체를 들킨 첩자를 내가 구했거든."

"첩자? 누군데?"

"벨레스카르."

"허!"

콧방귀 뀌는 비디타스의 반응은 김현의 예상 밖이었다. 김현은 가만히 드래곤의 설명을 기다렸다.

"천도 놈들은 알고 있었어! 크립테아가 일을 꾸민다는 사실을! 알고도 귀띔 한번 해 주지 않다니!"

분노한 드래곤이 마력을 뿜어내자 강풍이 사방으로 불었다. 김현에겐 시원한 미풍이었지만 이제 겨우 구역질에서 벗어난 파르소겐은 그 돌풍에 휘감겨 수십 미터나 날아가 땅바닥을 뒹굴었다.

김현은 벨레스카르를 크립테아로 보낸 세력이 천도라는 사실을 깨달았다. 갑자기 시야가 어마어마하게 확장되는 느낌을 받았다.

대재앙으로부터 빛의 도시 엘루마를 보호하는 게 목표였는데, 이제는 크립테아라는 정체불명의 세력과…… 하늘에 떠 있는 전설의 도시와도 얽히게 된 것이다.

"벨레스카르 지금 어디 있어? 당장 만나야겠어. 아, 그렇군. 그 녀석을 길잡이로 이용하면 그 마법진이 있는 곳까지 몰래 잠입할 수 있을 테고, 그러면 싸우지 않고도 마법진을 파괴할 수 있겠군."

비디타스의 눈이 반짝거렸다.

"운이 좋아서 마그나타를 파괴해도 크립테아에서는 얼마든지 다시 만들 수 있을 텐데."

김현이 지적했다.

"시간을 벌 수는 있겠지. 놈들의 방식을 알게 되었으니 이쪽도 꾸준히 방해할 수 있을 테고."

"명쾌하게 해결할 수는 없다는 건가?"

김현은 명검 퀘르로 몸을 토막 내도 결국 죽이지 못했던 척살대주를 떠올렸다.

"드래곤 로드조차 투리우스를 죽이지 못했다. 그러니 시간의 장벽이 무너지지 않도록 조치를 취하는 게 최선이야."

"그 어마어마한 임무를 건방진 이방인 따위에게 맡겨도 될까?"

"다른 방법이 있다면 부탁 따위는 안 했겠지. 뭐든지 말만 해라. 내가 다 들어줄 테니까."

비디타스는 마음이 급했다. 이 녀석을 설득해야 한다. 어떻게든 장벽 너머로 보내서 그 마법진을 파괴해야 한다.

그 순간, 김현이 빙긋 웃었다. 바로 저 말을 기다린 것이다.

레어 털이

"아! 대단해."

벨레스카르는 탄성을 터트렸다.

아무리 봐도 익숙해지지 않는다.

저 아래 평평한 땅에 펼쳐진 초대형 마법진.

드높고 푸른 하늘 때문인지 크립테아의 수도 데알렘 지하에 설치된 마그나타보다 훨씬 웅장해 보인다.

쿵쿵 소리를 내며 걸어가는 거대한 몬스터 요툰이 시야에 들어왔다. 요툰은 건물 잔해로 채워진 금속 수레를 끌고 외곽으로 나가는 중이었다.

요툰 외에도 많은 몬스터들이 수왕진의 유지, 관리, 외곽 지역의 정비에 투입된 상태였다. 스켈레톤, 좀비 등 다양한 몬스터들이 저마다 맡은 일을 위해 부지런히 움직이고 있었다.

'어떻게 저런 생각을 다 했을까? 몬스터의 등에 조혼마진을 새겨서 일꾼으로 부리다니 말이야.'

벨레스카르는 몸을 돌려 숲에 웅크린 듯한 별장을 올려다보았다.

저 건물에 엘프, 뱀파이어, 인간이 어울려 살고 있다. 얼마 전까지 이방인들도 함께 지냈다. 저들은 10년도 못 되어 초대형 마법진을 완성한 주역이었다. 어쩌면 서로 다른 종족이기 때문에, 사고방식의 기본 자체가 완전히 이질적이기 때문에 상상을 초월하는 발전이 튀어나왔는지도 모른다.

'크립테아에선 있을 수 없는 일이지.'

벨레스카르는 뒷짐을 지고 언덕을 내려가 수왕진 쪽으로 걸어갔다. 경이로움이 느껴지는 이 산책은 그가 요즘 첫 일과로 삼은 즐거움이었다.

시선이 느껴진다.

벨레스카르는 굳이 뒤를 돌아보지 않았다. 누가 따라오는지도 알고 있었다.

엘프 아로간타르.

요즘 수왕진에 자주 문제가 생기는데, 아로간타르는 의심의 눈초리로 벨레스카르를 주시했다. 김현이라는 이방인이 자리를 비운 지금 셀레스카르의 제자라는 이유로 지도자가 된 아로간타르 입장을 이해 못 할 바는 아니지만, 산책까지도 방해받으니 기분이 좋을 리는 없다.

'음, 장난 좀 쳐 볼까?'

빙긋 웃은 벨레스카르는 가벼운 손짓만으로 바람을 일으켰다.

공기가 빠르게 회전했다. 돌개바람이 생겨나 뒹굴던 낙엽을 바닥에서 끌어 올려 공중으로 휘몰아 갔다.

바람의 성질이 달라지자 낙엽은 나비 떼처럼 벨레스카르 주변을 날아다녔고, 잠시 후에는 황갈색의 구름처럼 떠다녔다. 낙엽은 안개처럼 퍼졌다가 서서히 땅바닥으로 가라앉았다.

멀리서 지켜보던 아로간타르는 깜짝 놀랐다.

'저건 마법이 아니야. 바람의 마탑 페르제피의 마법사도…… 저런 건 못해. 바람의 정령을 소환한 것도 아닌데. 대체 무슨 짓을 한 거지?'

낙엽이 천천히 움직여 아로간타르를 향해 날아왔고, 주위를 에워쌌다. 아로간타르는 검 토포레를 뽑아 낙엽을 가루로 만들어 버렸다.

그사이, 벨레스카르가 다가와 있었다.

"내게 볼일이 있는 건가?"

"……그럴 리가요."

"그러면 왜 날 따라오는 거지?"

"누, 누가 따라왔다는 겁니까?"

"허허, 늙은이가 오해를 했구먼. 사과하지. 난 산책하러

나왔는데, 자네는?"

"……원인 불명의 폭발이 수왕진 곳곳에서 발생한다는 사실, 당신도 알 겁니다. 이곳의 책임자로서 한번 둘러보려고 나왔을 뿐입니다."

"과연 셀레스카르의 제자답군."

아로간타르는 칭찬인지 비아냥거림인지 알 수가 없어 잠시 늙은 엘프를 노려보았다. 문득 어릴 때부터 귀에 못이 박히도록 들었던 이야기가 떠올랐고, 분노가 스멀스멀 피어났다.

"대체 왜 그랬습니까?"

"뭘 말하는 건가?"

"은색눈썹."

"……또 그 이야긴가?"

벨레스카르는 한숨을 내쉬었다. 어딜 가든 엘프를 만나면 과거의 망령이 되살아난다.

"당신이 전령으로서 임무만 완수했다면 은색의 눈썹 일족은 전멸하지 않았을 겁니다."

"후후, 엄밀히 말하면 전멸하진 않았네. 족장의 둘째 아들이 살아남았으니까. 그 외에도 몇 명 더 생존자가 있었네."

"지, 지금 그게 말이라고 하는 겁니까!"

아로간타르는 버럭 고함을 질렀다.

은색눈썹 일족은 제1차 몬스터대전 전까지만 해도 녹색날개 일족, 황금잎사귀 일족과 더불어 엘프라는 종족의 세 기등으로 명성이 높았다. 전령이 공포에 질려 소식을 전하지 않았기에 은색눈썹 일족은 몬스터 군대에 포위당했고, 끝까지 버티다가 장렬하게 죽어 갔다.

몬스터대전이 끝난 후, 참담한 진실이 알려졌다. 눈앞의 하프엘프는 고위 장로들로 구성된 재판에서 추방이라는 처벌을 받았다.

당시, 살아남았던 족장의 차남 타겐토르는 끝까지 잘못을 인정하지 않고 떠나는 벨레스카르를 노려보며 반드시 죽이겠다며 피눈물을 흘렸다.

엘프라면 모두가 아는 이야기였다. 그랬기에 엘프라면 벨레스카르라는 이름을 증오했다.

"자네가 타겐토르 대신, 날 죽일 텐가?"

검을 쥔 손이 부르르 떨렸다. 저 오만하고 뻔뻔한 살인마의 목을 잘라 버릴 수는 있지만, 그 행동은 권위 있는 장로회의 결정을 뒤집는다.

"……전 타겐토르 님이 아닙니다."

아로간타르는 한 걸음 물러섰다. 가까이 있다가는 자신도 모르게 검을 휘두를 것 같았다.

"타겐토르는 지금 어디 있나? 반드시 날 죽일 거라고 소리를 쳤는데, 그때 이후론 본 적이 없어서 말이야. 그 녀석은 겁쟁이야. 아직까지 내게 덤벼들지 않은 걸 보면 말이야. 혹시 어둠에 숨어서 내 뒤통수를 노리고 있을까?"

"······."

벨레스카르를 노려본 아로간타르는 침을 탁 뱉은 후 돌아섰다. 엘프는 하지 않는 행동으로, 여기 와서 드워프와 이방인에게 배운 것이었다.

벨레스카르는 멀어지는 젊은 엘프의 뒷모습을 씁쓸한 얼굴로 쳐다봤다. 당당하게 화를 내고 짜증을 부리는 행동이 좀 부러웠다.

기분 전환이 필요했다.

수왕진 근처를 거닐면서 바람을 좀 더 멀리, 넓게 퍼트렸다. 천도의 주인에게서 받은 이 신통력은 적과 싸울 때뿐만이 아니라 평소에도 큰 도움이 된다.

바람은 쌓여 있는 돌무더기 틈으로 파고들었고, 날아다니는 새의 날개 깃털을 어루만졌으며, 열심히 일하는 몬스터의 악취까지도 실어 날랐다.

"음······."

벨레스카르는 오늘도 이질적인 느낌을 받았다.

조혼마진으로 조종하는 몬스터 중 일부는······ 풍기는 기운 자체가 달랐다. 같은 스켈레톤이라고 해도 크기나 힘이 제각각 다르기 때문이라고 생각했는데, 시간이 흐를수록 그 수가 점점 늘어나고 있었다.

'뭔가 있군. 세르프나 레반이 알아채지 못할 만큼 정교한 솜씨야. 몬스터에게 장난을 치는 녀석이 아마도 수왕진에 문

싱크

제를 일으키고 있겠지? 누굴까? 성격이 단순한 아로간타르는 아니야. 게다가 마법진에 대해서는 아는 게 없으니까. 대학사 요프람은 지식만 넘칠 뿐이니까 제외해도 돼. 아무리 봐도 속내를 알기 힘든 뱀파이어가 아무래도 가능성이 높겠군. 그 녀석이 왜 수왕진 일부를 파괴하는지 알 수는 없지만.'

그 순간, 벨레스카르는 멈춰 섰다.

그저 추측에 불과하지만 늙은 하프엘프는 누가 이런 짓을 하는지 알아차렸다.

리치 만스크.

학사와 대장장이의 대화 중에 우연히 그 이름이 튀어나왔고, 벨레스카르는 그 순간을 놓치지 않았다. 만스크가 몬스터를 길들여 대장장이의 목걸이를 노렸다가 김현에게 된통 당한 이야기였다.

만스크는 불사의 존재다.

부활했다면 만계 어딘가에 있을 것이다.

'내가 만스크라면 어떻게 했을까?'

답이 튀어나왔다.

벨레스카르는 잠시 망설였다. 아로간타르에게 만스크의 장난질을 알릴까? 그렇게 하면 자신을 향한 적개심이 사라지거나 줄어들까?

"그럴 리는 없지."

하프엘프는 평소처럼 산책을 즐겼다.

황갈색 바위에 열 개의 유리병이 가지런히 놓여 있었다. 한때는 탄산음료가 담겨 있었지만 지금은 텅 빈 상태였다.

하늘을 날다가 유리병에 반사된 빛을 보고 호기심을 느낀 까마귀 한 마리가 바위에 내려앉아 부리로 유리병을 콕콕 두드린 순간, 열 개 중 제일 오른쪽 유리병이 폭발했다.

유리 조각 몇 개가 까마귀의 날개를 뚫었고, 또 몇 개는 몸에 깊이 박혔다. 까마귀는 바위 아래로 떨어져 푸덕거리다가 이내 움직임을 멈췄다.

잠시 후, 두 번째 유리병도 박살 났다.

세 번째, 네 번째 유리병도 차례대로 산산이 부서졌다.

모두 일곱 개의 유리병이 사방으로 흩어졌다.

1킬로미터 남짓 떨어진 곳에서 망원경으로 지켜보던 스노빈은 할 말을 잃었다.

'이렇게나 먼 곳에서 열 개 중에 일곱 개나 맞혔어. 아주 정확한 마법이야. 내가 아는 어떤 마법으로도 할 수 없는 일인데.'

"몇 개 부서졌어요?"

빛바랜 풀숲에 누워 자신이 만든 저격총으로 사격을 했던 체리가 몸을 일으켰다.

"……일곱."

"음."

체리는 조금도 기쁘지 않았다. 호흡에 조금만 신경을 썼다면 아홉 발, 아니 열 발 모두 명중할 수도 있었을 텐데. 라이언은 호흡이 중요하다고 몇 번이나 강조했었다.

"안 기뻐?"

"조금 기대에 못 미쳐서요."

"이봐, 열 개 중에 일곱 개나 박살 냈어. 이런 마법은 본 적이 없어."

"그럴 거예요."

"그거, 봐도 될까?"

스노빈은 기다란 막대처럼 생긴 저격총을 가리켰다.

이방인 고형덕, 라이언 등의 도움과 대학사와 늙은 대장장이에게 조언을 받아서 체리가 만들어 낸 무기를 들어 올린 스노빈은 또 한 번 놀랐다. 예상보다 가벼웠던 것이다.

처음 만난 순간부터 스노빈은 체리를 무시했다. 고생 한 번 해 보지 않은 귀족이었고, 젊은 여자였으며, 별로 도움 안 되는 무기 제작자였기 때문이다.

마법을 펼치지도 못하고, 검을 들고 직접 싸우지도 못하는 체리를 왜 김현이 이곳으로 데려왔는지 바로 조금 전까지는 전혀 이해할 수 없었다.

체리가 용갑으로 유명한 뮤카멘 백작가의 일원이라는 사실을 잘 알지만, 엄청나게 강한 몬스터를 상대로 그녀가 할 수 있는 일은 없다고 확신했던 것이다.

스노빈은 저격총을 샅샅이 훑었지만 어디에도 마법진은 새겨져 있지 않았다.

'음, 솜씨가 놀라워. 약점을 숨기려고 내부에다 마법진을 설치하다니. 대체 어떤 마법진이지? 저렇게나 먼 거리까지 파괴력이 살아 있다니 말이야.'

스노빈이 진지해질수록 체리는 웃음을 참느라 힘이 들었다.

그동안의 마음고생이 순식간에 녹아내렸다.

스노빈뿐 아니라 추광대원들의 시선에서도 자신을 향한 무시를 오랫동안 느껴 왔다. 스스로도 그 판단을 부정할 수 없었다. 만계의 지하에 출몰하는 몬스터는 자신이 상대조차 할 수 없을 만큼 강했던 것이다.

의기소침해 있던 체리를 구한 건 김현을 비롯한 이방인이었다.

김현이 아이디어를 제공했고, 라이언과 고형덕이 실질적으로 도왔으며, 소총이라 불리는 무기를 제작하는 데 요프람과 천야장이 뛰어들었다. 특히 천야장은 정교하면서도 밸런스가 잡힌 총구를 만드는 데 사력을 다함으로써 김현에게, 체리에게 인정을 받았다.

라이언은 제작된 라이플로 실제 사격을 보여 주었고, 그 방법을 꼼꼼하게 가르쳤다. 처음엔 심심풀이였으나 체리의 의욕과 능력을 본 후에는 교관처럼 엄격하게 훈련시켰다.

김현이 본격적으로 지하 던전 사냥에 나서고 라이언이 함께 내려가자, 고형덕이 체리를 도왔다.

김현을 제외한 이방인들이 갑자기 사라져서 체리는 무척이나 아쉬웠다. 그들에게 가장 먼저 완벽한 사격술을 보여주고 싶었던 것이다.

그동안 이방인의 세계에 존재하는 각종 무기를 바탕으로 뮤카멘 백작가의 방식에 맞게 구조를 고치거나 새로운 방식으로 바꾸어 제작한 무기가 꽤 많았다.

근거리 공격용 권총도 있고, 밟으면 터지는 지뢰도 갖추었고, 적을 향해 던질 수 있는 수류탄도 만들었다. 화약 대신에 성질석 가루와 초소형 마법진을 이용했는데, 이방인들이 놀랄 만큼 효과가 좋았다.

다행스럽게도, 수왕진 발동에 필요한 농도 짙은 성질석 외에 버려야 할 만큼 질이 안 좋은 성질석이 넘쳐 났기에 체리는 다양한 무기를 얼마든지 만들 수 있었다.

라이플을 살피던 스노빈이 체리를 쳐다봤다.

"정확도는 확실히 좋아. 문제는 파괴력이야. 나쁘진 않지만, 이걸로는 만티코어나 키클로프스 같은 몬스터를 잡기는 불가능해. 피부를 긁는 수준에 불과하니까."

"그럼, 이건 어떨까요?"

체리는 저격총을 받아 탄창을 교환했다. 그리고 바닥에 자리를 잡고 겨냥했다.

방아쇠를 당기자, 저 멀리 유리병이 놓여 있던 큼지막한 바위가 폭발하며 산산조각이 났다.

스노빈은 아무 말도 못 했다.

"뺨을 찰싹 때리는 정도는 되겠죠?"

"……어떻게 한 거야?"

"탄창을 바꿨어요."

"탄창이 뭔데?"

체리는 탄창을 빼내어 안에 채워 넣은 마력 탄환을 보여 주었다. 탄환 제작에 사용되는 성질석의 종류와 농도에 따라서 파괴력이 달라진다는 설명도 덧붙였다.

스노빈은 침을 꿀꺽 삼켰다. 엄청나게 멀리서, 엄청나게 빠르게, 엄청나게 강한 공격을 가능하게 만든 무기가 만약 자신을 노린다면……?

생각만으로도 소름이 돋았다.

그 표정을 본 체리는 그동안 들인 시간과 노력에 대한 보상을 받은 기분이었다.

"이런 무기 처음 봐. 진짜 이런 게 이계에 있다는 거야?"

"네."

"……마법 방어막을 뚫을 수 있을까?"

"그건 시험해 봐야 알 수 있겠죠. 내일 저를 좀 도와주시겠어요? 가능하겠죠?"

싱크

스노빈은 그 질문에 깃든 자신감을 느낄 수 있었다. 또한 현자 스노빈은 저 무기를 막아 낼 수 없다는 확신이 자신감 사이에 숨어 있음을 알아차렸다.

오랫동안 신무기 제작을 위해 애를 써 왔고 오늘 그 위력이 드러났으니 저런 생각을 할 법도 하다. 하지만 현자로서 자존심을 지키기 위해서는 이 순간을 그냥 지나가서는 안 된다.

"내일까지 기다릴 필요 있겠어?"

"네?"

"지금 하면 되잖아. 준비되면 손을 들어 올릴 테니까, 그때 저 무기를 사용해서 날 공격해."

"……정말로 괜찮겠어요? 다칠 수도 있어요."

"최선을 다해 봐."

빙긋 웃은 스노빈은 뒷짐 지고 박살 난 바위 쪽으로 천천히 걸었다.

'빙의갑으로 충분히 막아 낼 수 있어. 콘센치오 3단계는 물론 4단계까지 돌파했고, 지금은 5단계에 이른 상태니까. 음, 그래도 파괴력이 예상 밖이었어. 이러다가 부상을 입기라도 한다면 현자로서 고개를 들지 못할 텐데.'

이미 말을 내뱉었다. 되돌릴 수는 없다. 최선을 다해 망량으로 견고한 갑옷을 만들어야 한다.

스노빈은 오른손으로 왼손의 손등을 어루만졌다. 손등에 새겨진 기묘한 문양에서 차가운 기운의 망량이 빠져나와 형체를 갖추었다.

"흉갑."

스노빈이 명령했다.

금속의 기운을 지닌 망량, 즉 금령은 스노빈의 가슴으로 다가와 반투명한 흉갑으로 변했다.

비슷한 방식으로 스노빈은 이미 계약을 맺은 다양한 망량을 불러내어 쇄갑, 상완갑, 무릎받이 등을 만들었고, 부서진 바위 근처에 도착할 무렵에는 몸 전체가 망량의 갑옷으로 둘러싸여 있었다.

산산조각 난 바위를 힐끔 쳐다본 스노빈.

'신경 좀 써야겠어.'

주위에서 느껴지는 망량을 끌어당겨 흉갑을 세 겹, 네 겹으로 포갰다.

현재 한꺼번에 열 마리가량의 망량을 조종할 수 있다. 4단계를 돌파한 현자의 능력이었다.

자세를 잡은 스노빈은 멀리 떨어진 체리를 쳐다봤다. 그가 손을 들자 체리가 들판에 엎드렸다.

'휴우, 난 할 수 있다.'

눈을 감는 순간, 가슴을 때리는 어마어마한 충격에 몸이 뒤로 3미터나 밀려났다. 다행히 다섯 마리 망량으로 구성된 흉갑은 그 위력을 버텨 냈을 뿐 아니라 뾰족한 소형 물체를 튕겨 내기까지 했다.

버텨 냈다고 기뻐하는데, 두 번째 탄환이 명치로 파고들었다. 이번에는 몸이 휘청거렸다.

"그만!"

스노빈이 외쳤지만 세 번째 탄환이 날아왔고, 그는 거의 쓰러질 뻔했다.

다행히 사격은 세 발로 끝났다. 탄창을 다 비울 때까지 총을 쏘았다면 스노빈은 꼴사납게 쓰러지고 말았을 것이다.

라이플을 들고 체리가 달려왔다.

"괜찮아요?"

"당연하지."

스노빈은 옷을 벗어서 확인하지 않아도 가슴이 새까맣게 멍들었으리라는 사실을 알 수 있었다.

"어떻게 막았어요?"

"빙의갑."

"망량을 이용한 거예요? 정말 대단해요. 이 무기, 위력을 좀 더 높일 방법을 찾아봐야겠어요. 오늘 정말 고맙습니다."

"……나도 좋은 구경 했어."

스노빈은 자신도 분발해야겠다고 생각했다.

그때, 스노빈은 주머니에 넣어 둔 수정 구슬의 진동을 알아차렸다. 구슬을 꺼내어 마력을 주입하자 세르프의 얼굴이 보였다.

"무슨 일입니까?"

─당장 오세요. 수왕진에 문제가 생겼어요.

"……또?"

구슬을 주머니에 넣은 스노빈은 눈살을 찌푸렸다.

수왕진은 초대형 마법진이다. 설계 자체도 복잡하고, 만드는 과정은 더 까다로웠다. 당연히 문제가 생길 수는 있지만, 이런 식이라면 발동된다고 해도 실패로 돌아갈 가능성이 높다.

"가죠."

체리가 오토바이에 올라탔다. 도시에 버려진 오토바이를 가져다가 동력계 자체를 완전히 뜯어고친 놈이었다. 기름이 아니라 성질석으로 움직이는 오토바이였다.

"……그래."

오토바이 뒷자리에 앉은 스노빈은 조금 자존심이 상했다. 나중에 시간을 내어 이 기이한 교통수단을 어떻게 다루는지 알아내야겠다고 결심했다.

오토바이는 엄청난 속도로 달리기 시작했다.

수왕진 곳곳에 설치된 여덟 개의 발마 구획 중 하나가 흔적도 찾아보기 힘들 정도로 박살 나 있었다.

스노빈은 5미터나 되는 구덩이로 뛰어내려 피해 정도를

살피는 대학사 요프람 옆으로 다가갔다.

"어떻습니까?"

"……까다로운 부분이지만, 보름 정도면 원상 복구가 가능할 것 같군."

"원인은 알아냈습니까?"

아로간타르가 나섰다.

요프람은 구덩이 가장자리에 서서 팔짱을 낀 자세로 아래를 내려다보는 엘프를 발견했다.

김현이 자리를 비운 동안, 저 녹색날개의 엘프는 자신이 대장인 것처럼 행동하고 있었다.

뭐, 나쁠 건 없다. 아로간타르는 하이엘프 셀레스카르의 제자니까. 문제는 지도자에 걸맞는 능력을 갖췄느냐, 바로그 점이었다.

"면밀히 검토해 봐야 알 수 있겠지만, 아무래도 콤미투오와 센티오 영역이 충돌을 일으킨 것 같네. 복구할 때는 설계를 조정해야겠어."

"그 분석이 옳다면 설계 착오 때문이군요."

요프람은 세르프와 레반을 슬쩍 쳐다본 다음, 아로간타르를 향해 대답했다.

"그렇다고 볼 수 있지."

"이게 도대체 몇 번째입니까? 혹시 설계 능력이 부족한 건아닙니까? 아무래도 혼자 설계를 진행하니 이런 문제가 생기는 것 같습니다만."

"판단이 빠르고 명확하구먼."

요프람이 비꼬았지만 아로간타르는 알아듣지 못했다.

"오늘부터 현자 스노빈이 설계에 참여할 겁니다."

그 말에 스노빈은 깜짝 놀랐다. 자신에게 한마디도 하지 않고 멋대로 결정을 내리다니. 내용보다는 진행 방식 때문에 살짝 기분이 나빴다.

"지혜로운 호지센의 회주였으니, 수왕진의 구조도 금세 파악할 수 있을 겁니다."

아로간타르는 마법진 건설과 현자의 지혜가 얼마나 다른 영역인지 짐작도 못 했다. 그 결정은 어부더러 농사지으라는 명령과 다를 바 없었다.

스노빈이 반대하려는 순간, 요프람이 가볍게 손을 들어 제지했다.

"혼자라서 적적했는데, 잘됐군."

"오늘은 날이 늦었으니 내일부터 복구 공사에 들어가도록 하겠습니다."

아로간타르가 결론을 내렸다.

사람들이 흩어진 후, 여전히 구덩이를 살피던 요프람이 소매 안에서 파편 하나를 꺼내어 스노빈에게 내밀었다.

"이걸 자세히 보게."

"……이건?"

"폭렬소마진의 일부야."

"그렇다면?"

"누군가 일부러 발마진을 부순 거지."

"대, 대체 누가?"

스노빈은 깜짝 놀랐다.

"난 자네가 누구 짓인지 밝혀 줬으면 하네."

늙은 학사는 빛나는 눈으로 현자를 응시했다.

"제가요?"

"그 녀석이 자리를 비웠으니 내가 보기엔 자네가 적역이야. 논리적인 사고방식, 결단력, 관찰력까지 고려할 때 자네밖에 없네."

그 녀석은 바로 김현임을 스노빈도 잘 알았다. 인정을 받는다는 사실에 기뻤지만, 이런 미친 짓을 한 사람을 찾아내야 한다는 사실에 마음이 무거웠다.

추광대의 트로얀, 세르프, 레반, 테룽 중에 한 명일까?

아니면 의외의 인물이 벌인 짓일까?

모두가 용의 선상에 올라 있다. 왜? 이곳은 누구나 미칠 수 있는 만계니까.

폭렬소마진, 즉 마법진을 이용했으니 세르프나 레반일 가능성이 매우 높았다. 그러나 증거도 없이 누군가를 범인으로 지목할 수는 없다. 따라서 확증이 필요하다.

그 순간, 한 가지 의문이 뇌리를 스쳤다.

"대학사님은 어떻게 절 신뢰하실 수 있습니까?"

"콘센치오 때문일세. 망량을 다루는 현자 특유의 능력 콘센치오를 익히려면 어마어마한 정신력이 필요하고, 그 정도 정신력이면 이곳 만계의 영향도 이겨 낼 수 있다고 나는 생각한다네."

"알겠습니다."

스노빈은 이해했다.

"부탁하네."

요프람이 말했다.

숲 특유의 서늘한 공기가 느껴지는 별장 발코니에 두 사람이 서 있었다.

아로간타르는 세르프를 노려보았다.

"내가 볼 때, 설계에는 문제가 없었어. 학사께서 설계를 재검토하겠다고 말씀하셨지만."

"그래서요?"

세르프는 도도한 얼굴로 아로간타르를 응시했다.

"당신도 마법진 건설 과정에 문제가 있는지 확인해 줘. 반드시 필요한 거니까."

"……알았어요."

내키지 않지만 어쩔 수 없다는 투로 세르프가 말했다.

"그리고 내일부터는 공사에 나도 참여하겠어. 제대로 이루어지는지 감독할 사람이 있어야 하니까."

그 말에 세르프는 도저히 참을 수가 없었다.

"수왕진에 대해 아세요? 설계도, 건설 과정도 전혀 모르시잖아요."

"그걸 꼭 알아야 감독할 수 있다고 생각해? 오히려 선입견이 없기 때문에 더 잘 볼 수 있다고 생각하는데. 그리고 태도가 그게 뭐야? 오래전부터 묻고 싶었는데, 당신 출신이 어디야? 녹색날개 일족은 당연히 아니고, 그렇다고 황금잎사귀도 아닌 것 같고. 설마…… 잿빛깃털 쪽인가?"

"……."

세르프는 몸을 부르르 떨었다. 여기서 출신 일족에 대한 질문을 받게 될 줄이야.

"역시 잿빛깃털이군."

아로간타르는 단정했다.

고개를 흔든 세르프는 발코니에서 거실로 들어가려 했다.

"탈주한 거지? 어떤 잘못을 저질렀기에? 하긴, 뱀파이어와 함께 어울리는 걸 보면 말 다 했지."

비웃는 아로간타르.

세르프가 우뚝 멈췄다. 몸에서 푸르스름한 기운이 흘러나왔다. 분노라는 감정만으로 물의 정령 코리스가 소환된 것이다.

아로간타르는 피식 웃었다. 정령술사가 아무리 강해도 이런 거리에서는 검사에게 이기지 못한다. 더군다나 세르프는 탁월한 정령술사도 아니다.

세르프의 몸에서 또 다른 기운이 일렁거렸다. 이번엔 물의 하급 정령 헤르베르였다.

아로간타르의 손이 검 토포레의 자루를 가볍게 잡았다. 언제든 검을 뽑을 수 있도록 준비한 것이다.

일촉즉발의 긴장감.

그때, 커다란 풍뎅이 같은 물체가 거실에서 발코니로 나와 별장 밖으로, 숲 위로 날았다.

드론이었다!

체리가 발코니로 나와 그 드론을 조종하다가 뒤늦게 발견한 것처럼 두 사람을 보고 놀란 척했다.

"내가 방해한 건 아니지?"

"……아니야."

정령을 돌려보낸 세르프는 거실로 가 버렸다.

검자루에서 손을 뗀 아로간타르는 하늘을 나는 조그만 물체를 올려다봤다.

"저것도 이방인이 알려 준 건가?"

"비슷해요. 드론이라는 이름으로 불리는 모양이에요."

"……그건 뭐야?"

아로간타르는 조종기를 가리켰다.

체리는 조종 방법을 알려 준 뒤, 드론이 침엽수 사이의 좁은 곳으로 비행해서 발코니로 돌아오게 했다.

"줘 봐."

"……알았어요."

체리는 성질을 억눌렀다.

시간이 지날수록 저 엘프는 점점 막무가내로 변해 가고 있다. 요프람이 몇 번 이야기를 했지만 소용없었다. 김현이 돌아오지 않는다면 누구도 아로간타르를 통제할 수 없을 터였다.

김현이 사라진 지 이제 석 달째였다. 그 짧은 시간 동안, 이렇게 권위적으로 바뀐 것이다.

순간, 체리는 수백 년이나 만계에 있었던 김현이 예전과 다를 바가 없다는 사실을 깨달았다. 김현이 권력에 취해 날뛴다면 대학사나 늙은 대장장이조차 건드리지 못할 텐데.

그런 일은 벌어지지 않았고, 오히려 김현은 훨씬 더 차분해졌다. 가끔 광기에 사로잡힐 때도 있지만, 어디론가 멀리 가서 화풀이를 한 후에 평소처럼 돌아온다.

아로간타르가 조종한 드론은 바로 바닥에 처박혔다.

"이거, 이상해. 다시 만드는 게 좋겠어."

조종기를 체리에게 돌려준 아로간타르는 잠시 머뭇거리다가 입을 열었다.

"……부탁 하나 들어줄 수 있을까?"

아로간타르답지 않게 망설이는 태도였다.

"뭔데요?"

체리는 호기심이 동했다. 조금씩 더 완고해지는 이 엘프가 과연 무슨 부탁을 할까?

"요즘 수왕진에서 벌어지는 자잘한 문제에 대해서 조사를 해 줬으면 하는데."

"조사요?"

의외라서 체리는 깜짝 놀랐다.

"일단은 설계 결함이나 건설 과정에서 생긴 문제라고 생각하지만, 그게 전부는 아닌 것 같아서."

"……누군가 일부러 마법진을 망가뜨린다고 생각하는 거예요?"

"비슷해."

"그런 사람은 여기 없어요."

"그걸 확인하기 위해서라도 조사가 필요해."

단호한 아로간타르.

"그렇다면 왜 제게 부탁하는 거예요? 아니, 왜 나는 의심하지 않는 거죠?"

"넌 엘루마 출신이니까."

대답은 간단했다. 엘루마의 파괴를 결코 원치 않을 이유이기도 했다.

"알았어요."

아로간타르는 안으로 들어가 버렸다.

체리는 조종기로 드론을 위로 띄웠다. 다행히 드론은 망가지지 않고 발코니로 돌아왔다.

이 드론은 아무리 봐도 신기했다. 처음 그 원리를 김현과 라이언에게 들었을 때는 도무지 믿을 수 없었다. 하지만 라이언이 모형을 만들어 직접 보여 주자 호기심이 생겼고, 무려 백 번에 달하는 실패 끝에 이놈을 만들어 냈다.

'언젠가 기회가 되면 이계에 꼭 가 보고 싶다. 이런 물건이 있다면, 더 놀라운 것도 많겠지.'

물론, 그 전에 수왕진을 부순 범인부터 잡아야 한다.

"스테이크."

아로간타르가 말했다.

턱시도를 입은 스켈레톤의 입에서 딱딱 소리가 났다. 알겠다는 뜻, 일종의 대답이었다.

스켈레톤은 뼈밖에 안 남은 손으로 냉장고를 열어 두툼한 고기를 꺼냈고, 프라이팬이 놓여 있는 가스레인지의 불도 켰다. 온도가 적당히 오르자 고기를 굽기 시작했다.

아로간타르는 기다란 식탁 끝에 앉아 맞은편에서 식사 중인 트로얀을 쳐다봤다.

"맨날 야채만 먹네. 뱀파이어는 활동하려면 고기, 그것도 피가 뚝뚝 떨어지는 생고기를 먹어야 하는 거 아닌가?"

"뱀파이어 나름이지요."

트로얀은 포크로 토마토를 닮은 과일을 찍어 입에 넣고 오물거렸다. 달콤하면서도 톡 쏘는 소스 때문인지 굳이 고기를 먹지 않아도 힘이 나는 느낌이었다.

"저것들 때문에 정말 편해졌어."

아로간타르가 손가락으로 스켈레톤을 가리켰다.

마법진 건설에 이용되었던 몬스터의 쓰임새는 일상생활에까지 확장되었다. 그 아이디어는 이방인 라이언에게서 시작되었고, 세르프와 체리가 쌍수를 들고 환영했으며, 박용준이 가세하여 완성시켰다.

혼마석이 그 변화의 중심이었다. 혼마석 덕에 초보적인 지능을 갖춘 스켈레톤은 요리 같은 간단한 일을 처리할 수 있게 된 것이다.

요리뿐 아니라 청소, 심지어 빨래까지 몬스터가 담당했다. 그 때문에 사람들은 마법진 건설에 집중할 수 있었고, 효율도 그만큼 좋아졌다.

마법사 레반은 이 방식을 룬트란 왕국에 도입하면 어마어마한 돈을 끌어모을 수 있다고 흥분했지만, 테룽의 말 한마디에 그 꿈은 산산조각이 났다.

"혼마석."

혼마석은 목숨을 걸지 않고는 얻기 힘든 성질석이었다.

비정상적으로 강한 사람들이 모여 있기 때문에 몬스터를 하인처럼 부릴 수 있다는 뜻이었다.

스켈레톤이 매끈한 접시에 스테이크를 담아서 가져왔다.

입에 침이 고인 아로간타르.

트로얀이 엘프를 바라보며 웃음을 참았다.

'야채 먹는 뱀파이어도 기괴하지만, 고기에 환장한 엘프도 이상하긴 해.'

아로간타르가 처음부터 고기를 즐긴 건 아니었다. 입에 잘 맞는 향신료와 다양한 소스를 곁들인 스테이크의 냄새가 그를 반쯤 미치게 했고, 한번 용기를 내어 먹어 봤는데…… 그 맛은…… 도저히 잊을 수 없었다.

중독은 그렇게 시작되었다.

스켈레톤이 다시 고기를 꺼내어 프라이팬에 굽기 시작했다. 스테이크가 완성되자 접시를 쟁반에 올리고 지하로 내려갔다. 힐끔 몬스터 요리사를 쳐다본 트로얀은 누군가 스테이크를 주문했다고 여길 뿐 깊이 생각하진 않았다.

별장의 지하는 서고였다.

대학사 요프람이 가져온 수천 권의 책은 물론 도시 곳곳에서 찾아낸 중요한 서적 역시 거기 비치되어 있었다.

스켈레톤은 서고 안쪽 구석으로 걸어갔다. 미로 같은 책

선반을 이리저리 통과한 스켈레톤은 쌓인 책을 정리하는 좀비 앞에 멈춰 섰다.

"음, 냄새 좋은데."

좀비가 말했다.

스켈레톤은 책 더미 위에 쟁반을 내려놓고 주방으로 돌아 갔다.

쌓아 올린 책을 의자 삼아 앉은 좀비는 능숙하게 포크와 나이프로 스테이크를 먹기 시작했다.

"언젠가 이계에 반드시 가 봐야겠어. 이런 음식이 다 있다 니. 더 맛있는 것도 있겠지. 그보다, 가면 손 좀 봐야겠다. 고기를 씹으려니 좀 불편해."

좀비가 정교한 가면을 벗어 선반에 올려놓자 만스크의 얼 굴이 드러났다.

이곳까지 들어오기 위해 뼈를 깎는 노력 따위는 필요 없었 다. 사실, 저 위에서 몬스터 요리사의 음식을 즐기는 놈들이 문을 활짝 열어 준 셈이었다.

계획은 착착 진행 중이었다.

김현이라는 걸출한 이방인이 자리를 비우자, 예상대로 엘 프 아로간타르가 앞으로 나섰다. 만스크는 폭렬소마진 등 몇 개의 마법진을 이용해 수왕진을 망가뜨렸고, 그 반응을 지켜 봤다. 단순한 아로간타르는 그 책임을 요프람과 세르프에게 물었고, 분위기는 엉망진창으로 변했다.

함정은 준비가 거의 끝났다. 적당한 시기에 실행만 하면 이곳을 차지할 수 있을 것이다.

사실, 시기를 늦춘 이유는 불청객 때문이었다.

벨레스카르.

크립테아에서 만났던 첩자를 여기 지상에서도 보게 될 줄은 상상도 못 했다. 무엇보다 벨레스카르가 서왕 타릴의 손에서 벗어났다는 사실이 충격적이었다.

정체에 대해서는 쉽게 알아낼 수 있었다. 하이엘프 셀레스카르의 동생이자 인간과 피가 섞인 하프엘프!

하지만 여전히 왜 크립테아에 침입했는지, 누가 보냈는지는 오리무중이었다.

"대학사."

서고 입구 쪽에서 들린 목소리.

만스크는 놀랄 만큼 빨리 가면을 쓰고 스테이크를 한쪽으로 숨긴 후, 책을 서가에 꽂기 시작했다.

목소리의 주인 벨레스카르가 나타났다.

"대학사, 물어볼 게 있어서 왔…… 음, 여기 없는 모양이구먼. 대체 어디 있는 거야?"

무심하게 책을 정리하는 좀비를 힐끔 쳐다본 벨레스카르는 살짝 짜증을 냈다.

벨레스카르가 서고 밖으로 나가자 만스크는 길게 숨을 내쉬었다.

'여기 놈들은 정말 이상해. 나라면 벨레스카르를 가뒀을 텐데. 자유롭게 돌아다니도록 내버려 두진 않았을 거다. 하긴, 그 덕에 내가 여기 들어온 거지만.'

만스크는 계획을 앞당기기로 결심했다.

똑똑.

벨레스카르는 노크를 하며 조금 전 알아낸 사실을 머릿속으로 정리했다. 만스크가 수왕진 근처에 있다고 확신은 했지만, 별장 지하 서고에 좀비로 위장한 채 숨어 있으리라곤 상상도 못 했다.

이 사실을 아로간타르에게 알리면 어떤 표정을 지을까? 귀찮은 문제가 해결된 셈이니 자신에 대한 감정이 누그러질까?

뭐, 상관없다. 만스크에게 당하는 것보다는 나으니까.

다시 한 번 노크하는 순간, 문이 세게 열렸다.

벨레스카르를 발견한 아로간타르의 눈에 힘이 들어갔다.

"뭡니까?"

"수왕진 문제에 대한 답, 찾았네."

"……뭐라고요?"

"몬스터가 문제였어. 자네도 리치 만스크에 대해 알고 있지? 크립테아에서 올라왔다는 죽음의 마법사 말이야."

"그래서요?"

"그 녀석이 수왕진을 건드렸어."

"증거는요?"

"지하 서고에 그 녀석이 있네. 좀비로 위장해서. 스테이크까지 먹고 있더군."

"……정말입니까?"

"내가 할 일이 없어서 자넬 찾아왔을까?"

"그럴 리는 없죠."

애검 토포레를 움켜쥔 아로간타르는 바람처럼 달리기 시작했다.

'성격 한번 급하군. 엘프답지 않게.'

벨레스카르가 뒤따랐다.

서고 안으로 접어든 아로간타르는 토포레를 뽑은 채 서가 사이를 질주했고, 책을 든 좀비를 보자마자 검을 휘둘렀다. 책과 함께 몸이 조각난 좀비가 바닥에 쓰러질 때, 벨레스카르가 도착했다.

아로간타르는 벨레스카르를 힐끔 쳐다봤다.

"정말 이 녀석이 불사의 존재 리치입니까?"

"분명히……."

다가간 벨레스카르가 좀비의 얼굴을 더듬었다. 가면이 아니었다.

'이 교활한 리치! 만약을 대비해 진짜 좀비를 여기에 두고

자신은 숨었군. 쯧쯧, 내가 당했어. 문제는 저 엘프 녀석이
야. 두 번 다시 나를 믿지 않겠지.'

"아주 재미있었습니다."

아로간타르는 벨레스카르를 노려본 후 서고를 빠져나갔다.

화그는 언제나처럼 레어의 입구로 걸어갔다.

'시간이 좀 걸릴 거라고 예상했는데, 의외로 빨리 돌아오
셨구나.'

드래곤을 위해 어떤 요리를 해 볼까 고민하며 입구에 도착
한 화그의 눈이 휘둥그레졌다.

낯선 사람이 입구 주위를 두리번거리고 있었다.

레어의 주인 드래곤 헤라는 여러 종족으로 변신한다. 평소
에는 엘프 비디타스로 지내고, 가끔은 드워프 하르퉁의 모습
을 유지하며, 아주 드물게 인간이 될 때도 있는데…… 저기
서 있는 남자의 모습은 아니었다.

그렇다면 침입자다!

자신이 레어를 맡은 이후, 방어 마법진을 뚫고 여기까지
들어온 침입자는 처음이었다. 집사의 자존심을 걸고 반드시
제압해야 했다.

화그는 5서클 마법 '파이어스톰'을 펼쳤다. 손바닥에서 흘

러나온 화염은 소용돌이치며 커지더니 침입자를 향해 날아가 사정없이 덮쳤다.

잿더미가 되었다고 확신한 화그는 마법을 멈췄다.

불꽃이 흩어졌다.

그 침입자는 멀쩡했다. 오히려 빙긋 웃더니 앞으로 걸어왔다. 분노한 화그가 좀 더 강력한 마법을 펼치려는 순간, 레어의 주인이 공간을 뚫고 나타났다.

"괜찮아. 이 녀석은…… 손님이야."

비디타스는 찝찝한 눈빛으로 김현을 흘겨본 후, 화그 옆을 지나 레어로 걸어갔다.

화그 앞에 선 김현이 고개를 갸웃거렸다. 외모는 인간인데 몸에서 뿜어져 나오는 기운은…… 결코 인간이 아니었던 것이다. 그 순간, 안진후가 불러내는 불의 정령 슈뢰딩거가 떠올랐다.

"불의 정령?"

"……그렇습니다만."

"볼일이 있어서 온 거야. 앞으로도 잘 부탁해."

앞으로도? 화그는 눈살을 찌푸렸다.

"북쪽은 유스타나 님이 계시니 아닐 테고, 남쪽도 베레프 님의 땅이니…… 혹시 바다 건너에서 오셨습니까?"

"바다 건너?"

김현이 되물었다.

그때, 안쪽에서 비디타스의 목소리가 들려왔다.

"그 녀석, 드래곤 아니야. 빌어먹을 이방인이야. 시간 없다면서? 빨리 와!"

화그는 할 말을 잃었다. 드래곤이라고 확신했었다. 그런데 이방인이라니! 레어에 처음으로 이방인이 들어온 것이다.

"또 봐."

빙긋 웃은 김현은 레어 안쪽으로 걸어갔다.

무구의 방.

선반에 놓인 아이템들은 백화점 명품관에 진열된 최고급 상품처럼 빛을 뿜고 있었다.

김현은 그 앞을 천천히 지나가며 마음에 드는 물건을 천무낭에 담는 중이었다.

은회색의 보석이 촘촘하게 박힌 목걸이가 천무낭 속으로 쏙 들어간 순간, 김현을 그림자처럼 따라다니던 비디타스가 불만 가득한 목소리로 말했다.

"마렌 목걸이를 고르다니, 안목이 꽤 높은데. 내가 백신교 신관이었던 마렌을 직접 찾아가서 제작을 의뢰한 거다. 마렌이 누군지는 알지? 몰라? 어처구니가 없군. 목걸이 하면 마렌이잖아. 뭐, 마렌만큼 잘 만드는 제작자가 몇 명 더 있긴

하지만."

김현이 고개를 돌려 드래곤을 쳐다봤다.

"그래서, 아까워? 크립테아 내려가기만 하면 뭐든 다 들어
준다며?"

비디타스는 입을 꾹 다물었다. 레어까지 와서 값진 보물을
가져갈 줄 알았다면 절대 그런 약속은 하지 않았을 것이다.
이 건방진 이방인은 마치 맡겨 놓은 물건 가져가듯 너무나
자연스럽게 아이템을 고르고 있었다.

가슴이 아팠다. 저 목걸이의 가치를 안다면 결단코 자루
속으로 던지지 않을 텐데. 두 손으로 정성스럽게 옮겨도 모
자란데.

김현은 비슷한 형태의 목걸이를 하나 더 집더니 천무낭에
넣었다.

"그건 왜 가져가는 거냐? 하나면 충분할 텐데."

"나 혼자 크립테아에 내려가라구? 당신은 구경만 하겠지
만, 내 동료들은 아니야."

"그, 그러니까 네 동료를 위해 그 귀중한 목걸이를 챙긴다
는 거냐?"

"정답."

"……동료가 몇 명인데?"

비디타스는 분노를 억누르고 물었다.

"음."

김현은 체리와 아로간타르 그리고 추광대를 떠올렸다. 천야장과 대학사 요프람도 추가했고, 강제로 접속이 끊긴 이방인들…… 라이언, 고형덕, 박용준뿐 아니라 안진후와 윤태희, 황철호 그리고 노관장까지도 셈에 넣었다. 그리고 앞으로 필요할 부분까지도 넉넉하게 고려했다.

"한 쉰 명."

"……."

비디타스의 눈에 힘이 들어가자, 맹수 특유의 흉폭한 기운이 뿜어져 나왔다.

김현도 눈을 부릅뜨고 쳐다봤지만, 쉰 명은 조금 과하다는 생각이 들었다.

"……은 좀 많고, 서른 명 정도가 한꺼번에 크립테아에 내려가기……는 어려울 것 같으니까 딱 열다섯 명. 그 정도는 있어야 마그나타를 파괴할 수 있다고 보는데."

"알았다. 대신 자격 없는 인간이 보물을 차지하면, 나 안 참는다. 확 불태워 버릴지도 모른다."

비디타스는 준엄한 분위기로 경고했지만, 김현은 가볍게 무시하며 아이템을 챙기느라 바빴다.

세 군데 무구의 방을 돌아다니며 검이나 도, 갑옷, 방패, 반지, 목걸이 등 골고루 아이템을 챙긴 김현은 따라다니며 잔소리를 해 대던 드래곤을 쳐다봤다.

"필루키람은 어디 있어?"

"……그 반지도 필요한 거냐?"

"베헤모스를 데리고 가야 하니까."

"지금의 너라면 필루키람 없어도 베헤모스가 따를 텐데."

"크립테아인의 특기는 테이밍이라면서? 필루키람은 대조련사 파레쿤이 만든 반지니까 도움이 될 것 같은데. 굳이 싫다면 어쩔 수 없지만."

김현은 손바닥을 내밀었다.

이방인을 노려보며 비디타스는 일곱 종류의 성질석이 박힌 큼지막한 반지를 건넬 수밖에 없었다.

김현은 메시지 창을 보며 흐뭇하게 웃었다.

필루키람

대조련사 파레쿤이 드래곤 헤라를 위해 제작한 반지로, 일곱 종류의 동물을 뜻대로 움직일 수 있다.

일곱 종류의 성질석이 박혀 있어서 마력을 저장할 수 있는 이 반지의 가치는 상상을 초월한다. 룬트란의 건국왕 카보르탄이 이 반지에 눈독을 들이고 은밀히 용병을 보냈지만 드래곤 레어에서 모조리 실종되었다.

이 반지는 드래곤 헤라의 소유로, 오로지 일정 기간 동안 빌릴 수만 있다. 용병단이 드래곤 레어로 침입하여 이 반지를 훔쳤다가 모조리 좀비가 되어 벤도프 공동묘지를 헤매고 있다는 이야기는 매우 유명하다.

요구 조건 : 드래곤의 허락. 소유는 불가능하다. 오직 드래곤에게서 빌릴 수만 있다.

효과 : 동물과의 친화력 +500, 지혜 +200, 모든 마법 속성에 대한 저항력 +100%, 경험치 획득률 +300%, 아이템 드롭률 +200%

대가 : 정해진 기간 내에 돌려주지 않을 경우 저주가 발동된다. 저주에 대해서는 알려진 바가 없다.

"기간은 내가 죽을 때까지. 어때?"

"……죽고 싶나?"

비디타스가 으르렁거렸다.

"내가 만계에서 얼마나 고생했는지 알아? 잠도 제대로 못 잤어. 나로 인해 그 많은 사람들이 죽을지도 모른다는 사실 때문에. 난 당신을 믿었어. 왜? 드래곤이니까. 지혜는 물론 힘까지 최강인 존재가 한 말이었으니까."

비디타스의 기세가 한풀 꺾였다. 아무리 핑계를 대더라도 자신의 오판을 숨길 수는 없다.

"그런 이유로 여기 와서 내가 아끼는 보물을 털어 가는 거냐?"

"당신이 내게 준 퀘스트, 불가능에 가까운 그 임무를 성공하기 위해서 이러는 거다."

"……알았다."

비디타스가 그 말을 내뱉는 순간, 김현은 속으로 히죽 웃었다. 이 정도면 드래곤에게 충분히 책임을 물었다고 그는 생각했다.

"가자."

김현이 말했다.

리치의 반격

수왕진 서쪽에 자리 잡은 거대한 구덩이에는 죽은 몬스터
가 쌓여 있었다.

깨끗한 헝겊을 마스크처럼 쓴 체리는 벽에 설치된 사다리
를 통해 아래로 내려갔다. 악취가 진동했고, 파리 같은 곤충
이 떼를 지어 날아다녔다.

조각난 좀비를 찾는 데 긴 시간은 필요하지 않았다.

체리는 죽은 좀비의 몸을 자세히 살폈다. 어찌나 깔끔하게
절단됐는지 내부의 뼈와 근육까지 매끈했다. 흩어진 조각을
맞추니 등에 새겨진 마법진이 형체를 갖추었다.

세르프에게 얻은 조혼마진 설계도와 비교했다. 마모로 생
략된 부분이 있지만, 크게 이상한 곳은 찾지 못했다.

구덩이 위로 올라온 체리는 어젯밤 우연히 들은 대화를 떠올렸다.

'벨레스카르가 거짓말을 했을까? 왜? 아무런 이유도 없이 아로간타르를 찾아가 리치 만스크 이야기를 했을 리는 없어. 그리고 아로간타르는 왜 벨레스카르라면 질색을 할까?'

코를 막은 헝겊을 구덩이로 던진 체리는 지금 벨레스카르가 어디 있을까 생각하며 걸음을 옮겼다.

땅속으로 이어지는 시커먼 동굴.

벨레스카르는 뒷짐을 진 채 그 검은 입구를 노려보았다. 저 아래에 있는 크립테아의 황제와 사왕, 그들이 거느린 대군을 떠올린 순간, 몸이 부르르 떨렸다.

짜증이 왈칵 치솟았다.

'김현은 대체 왜 안 오는 거야? 하루라도 빨리 수왕진을 발동시켜야 시간의 탑 붕괴를 막을 수 있을 텐데. 그 녀석이 굳이 없더라도 소환진을 발동하는 건 가능하다. 하지만 아로간타르가 내 말을 들을 리가 없지.'

시간 장벽이 무너지면, 크립테아의 군대가 올라온다.

여기까지 와서 멈출까? 그럴 리는 없다.

놈들은 룬트란 왕국으로 넘어갈 것이다. 룬트란은 물론 중명 제국, 레나르카 왕국까지 모조리 유린할 테고…… 뒤늦게 드래곤과 천도가 개입하겠지만 어마어마한 피의 강이 대지를 적신 후에야 전쟁은 막을 내릴 터였다.

이곳의 시간 흐름이 다르다는 사실, 잘 안다. 두세 달 지났다고 해도 룬트란 왕국에서는 겨우 한두 시간밖에 안 되는지도 모른다.

시간 장벽이 사라지는 순간…… 시간의 흐름도 원래대로 돌아간다.

그게 오늘일지, 내일일지는 아무도 모른다.

바로 그 때문에 당장이라도 수왕진을 발동시켜야 하건만.

뒤쪽에서 인기척이 느껴졌다.

천천히 돌아선 벨레스카르는 엘루마의 뮤카멘 백작가의 여식을 발견했다.

"저기로 내려가려는 건가?"

"저 혼자선 엄두도 낼 수 없어요."

"그렇다면 날 찾아온 거로군."

"맞습니다."

"난 아니라네."

"전 아직 아무것도 묻지 않았는데요."

체리는 생글생글 웃었다.

"난 수왕진 문제와 관련이 없다는 뜻일세. 자넨 그 부분 때문에 날 찾아온 게 아닌가."

"저도 그렇게 생각합니다."

"……뭐라고 했나?"

"저도 어르신이 그 문제와 관련이 없다고 생각합니다."

"왜?"

"어르신은 똑똑하시니까요."

"허허, 재미있는 아가씨로군. 대화가 길어질 것 같으니, 좀 걷지."

던전 입구로부터 멀어지자, 벨레스카르는 유쾌한 기분을 되찾았다. 바람을 일으켜 꽃잎을 공중으로 띄웠다. 꽃 한 송이는 체리의 머리카락 사이로 사뿐히 내려앉았다.

"바람의 정령인가요?"

"내게 궁금한 게 그건 아닐 텐데."

"아로간타르가 왜 어르신을 미워할까요?"

"……은색눈썹의 비극, 들어 본 적 없나?"

"전혀요."

"확실히 인간은 빨리 잊어. 오해는 말게. 바난은 아니니까. 오히려 칭찬이야. 그 비극은 제1차 몬스터대전 때 벌어졌네. 족히 300년이 넘은 일이지. 한데, 엘프라는 종족은 바로 어제 벌어진 일처럼 생생하게 기억한다네."

"300년……."

체리는 그 긴 시간을 짐작조차 할 수 없었다.

"인간의 사고방식으로는 까마득한 옛날이지. 아무튼, 은색눈썹 일족이 몬스터 군대에 포위당해 전멸했는데, 당시 전령이었던 내가 두려워서 소식을 전달하지 않았다는 게 비극의 이유였네."

벨레스카르는 담담하게, 마치 다른 사람 이야기하듯 말했다.

"그게 정말인가요?"

"너무 오래전 일이라 기억이 나지 않는군. 진실은 중요하지 않지. 엘프 종족 전체가 날 단죄했으니까. 난 죄인이고, 두 번 다시 엘프 마을로 돌아갈 수 없게 됐지. 그 때문에 아로간타르는 날 증오하는 거고. 이쯤이면 답이 된 것 같은데."

체리는 고개를 끄덕였다.

"첩자라고 하셨는데, 누가 보냈는지 말씀해 주실 수 없겠습니까? 의심을 벗기 위해서라도 알려 주셨으면 합니다만."

"크립테아 놈들이 그걸 알아내려고 날 고문했었지만, 실패했다네."

벨레스카르는 단호했다.

"만약 만스크가 몬스터로 위장해서 가까이 숨어 있다면, 어떻게 잡을 수 있을까요?"

체리의 질문에 벨레스카르가 걸음을 멈췄다.

"자네……."

"그때 우연히 듣게 됐습니다."

"자네는 내 말을 믿는 건가? 서고에 있던 좀비는…… 몬스터였네. 만스크가 아니라.”

“낌새를 알아채고 몸을 피했을 수도 있죠.”

“후후, 재미있군. 좋아, 알려 주지. 일단, 몬스터를 하나하나 살펴야 할 거야. 그와 동시에, 별장에 들어온 몬스터를 모조리 없애야겠지. 삶이 불편해지겠지만, 하루아침에 목이 달아나는 것보다는 낫지 않겠나?”

“……네.”

체리는 머뭇거렸다.

몬스터로 인해 뮤카멘 백작가의 저택에서 지낼 때처럼 하루가 무척이나 편해졌다. 조혼마진으로 조종되는 몬스터는 외모가 조금 괴상한 하인, 하녀였던 것이다. 당장 몬스터를 없앤다면 귀찮은 일을 스스로 해야 할 터였다.

“아, 자넨 귀족이었지? 쉽지 않겠군.”

벨레스카르가 말했다.

다음 날 오전, 날카롭게 복구 공사를 살피던 아로간타르가 설명을 끝낸 체리를 노려보았다.

“그 이야기, 어디서 들었어?”

“그, 그건…….”

“벨레스카르겠지.”

"……네."

"살인마의 말에 휘둘리지 마. 자신이 왜 크립테아에 내려 갔는지, 누가 보냈는지조차 밝히지 않는 하프엘프 따위를 어떻게 신뢰할 수 있지?"

"…… ."

"지루하면 들판에 나가서 유리병이나 박살 내. 아, 혼자 가기 심심하면 벨레스카르도 데려가. 여긴 필요 없으니까."

아로간타르는 차갑게 말했다.

바람이 숲을 휘감으며 지나갔다.

높은 나뭇가지가 천천히 흔들렸고 그 위에 앉아 있던 스노 빈의 몸도 흔들렸지만, 그는 전혀 느끼지 못했다. 정신은 망량의 형태로 육체를 벗어나 숲 아래쪽으로 펼쳐진 수왕진 근처로 이동하는 중이었다.

'만약 지금 내 몸이 추락하여 죽어 버린다면, 난 이대로 망량이 되고 말겠지.'

처음 콘센치오 제5단계의 스킬 에톨롬을 연습했을 때는 무척이나 두려웠다. 정신이 빠져나간 육체를 들짐승이 공격하지는 않을까, 야생의 몬스터가 먹어 치우지는 않을까 걱정했던 것이다.

그 염려는 서서히 줄어들었다. 에톨롬으로 정신이 빠져나간 신체에서 육식성 동물을 쫓아내는 영험한 기운이 뿜어져 나온다는 사실을 경험으로 확인했던 것이다.

　스노빈은 수왕진 외곽에 쌓여 있는 통나무 더미를 우회하지 않고 유령처럼 통과했다. 통나무 안쪽의 말라붙은 수액, 단단한 옹이, 껍질 안쪽으로 틀어박혔다가 죽어 버린 벌레 등을 느낄 수 있었다.

　달빛 아래 우두커니 서 있는 좀비 무리가 보였다. 땅속으로 파고들어 휴식을 취하는 스켈레톤과 달리 좀비는 천천히 몸을 좌우로 흔들며 선 자세로 밤을 보낸다.

　스노빈은 통나무처럼 좀비도 그냥 통과했다. 어떤 느낌이 들지는 이미 알고 있다. 좀비를 움직이게 만드는 죽음의 마력이 느껴질 테고, 골절이나 내부 장기의 손상 같은 부분도 감지될 것이다.

　수십 마리나 되는 좀비들을 통과한 스노빈은 고개를 갸웃거렸다.

　'어? 뭔가 달라. 대체 뭐지?'

　궁금한 걸 참지 못하는 현자는 좀비들 앞으로 다가가 자세히 살폈다.

　얼굴이 찢어진 놈, 어깨를 뚫고 뼈가 드러난 놈, 이빨이 죄다 빠진 놈, 눈알 하나가 없는 놈 등 상태가 조금씩 다를 뿐 죄다 좀비였다.

겉으로 봐서는 왜 이질감이 느껴졌는지 알 수가 없었다.

스노빈은 다시 좀비 무리의 몸을 관통하듯 지나가다가 끈적이는 느낌에 멈췄다.

'하나, 둘, 셋…… 꽤 많아. 왜 이 녀석들에게 이런 기운이 느껴지는 걸까.'

수왕진에 문제를 일으키는 범인을 찾기 위해 몸을 떠나 여기까지 왔다. 좀비 따위는 무시하고 수왕진을 살펴볼지, 아니면 좀비에 집중할지 결정해야 한다. 일의 경중을 따진다면 좀비보다 수왕진이 급하고 중요하지만, 스노빈은 현자답게 호기심을 좇았다.

성질이 다른 좀비 하나를 찾아내어 그 안으로 파고들었다. 악취가 진동하고 더럽기 짝이 없지만, 현자의 정신은 좀비의 미약한 의식을 단숨에 장악했다.

그 좀비는 무리를 벗어나 언덕으로, 별장 옆으로, 숲으로 올라갔다.

현자의 몸이 서 있는 거목 아래에 좀비가 이르자, 정신이 육체로 돌아갔다.

몸을 부르르 떨며 에톨롬의 후유증을 털어 낸 스노빈은 두리번거리는 좀비 앞으로 착지했다. 좀비의 눈에 힘이 들어갔지만 조혼마진이 그 흉폭한 본능을 억누르자 얼굴이 살짝 일그러졌을 뿐 공격하지는 않았다.

"따라와."

스노빈이 앞장서자 좀비가 뒤쫓았다.

오두막까지는 오래 걸리지 않았다.

추광대는 물론 아로간타르까지 별장에서 폭신한 침대에 편안하게 살지만 스노빈은 명상을 위해, 조용히 콘센치오를 익히기 위해 불편하고 고독한 삶을 고수했다.

스노빈 혼자만 그런 생활을 하는 건 아니었다. 천야장 역시 자신만의 대장간을 마련하고 거기 틀어박혀 밤낮없이 망치질을 하고 있었다.

탕탕탕.

그 소리가 어렴풋이 들렸다.

스노빈은 좀비를 데리고 오두막 안으로 들어섰다.

먹구름이 달빛을 삼킨 깊고 어두운 밤, 그림자 하나가 몬스터들 사이에서 몸을 일으켰다. 주위를 두리번거리던 그는 천막을 벗어나 수왕진 동쪽으로 천천히 움직였고, 어느 정도 거리를 두자 달리기 시작했다.

15분 후, 그는 휘파람을 불었다. 음산하면서도 마음을 건드리는 선율이었다.

스켈레톤이 땅을 뚫고 올라왔다. 어둠 너머에서 슬금슬금 좀비들이 다가왔다. 좀비들 사이를 뚫고 나온 건 직립형 거대 도마뱀인 리저드맨이었다.

구름에서 벗어난 달이 빛을 뿌리자, 휘파람 불던 만스크의 얼굴이 드러났다. 좀비 특유의 가면을 벗어 버린 그는 앞으로 나온 리저드맨을 쳐다보았다.

"바그."

리저드맨이 고개를 끄덕였다.

녀석의 등에 새겨진 조혼마진과 거기 박힌 조그만 혼마석 덕에 눈앞의 리저드맨은 한 줌의 지능을 얻었고, 나머지 몬스터를 지휘하는 백인대장이 될 수 있었다.

"때가 됐다."

리저드맨이 울음을 터트렸다. 나머지 몬스터가 거기에 반응했다.

"계획대로 실행해라."

한 번 더 고개를 숙인 리저드맨이 시꺼먼 단도를 뽑아 쳐들자 몬스터들이 따라붙었다.

만스크는 멀어지는 몬스터 부대를 보며 씁쓸하게 웃었다.

'저렇게 키우기까지 진짜 오래 걸렸는데. 오늘 모조리 없어진다고 생각하니, 정말 아쉽다. 그래도 어쩔 수 없지. 미끼가 근사해야 대물을 낚을 수 있으니까.'

돌아선 만스크는 다시 수왕진을 향해 달리기 시작했다.

아로간타르는 팔베개를 한 채 천장을 올려다보고 있었다. 잠이 오지 않았다.

'대사형은 뭘 하고 있는 거야? 빨리 좀 오지.'

한숨이 터져 나왔다.

김현이 만계를 떠나기 전 자신에게 사람들을 부탁했을 때는 뛸 듯이 기뻤다. 대사형이 자신을 신뢰한다는 뜻이었기에 언제라도 발동할 수 있도록 수왕진을 완성시키는 게 아로간타르의 목표였다.

하지만 문제는 끝도 없이 터져 나와 그를 괴롭혔다. 대체 어떻게 설계하고 만들었기에 이유도 없이 펑펑 터져 나갈까.

더 힘든 건, 사람들의 시선이었다.

언제부터인지 다들 슬금슬금 눈치를 봤고, 누구도 먼저 다가와 말을 걸지 않았다.

아로간타르는 각자 맡은 역할을 제대로 해내면 얼굴 붉힐 필요도 없고 예전처럼 친하게 지낼 수 있다고 확신했지만, 현실은 달랐다. 책임을 완수하기는커녕 불평이나 하면서 시간을 낭비하는 사람들이 한둘이 아니었다.

'경쟁이 없는 게 문제야. 여긴 우리뿐이니까. 이곳에서의 일이 끝나고 엘루마로 돌아가면 이 부분을 꼭 마무리 지어야겠어. 특히 건방진 세르프는 내보내야 돼.'

아로간타르는 세르프뿐 아니라 레반과 테룽도 대사형 곁에 있기엔 너무 약하거나 성격에 문제가 있다고 생각했다.

'대사형은 마음이 넓어서 싫은 소리를 못 해. 그러니 내가 나서는 수밖에.'

새로운 조직에 대한 구상이 이어졌다.

이름은 뭐가 좋을까?

'새로운 날개'는 어떨까? 나쁘진 않지만, 확 끌어당기는 느낌이 부족하다. '룬트란의 날개'가 더 낫다.

'일단은 룬트란의 날개로 정하고, 나중에 더 좋은 이름이 생기면 그때 바꾸자.'

당연히 대사형이 룬트란의 날개 꼭대기에 서 있다. 그 아래는 자신의 자리가 될 것이다.

대학사 요프람은 잔소리가 심하지만 그래도 조그만 머릿속에 가득 들어 있는 지식은 쓸모가 많다. 과묵한 대장장이는 그 솜씨만으로도 조직의 일원이 될 자격이 충분하다. 현자 스노빈은 마땅히 룬트란의 날개에 속해야 한다.

트로얀은 능력도, 성향도 아주 좋다. 문제는 뱀파이어 종족이라는 점인데…… 일단은 결정을 보류했다.

세르프, 레반, 테룽의 빈자리는 녹색날개 일족의 엘프들로 채워졌다. 아로간타르는 함께 자란 친구들, 혹은 친척 중에 적당한 인물을 고르는 상상을 하다가 잠이 들었다.

쾅!

폭음에 눈을 뜬 아로간타르는 즉시 침대에서 일어나며 벽에 세워 둔 토포레를 들고 창문 밖으로 몸을 날렸다.

수왕진 동쪽 부분이 불타고 있었다!

콰쾅!

다시 폭발이 일어났다.

트로얀이 아로간타르 옆으로 착지했다.

'역시 반응이 빨라. 이 녀석은 룬트란의 날개에 남겨 두자.'

엘프와 뱀파이어는 서로를 쳐다봤고, 즉시 의견이 일치했다. 둘은 바람처럼 불타는 마법진 구획으로 달렸다.

뒤이어 별장 정문을 벌컥 열며 나온 테룽은 커다란 도끼 고스퉁을 어깨에 올려놓은 채 주위를 둘러봤다.

"……또 먼저 갔네."

투덜거린 테룽도 수왕진을 향해 뒤뚱뒤뚱 뛰기 시작했다.

여러 종류의 성질석과 약초 등 마법 재료가 든 조그만 가죽 주머니가 가죽 벨트에 다닥다닥 붙어 있었다. 마법의 위력을 강화시키기 위한 첨가물이었다.

정령술사 세르프는 그 벨트를 허리에 찬 후 망토를 착용했다. 다음은 반지와 목걸이 그리고 부츠였다. 모두 김현이 던전 사냥을 통해 확보한 아이템이었는데, 하나같이 큰 도움이 되었다.

장비 착용을 끝낸 세르프가 복도로 나가자, 레반도 준비를
마치고 나왔다.

"무인들, 먼저 갔겠지?"

레반이 물었다.

"아마도."

"맨몸으로 달려 나갈 수 있는 건, 좀 부럽다."

"가자."

두 사람은 별장 밖으로 나가 마법진 쪽으로 걷기 시작했다.
세르프는 물의 정령 코리스와 헤르베르를 동시에 소환했고,
레반도 언제든 마법을 펼칠 수 있도록 마력을 끌어 올렸다.

활동이 편한 복장으로 갈아입은 체리는 탁자 앞으로 걸어
갔다.

탁자 위에는 저격총, 일반 소총, 권총 등 다양한 종류의
총이 놓여 있었다. 그 옆에는 각각의 총에 맞는 탄창이 쌓여
있는데, 그 양은 충분치 않았다. 사실, 이계에서 총이라 불리
는 이 무기 제조보다 거기에 꽂아서 발사하는 탄환을 만드는
게 훨씬 더 까다롭고 힘들었다.

창밖 어둠을 슬쩍 쳐다본 체리는 고글을 집어 들었다. 기

묘한 형태의 안경처럼 생긴 고글은 명광석과 암혼석을 유리에 섞어서 만든 도구로, 깜깜한 어둠 속에서도 사물의 윤곽을 제대로 볼 수 있게 해 주었다.

'이걸 만드는 데 김현이 도와줬어…….'

명광석과 암혼석은 서로 성질이 달라서 융합이 힘들었는데, 김현이 힘을 보탠 것이다.

저격총, 소총 각각 한 자루, 권총 두 자루 그리고 수류탄까지 챙기니 가슴이 두근거렸다.

김현의 손에 이끌려 만계로 내려온 뒤, 한 번도 직접 몬스터와 싸운 적이 없었다. 무기의 위력을 잘 알기에 두렵지는 않지만…… 약간은 설레는 기분이었다.

복도로 나간 체리는 벽에 등을 기대고 서 있는 사람을 발견했다.

"나도 함께 가도 될까?"

벨레스카르였다.

"그럼요."

대답한 체리는 서둘렀다.

녹색의 검이 스켈레톤의 목을 잘랐다.

공중으로 올라간 두개골은 아래로 떨어지다 아로간타르의

어깨를 꽉 물었다.

눈살을 찌푸린 아로간타르는 검자루 뒤쪽의 뭉툭한 부분으로 도장을 찍듯 두개골을 깨뜨렸다. 두개골은 산산조각이 나며 부서졌지만, 썩은 이빨 몇 개는 가죽옷을 뚫고 피부에 박혀 있었다.

대가리를 잃고 버둥거리는 스켈레톤의 몸을 쓰러뜨리고 짓밟은 아로간타르는 주위를 둘러봤다.

'대체 어디서 온 놈들이야? 어? 저건…….'

아로간타르는 트로얀의 풍뢰검에 팔 하나가 잘린 좀비의 등을 보고 깜짝 놀랐다.

조혼마진이었다!

어떻게 저 마법진이 수왕진을 공격한 몬스터의 등에 새겨져 있을까?

그렇다면 세르프가……?

세르프 혼자 그런 짓을 했을까?

아니다! 세르프는 추광대 대원이며, 트로얀의 말이라면 무엇이든 그대로 따른다. 따라서 저 더러운 뱀파이어가 대사형이 없는 틈을 타서 이런 짓을 벌인 것이다.

그 순간, 체리의 말이 기억났다.

리치 만스크가 좀비로 위장해서 숨어 있으며, 몬스터를 이용해 음모를 꾸민다는 이야기.

'벨레스카르 따위를 믿을 수는 없지.'

이를 악문 아로간타르는 트로얀의 측면으로 달려들며 타
각을 펼쳤다.

팡!

트로얀은 리저드맨과 좀비에게 협공을 받고 있던 터라 타
각의 충격을 피할 수가 없었다. 마비된 몸은 고스란히 몬스
터의 공격에 노출되었다.

리저드맨의 검은 단도가 옆구리로 파고들었다.

좀비는 트로얀의 어깨를 물어뜯었다.

녹색의 검이 리저드맨의 다리를 자르고 좀비의 등을 꿰뚫
었다.

주저앉은 트로얀은 아로간타르를 쳐다봤다. 그는 자신을
덮친 충격이 무엇인지 잘 알았다.

"……왜?"

"흥, 날 속일 수 있다고 생각하다니 어리석다."

"속여……? 누가……?"

아로간타르는 토포레로 죽은 좀비의 등을 가리켰다. 거기
설치된 조혼마진을 본 순간, 트로얀은 아로간타르의 오해를
알아차렸다.

"내가…… 사부님을 배신할 거라고 생각한 겁니까? 당신
은 나를 오랫동안 보지 않았습니까?"

"시끄러."

뱀파이어 따위가 대사형을 '사부'라고 부르는 사실 자체가

싱크

싫었던 아로간타르의 검이 트로얀의 목에 닿았다.

그때, 푸르스름한 구체가 아로간타르의 등을 강타했다.

퍽!

앞으로 나뒹군 아로간타르는 애검 토포레로 다시 날아온 물의 정령 헤르베르를 쳐 냈다.

어둠을 뚫고 세르프와 레반이 다가왔다.

아로간타르는 세르프를 노려보았다.

'역시 본색을 드러냈군. 수적으로는 열세야. 하지만 트로 얀은 움직이기 힘드니, 정령술사와 마법사 하나쯤은 문제도 아니지. 자, 시작해 볼까.'

검을 움켜쥔 아로간타르가 춤을 추기 시작했다.

"쿠쿠, 쿠쿠쿡, 쿠쿠쿠쿠쿠쿡."

웃음이 입술 사이로 비집고 나왔다.

저런 일이 벌어질 줄은 상상도 못 했다. 아로간타르라는 엘프가 조급하고 막무가내라는 사실은 알았지만, 전투 중에 동료를 공격하고…… 마법사와 정령술사까지 매섭게 몰아붙일 줄이야.

만스크는 팔짱을 꼈다.

'이럴 줄 알았다면 이간질도 좋았겠어. 그랬다면 이렇게까

지 오래 기다릴 필요도 없었겠지. 참 특이한 엘프로군.'

이제 등장인물이 모두 모였다. 별장에는 전투와 관련이 없는 사람들만 남아 있다.

활짝 웃은 만스크는 휘파람을 길게 불었다.

"잠깐!"

트로얀이 외쳤다.

세르프와 레반은 추광대주의 소리에 즉시 반응했지만, 아로간타르는 개의치 않았다. 방어막을 깨뜨린 녹색의 검이 레반의 허벅지를 길게 베고 지나갔다.

레반이 비명을 지르며 쓰러지자 세르프가 그 앞을 막았다.

"……대체 왜 이러는 거예요?"

"누굴 바보로 아나."

"휘파람 소리!"

트로얀이 다시 고함을 질렀다.

그제야 아로간타르도 으스스한 휘파람을 들을 수 있었다.

고통으로 신음을 흘리던 레반의 눈이 휘둥그레졌다.

"저, 저건…… 소노렘입니다! 죽음의 휘파람이라고요!"

그 순간, 아로간타르와 마법사, 정령술사를 에워싼 몬스터들이 폭발했다.

파편이 흩어지며 내부에 숨겨진 시꺼먼 가루가 안개처럼 퍼졌다.

가장 먼저 안개를 흡입한 레반은 할 말을 잃었다. 마력이 가닥가닥 끊기더니…… 사라져 버린 것이다. 세르프도 마찬가지였다. 물의 하급 정령 헤르베르는 마력 공급이 중단되자 자기 세계로 돌아갔다.

쿨럭쿨럭 기침을 하던 아로간타르는 검을 놓쳤다.

'이게 뭐야? 내, 내공이…… 모이지가 않아.'

서 있기조차 힘들었다.

주저앉은 아로간타르는 그제야 자신의 실책을 깨달았다. 세르프도, 트로얀도 아니었다.

만스크는 엄지손톱 크기의 새까만 돌멩이를 엄지와 검지로 들어 올렸다.

죽음의 기운을 품은 사혈석.

'이 정도 사혈석이 사라졌는데도 전혀 눈치를 채지 못하다니. 하긴 몬스터 사냥으로 어마어마한 양의 성질석을 확보했을 테니, 그럴 만도 해.'

어둠의 마법사는 사혈석을 입에 넣고 꿀꺽 삼켰다.

배 속으로 들어간 사혈석에서 강대한 마력이 흘러나와 몸 전체로 퍼지는 순간, 얼굴이 까맣게 변했다. 흰자위는 사라지고 눈 전체가 암흑으로 바뀐 순간, 그는 휘파람으로 새로운 곡을 부르기 시작했다.

웅혼하면서도 무겁고 차가운 선율.

그 휘파람은 수왕진 전체로 퍼져 나가 곳곳에 쓰러져 쉬고 있던 수백 마리의 몬스터를 휘감았다. 지금까지 만스크가 은밀히 손을 댄 스켈레톤, 좀비 심지어 거대 몬스터 요툰까지 그 부름에 반응했다.

휘파람에 담긴 만스크의 명령은 간단했다.

언덕 위의 별장을 공격하라!

만스크는 조혼마진에 의해 봉쇄된 몬스터 특유의 흉폭한 본성을 느낄 수 있었다. 억눌려 있어, 풀어 주면 어마어마한 광기로 터져 나올 것이다.

'재미있겠어.'

휘파람의 멜로디가 변하는 순간, 몬스터 군대는 포효하며 별장을 향해 달리기 시작했다.

오두막 안은 어두웠다.

좀비의 의식으로 파고든 스노빈은 낯설고 더럽고 비열한 기운을 느낄 수 있었다.

'세르프도, 레반도 아니야. 아니, 여기 있는 누구도 이런 기운과는 상관이 없어. 그렇다면 외부인의 소행이라는 건데, 대체 누가……?'

그 순간, 스노빈은 격렬한 충격에 휩싸이며 좀비에게서 튕겨 나왔다.

정신을 차린 스노빈은 자신을 향해 달려드는 좀비를 발견했다. 옆으로 겨우 몸을 피하자, 좀비는 오두막의 벽에 처박혔지만 금세 일어났다.

붉은 눈, 침이 질질 흐르는 입.

조혼마진의 억제력이 사라졌다는 뜻이다.

스노빈은 금령을 불러냈다. 도끼를 쥔 망량이 나타나 좀비를 향해 돌진했다.

"이거 안 좋군."

벨레스카르는 몰려드는 몬스터 떼를 보고 이맛살을 찌푸렸다.

크립테아 놈들을 피해 목숨을 걸고 시간의 장벽을 넘어 지상으로 올라왔더니만, 또 다른 크립테아 놈 때문에 도망쳐야 할 상황이 된 것이다.

다가오는 몬스터 무리와 그 너머 상황을 망원경으로 자세히 살핀 체리는 가방에서 지뢰를 꺼내어 빠르게 매설했다.

"뭘 하는 건가?"

"어르신은 별장으로 돌아가서 대학사님과 함께 피난을 준비해 주세요."

"피난?"

"무인과 마법사 모두 잡혔어요."

"그래서 동료를 버리고 도망가겠다는 건가?"

"후퇴죠. 버리긴 누굴 버려요?"

체리가 사납게 노려보자, 벨레스카르는 움찔 몸을 떨었다.

'이 아가씨, 호랑이 기운을 숨기고 있었구먼.'

"전 야장 어르신과 현자님에게 갈 테니까 대학사님 꼭 좀 부탁해요. 수왕진 동쪽 들판에서 만나요."

"그렇게 하지."

벨레스카르는 별장으로 달리면서도 뒤를 살폈다.

잠시 후, 체리도 달렸다.

쾅! 콰쾅!

뒤쪽에서 지뢰가 폭발했다.

탕!

거대한 망치가 빨갛게 달아오른 쇠뭉치를 내리치자, 붉은 불꽃이 화르르 솟아났다.

또다시 망치가 쇠를 때렸다.

탕! 탕! 탕!

불티가 사방으로 튀었다.

단조로운 작업은 지루할 법도 했지만, 이 단순한 일이 중요함을 누구보다 잘 아는 천야장은 땀을 뻘뻘 흘리면서도 쇠의 상태에 집중했다.

경지에 오르기 위해서는 반복을 즐길 줄 알아야 한다. 이 진실을 알기까지 수십 년이 걸렸다. 하루아침에 결과를 원하는 자들은 결코 오를 수 없는 경지까지 수십 년이라는 시간이 필요한 것이다.

점점 더 힘이 들어갔다.

이를 악문 천야장은 달궈진 쇳덩이를 물에 담갔다. 물이 부글부글 끓어올랐고 연기가 피어올라 시야를 가렸다.

쇳덩이를 다시 화로에 집어넣은 그는 벽에 놓인 물통으로 걸어갔다. 수건으로 얼굴과 목 언저리의 땀을 닦고 물을 한 바가지 마셨다.

"빌어먹을."

김현이 보여 줬던 그 멋진 검이 떠올랐다. 첫눈에 범상찮은 물건임을 알아봤지만, 두 손으로 검을 살핀 후에는 할 말을 잃고 말았다.

바로 천도의 검이었다!

명검 퀘르의 진가를 알아본 그 순간, 천야장의 자존심은 박살이 났다. 도저히 넘을 수 없는 장벽 앞에 선 사람처럼 자신이 작아지는 느낌을 받았다. 기죽은 채 시간만 보낼 인물이 아니었기에, 천야장은 명검 퀘르를 뛰어넘는 무구를 만들기 위해 야공술을 기본부터 다시 점검하고 있었다.

생전에 천도의 사람에게 의뢰를 받아서 일곱 개의 무구를 제작했었다. 칠무구라고 불리는 그 무구는 엄청난 위력을 자랑했지만, 그 어떤 것도 명검 퀘르 앞에서는 빛을 잃고 만다.

화로 속에서 쇳덩이가 다시 붉게 빛나기 시작했다.

천야장의 입가에 미소가 걸렸다.

'만들면 돼. 퀘르보다 나은 놈을. 내 손으로.'

몸을 일으킨 천야장이 집게로 화로에서 쇳덩이를 꺼내는데, 뭔가가 대장간의 문을 박차고 들어왔다.

좀비였다.

이맛살을 찌푸린 천야장은 달려드는 좀비의 얼굴을 쇳덩이로 지졌다. 안 그래도 반쯤 썩은 좀비의 얼굴이 그 열기에 타 버렸고, 일부는 녹아내렸다.

다음은 스켈레톤이었다.

쾅!

망치가 스켈레톤의 정수리를 내리치자 두개골은 물론 쇄골과 늑골까지 와장창 깨지며 무너졌다.

탕탕탕!

요란한 소리가 밖에서 들렸다.

무거운 부츠로 움직이는 놈의 팔을 짓밟은 천야장은 망치를 든 채 대장간을 나섰다.

수십 마리의 몬스터가 대장간으로 몰려드는데, 그 길목에 선 체리가 권총으로 가까운 놈부터 쓰러뜨리고 있었다.

"오호."

천야장의 눈이 빛났다.

체리뿐 아니라 이방인들의 자세한 설명 덕에 어떤 종류의 무기가 만들어질지 예상은 했지만, 실제로 사격을 보기는 처음이다. 성질석의 힘으로 조그만 쇠구슬을 밀어내는 방식의 무기가 저토록 강력할 줄이야.

'문제는 쇠구슬이야. 화살처럼 한 번 쏘면 끝이니까.'

총알이 떨어지자 체리는 당황했다. 그 순간을 노린 리저드맨이 달려들었지만, 반투명한 망량이 뒤에서 다리를 잡아 넘어뜨렸다.

쓰러진 리저드맨 속으로 들어간 망량은 다른 몬스터를 공격하기 시작했다.

이빨을 보이며 다가온 좀비를 망치로 날려 버린 천야장은 스노빈을 발견했다. 두 사람은 서로를 보며 가볍게 고개를 끄덕였다.

몬스터는 점점 더 많아졌다. 수적 열세는 불 보듯 뻔했다.

"야장 어르신!"

체리였다.

"엉망이군."

"벨레스카르와 대학사만 빼고 다 잡혔어요."

"……설마 만스크?"

"그런 것 같아요."

"음."

천야장은 망치로 몬스터를 때려 부수면서 아래쪽을 살폈다. 경사진 숲 너머 별장은 물론 수왕진까지 몬스터들로 가득 차 있었다. 만스크가 어떻게 했는지 몰라도 마법진 건설에 이용된 몬스터를 조종하고 있는 모양이었다.

"학사는?"

"동쪽 들판에서 만나기로 했어요."

"그렇다면, 여기 있을 필요는 없군. 이쪽으로!"

천야장은 체리, 스노빈과 함께 대장간으로 들어가 안쪽에서 문을 잠갔다.

삽시간에 백여 마리나 되는 몬스터가 대장간을 둘러쌌고, 일부는 문을 두들기기 시작했다.

체리는 꼼짝없이 갇혔다는 생각에 당황했다.

"염려 마. 아무 생각도 없이 여기로 안내하실 분은 아니니까."

스노빈이었다.

현자를 힐끔 쳐다본 천야장이 창고를 가리켰다.

스노빈은 체리와 함께 철광석과 각종 성질석이 쌓여 있는 창고로 들어섰다. 예리한 눈빛으로 주위를 훑은 그는 바닥에서 숨겨진 문을 발견했고, 손잡이를 당겨서 열었다. 어둠 속으로 이어진 계단이 보였다.

벽에 달린 횃불을 든 체리가 먼저 내려갔다. 다음은 스노빈이었다.

"먼저 가게. 곧 따라가지."

천야장이 말했다.

계단 위쪽에 서 있는 대장장이를 올려다본 스노빈은 체리를 쫓아서 달리기 시작했다.

천야장은 대장장이의 폭탄이라 불리는 광야탄을 능숙하게 묻었다. 지난번에도 만스크의 부하들을 광야탄으로 쓸어버렸다.

'여긴 붉은 강이 흐르지 않아서 아쉽군.'

작업을 끝내고 지하 통로로 들어선 천야장은 아래에서 뚜껑을 닫고 움직이기 시작했다.

잠시 후 문을 부수고 몬스터들이 대장간 안으로 들어온 순간, 벽과 바닥에 묻어 놓은 광야탄이 한꺼번에 터졌다. 광야탄은 몬스터를 날려 버렸을 뿐 아니라, 지하의 비밀 통로까지 무너뜨려 입구를 묻어 버렸다.

덩굴을 헤치며 통로 밖으로 기어 나온 체리는 고개를 살짝 들어 주위를 살폈다.

매우 조용했다. 어지러운 발소리나 좀비 특유의 괴성, 스켈레톤의 뼈 부딪치는 소리는 들리지 않았다.

스노빈도 좁은 구멍을 통과해 밖으로 나왔다. 몸을 일으킨 그는 아래쪽을 바라보았다.

대장간은 이미 폐허로 변했고, 거기서 연기만 모락모락 피어오르고 있었다. 좀비 몇 마리가 어슬렁거리고 있을 뿐, 몬스터 대부분은 아래 수왕진 쪽으로 내려간 듯했다.

무사히 비밀 통로를 빠져나온 천야장은 현자 옆에 서서 자신이 공들인 대장간의 최후를 바라보았다. 체리도 두 사람 곁에서 몬스터에게 짓밟힌 별장을 보고 있었다.

"갑시다."

스노빈이 말했다.

잠시 후, 세 사람은 산을 내려가 동쪽으로 이동했다.

마음에 들어서

동이 틀 무렵, 스노빈 일행은 벨레스카르, 요프람과 만났다. 스노빈이 내보낸 망량이 두 사람을 발견한 것이다.

"일단 배부터 채우죠."

스노빈은 사냥과 요리를 혼자 해치웠다. 망량 덕에 손쉽게 사슴 비슷한 동물을 기절시킬 수 있었고, 불의 기운을 머금은 화령 덕에 연기를 피우지 않고도 고기를 구울 수 있었다.

식사가 끝나 갈 무렵, 스노빈이 입을 열었다.

"상황을 알아야 하니, 먼 곳에서도 망량을 부릴 수 있는 제가 갔다 오겠습니다."

"나도 같이 가겠네."

벨레스카르였다.

잠시 고민 끝에 고개를 끄덕인 스노빈은 천야장, 대학사, 체리를 훑은 후, 하프엘프와 함께 출발했다.

벨레스카르에게 신체의 안전을 맡긴 스노빈은 정신의 형태, 즉 망량과 비슷한 상태로 비탈진 숲을 내려갔다.

바위든, 고목이든, 덤불이든 통과할 수 있기 때문에 전혀 힘들지 않았다. 가끔 예기치 못한 기운이 느껴져 고통이 바늘처럼 찌르는 순간 깜짝깜짝 놀랄 뿐이었다.

별장 뒤쪽 그늘에 수백 마리의 좀비 무리가 우두커니 서서 몸을 흔들고 있었다.

스노빈이 지나간 순간, 기운을 감지한 좀비 몇 마리가 눈을 떴지만 곧 흥미를 잃었는지 고개를 돌려 버렸다.

스노빈은 벽을 통해 별장으로 쑥 들어갔다.

내부는 엉망진창이었다.

매끈한 식탁은 박살이 나서 흩어졌고, 철제 의자는 우그러져 구석에 처박혀 있었다. 벽에 붙어 있던 냉장고는 쓰러진 상태로 문이 뜯겨 내부가 훤히 보였다. 가스레인지를 부수다가 불이 났는지 벽과 천장이 새까맣게 그을려 있었다.

2층으로 올라가는데, 좀비와 스켈레톤이 계단참에 몰려 있어 어쩔 수 없이 몇 마리의 몸을 통과했다.

'으윽……'

메쓰거운 느낌을 억누르고 2층 거실로 들어서자, 소파에 앉아 있는 사람을 발견할 수 있었다.

스노빈은 저 사람이 만스크라고 확신했다.

맞은편에 아로간타르가 무릎을 꿇고 있었는데, 팔이 뒤로 묶여 있었다.

"……대사형이 오시면 넌 끝장이야!"

"후후, 김현의 능력이라면 내가 오랫동안 공들인 녀석들을 없앨 수 있겠지."

부드럽게 웃는 만스크.

스노빈은 벽 쪽으로 크게 우회하며 아로간타르 뒤쪽으로 이동했다.

그 순간, 만스크의 시선이 정확히 스노빈에게 꽂혔다.

스노빈은 즉시 멈추며 데려온 망량을 좀비 속으로 집어넣었다.

좀비가 몸을 부들부들 떨기 시작했다.

"쳇, 망량이군."

만스크가 손을 들자 새까만 손톱 세 개가 튀어나와 그 좀비의 이마와 목, 가슴으로 파고들었다.

통나무처럼 쓰러진 좀비에게서 빠져나온 망량은 즉시 벽을 통해 달아났다.

스노빈은 몸을 낮추고 천천히 기기 시작했다. 만스크의 능력이 예상외로 강했던 것이다.

만스크는 아로간타르 앞으로 걸어갔다.

아로간타르는 이글이글 타오르는 눈빛으로 리치를 노려보았다.

"내가 뭘 할 건지 알려 줄 생각이야. 여기 이놈들 등판에다 마법진을 새기고, 성질석을 놓아서 조종을 했지? 아주 독창적인 생각이었어. 나도 인정해. 난 왜 그 생각을 못 했을까? 그래서 말인데, 난 이번에 붙잡은 너희 등판에도 조혼마진을 새길까 해. 그러면 어떤 일이 벌어질까? 아주 기대가 되지 않아?"

"⋯⋯뭐?"

"김현이 돌아오지 않기를 빌어야 할 거야. 그 녀석과 싸워야 할 건, 너희니까."

만스크가 히죽 웃었다.

분노로 몸부림치는 아로간타르를 좀비들이 지하로 데려갔다.

스노빈은 만스크에게 들키지 않으려 애쓰며 그 뒤를 따랐다. 지하 창고 입구를 막은 몬스터 따위는 그에게 전혀 문제가 되지 않았다.

안으로 들어간 스노빈은 아로간타르, 트로얀, 테룽 그리고 세르프, 레반을 자세히 살폈다. 찰과상 외에는 다친 곳이 없는 듯했다. 문제는 내공과 마력이었다.

평소의 트로얀이라면 뱀파이어 특유의 예민한 감각으로 스노빈의 존재를 알아차렸을 것이다. 하지만 지금 트로얀은 스노빈이 손으로 어깨를 건드려도 눈치채지 못했다.

'후유증으로 고생 좀 하겠지만, 지금은 다른 방법이 없군.'

스노빈은 테룽의 몸으로 뛰어들었다.

몸을 부르르 떠는 드워프.

눈꺼풀을 밀어 올린 스노빈은 아로간타르, 트로얀 등이 생각보다 크다고 생각했다. 잠시 후에야 자신의 시야가 상당히 낮다는 사실을 깨달았다.

'테룽이 왜 키 이야기에 민감한지 알겠다.'

정신이 몸에 적응하기를 기다린 스노빈은 아로간타르를 보며 말했다.

"오늘 밤, 구출 작전을 시작할 거야."

아로간타르는 물론 트로얀 등 다른 사람들까지 테룽을 쳐다봤다. 목소리는 같지만 차분한 말투가 평소의 테룽과 달랐던 것이다.

"나는 스노빈, 지금 정신만 여기 와 있는 거야. 참고로, 다른 사람들은 무사해."

"……정말 당신이야? 그걸 어떻게 믿을 수 있지?"

아로간타르가 물었다.

"이제 좀 합리적 의심이란 걸 할 수 있게 됐군. 괜히 놈들 건드려서 일 복잡하게 하지 말고, 기다려. 우리가 구해 줄 테니까."

"만스크가 거느린 몬스터는…… 수백 마리야. 그리고 우리가 모은 성질석도 차지했으니 훨씬 많은 몬스터가 모여들 거야. 현자와 대장장이, 학사 그리고 귀족 출신 공학자가 대체 뭘 하겠다는 거야? 괜히 나섰다가 잡히지 말고, 대사형이 올 때까지 기다려."

"그러다가 조혼마진이 당신들 등에 새겨지면? 그래서 만스크에게 충성하는 몬스터가 되면?"

"……그게 무슨 말입니까?"

트로얀이 끼어들었다.

스노빈은 아로간타르가 만스크의 계획을 이들에게 알리지 않았음을 깨달았다.

아로간타르가 고함을 지르며 달려들었다. 몸을 완전히 장악하지 못한 스노빈의 반응은 느렸다. 다행히 트로얀, 세르프가 아로간타르를 가로막았다.

스노빈은 빠르게 그 계획을 알렸다.

트로얀의 얼굴이 무섭게 구겨졌다.

"그걸 알고도 아무 말 안 한 겁니까?"

"……알게 된다면 두려워할 테니까. 지금처럼. 저자는 스노빈이 아니야. 만스크, 그 빌어먹을 마법사가 우리를 이간질시키려고 이런 짓을 하는 거야!"

아로간타르가 씩씩거리며 말했다.

싱크

스노빈은 기가 막혔다. 김현이 자리를 비운 이후 아로간타르가 조금 이상하다고 생각했지만, 이 정도일 줄은 몰랐다.

저런 엘프를 신뢰할 수는 없다.

스노빈은 트로얀에게 자신이 구상한 계획을 자세히 알렸다.

"체리가 만들었다는 무기, 믿을 만합니까?"

트로얀은 핵심을 물었다.

"보면 놀랄 겁니다."

그렇게 대답한 스노빈은 테룽의 몸에서 빠져나왔다. 서둘러 벽을 통과해 숲을 올라갔다. 기운이 떨어져 몸으로 돌아가지 못한다면, 자신은 기억마저 잃고 세상을 떠도는 또 한 마리의 망량이 되고 말 터였다.

'조금만 더 가면 되는데.'

테룽의 몸에 빙의하느라 힘을 써 버린 게 원인이었다.

무릎이 꺾였다.

넘어진 스노빈에겐 일어날 기운조차 없었다.

그때, 포근한 바람이 그를 감싸며 일으켜 세웠다. 바람의 힘 덕에 느리지만 몸이 있는 곳까지 올라갈 수 있었다.

정신과 몸이 하나가 된 후에도 꽤 오랫동안 스노빈은 누워 있었다. 이렇게나 장시간 에톨롬을 사용한 적은 없다. 게다가 에톨롬 상태에서 빙의까지 하다니. 정신 나간 행동이었다.

태양이 머리 꼭대기에서 햇살을 내리쬘 무렵, 스노빈은 정신이 들었다.

벨레스카르가 보였다.

"……고맙습니다."

스노빈은 저 하프엘프가 자신을 살렸음을 알고 있었다.

어둠이 깔린 밤.

흔들리는 풀 사이에 엎드린 체리는 저격총의 스코프로 목표물을 노려보았다. 바람은 거의 불지 않는다. 따라서 미세 조정은 필요 없다.

수왕진 북쪽 공터에 몬스터들이 모여 있었다. 횃불이 곳곳에 서 있어 불빛은 충분했지만 좀비나 스켈레톤, 리저드맨이 만스크를 에워싸고 있는 터라 불사의 존재 리치를 겨냥하기가 쉽지 않았다.

고개를 숙인 아로간타르의 얼굴이 보였다. 무릎을 꿇은 엘프는 여전히 호전적으로 만스크를, 주위 몬스터를 쏘아보고 있었다.

트로얀, 테룽, 세르프, 레반도 아로간타르 근처에서 굴욕적인 자세로 앉아 있었다.

체리는 손을 뻗어 구슬을 쥐었다. 성질석으로 마력이 채워져 있기에 간단한 조작만으로도 마법이 펼쳐졌다.

"사람들은 수왕진 북쪽에 있습니다. 모두…… 확인했습니다. 아직은 괜찮아 보입니다."

– 여기서도 보이는군.

구슬에서 목소리가 흘러나왔다.

"여기서도 보이는군."

대학사 요프람은 왼손으로 망원경을 쥐고 오른손으로는 구슬을 든 채 말한 후, 입을 다물었다. 사실, 말하고 싶은 내용은 많았다.

이번 계획이 얼마나 무모한지, 실패할 가능성이 얼마나 높은지 그는 잘 알았다. 하지만 자신에게 다른 방법, 안전하며 성공할 수 있는 계획이 없다는 사실 또한 잘 알고 있었다.

요프람은 힐끔 옆을 쳐다봤다.

천야장이 엎드린 자세로 소총을 잡고 있었다.

"……할 수 있겠습니까?"

"아주 재미있네. 이렇게나 먼 곳에서 몬스터를 없앨 수 있다니 말이야."

천야장은 방아쇠에 손가락을 걸었다.

"발사는 스노빈의 신호가 있어야 합……."

탕!

소총이 불을 뿜었다.

놀란 요프람은 뒤로 주저앉았다.

천야장도 잠시 말을 잃었다.

공기를 가르며 날아간 총알은 스켈레톤의 갈비뼈를 부순 후, 좀비의 왼쪽 눈알에 푹 박혔다.

좀비 무리는 썩은 이빨을 드러내며 주위를 노려봤지만 어디에서도 적을 발견할 수 없었다. 녹슨 칼을 든 스켈레톤도 마찬가지였다.

뒤이어 어렴풋이 들린 총성.

좀비 중 하나가 살짝 고개를 틀어 정확히 천야장이 엎드린 곳을 노려보았다.

'하마터면 내가 맞을 뻔했어. 천야장에게 맡기는 게 아니었는데. 그래도 대학사보다는 나으니까.'

좀비의 몸을 차지한 스노빈은 만스크를 살폈다.

다행히 만스크는 그 사실을 전혀 몰랐다. 아로간타르 일행에게 집중한 탓도 있었고, 총알이 박힌 몬스터는 외곽에 있어서 신경을 쓰기 힘들었다.

조금씩 안쪽으로 파고든 스노빈은 만스크의 얼굴을 볼 수 있었다.

그때, 만스크의 지시에 좀비들이 아로간타르를 앞으로 끌어내어 십자 형태의 틀에 몸을 고정시켰다. 스켈레톤은 단검으로 옷을 찢어 등을 드러냈다.

좀비들이 팔, 다리, 어깨 등을 꽉 누르자, 만스크는 새까만 칼로 아로간타르의 등에 조혼마진을 새기기 시작했다. 피가 하얀 등을 타고 흘러내렸다.

스노빈은 별장을 쳐다봤다. 지금쯤 벨레스카르는 저기 어딘가에 있을 것이다.

'휴우, 계획대로 되어야 할 텐데.'

구슬을 꺼내어 마력을 주입함으로써 신호를 보냈다.

펑!

체리가 쏜 총알이 만스크의 오른팔을 날려 버렸다. 칼을 쥔 손이 공중으로 떠올랐다가 좀비들 사이로 떨어졌다.

두 번째 총알은 미처 피하지 못한 만스크의 어깨뼈로 파고들었다.

천야장도 사격을 시작했는지 뒤쪽에서 몬스터들이 쓰러졌다.

체리의 저격총으로 완전히 없애지 못한 만스크를 향해 스노빈이 달려들었다. 스노빈이 장악한 좀비는 만스크의 목을 물어뜯었다.

시꺼먼 피가 뿜어져 나왔다.

나뭇가지에 서서 저 아래쪽 별장을 내려다보던 벨레스카르는 총성을 듣자마자 바람의 힘으로 몸을 띄웠다. 그리고 별장을 향해 몸을 날렸다.

　날다람쥐처럼 날아간 하프엘프는 별장의 지붕에 가까워지자 속도를 줄이며 안착했다.

　창문을 통해 안으로 들어갔다. 좀비 몇 마리를 본 그는 바람으로 휘감아 다리를 부러뜨린 후, 급히 지나갔다.

　목적지는 성질석으로 가득한 창고였다. 뇌석, 재생석, 진요석 등 몇 가지 성질석을 챙겨야 현자 스노빈이 만든 계획이 성공할 수 있다.

　아래층으로 내려갔더니 복도 가득 리저드맨, 좀비 따위가 득시글댔다.

　"……시간이 좀 걸리겠어."

　벨레스카르의 두 손에서 강풍이 흘러나왔다.

　'이런!'

　스노빈은 자신이 물어뜯은 사람이…… 좀비라는 사실을 뒤늦게 깨달았다.

녹슨 칼이 등에 박혔다.

또 다른 검이 옆구리로 파고들었다.

그 순간, 충격으로 정신이 좀비의 몸 밖으로 쫓겨났다. 어마어마한 고통에 휩싸여 하마터면 육체와의 연결이 완전히 끊어질 뻔했다.

'이건 함정이야. 서둘러 돌아가야 돼.'

스노빈은 몬스터 무리를 통과하며 몸이 있는 곳으로 이동했다.

벨레스카르는 앞을 가로막는 몬스터를 쓰러뜨리며 전진했다. 결국 성질석 창고 앞에 설 수 있었다.

한두 마리는 쉽게 없앨 수 있지만 의외로 많은 수가 별장 안에 있었는지, 숨이 찼다.

거친 호흡을 가라앉히며 창고 문을 연 하프엘프는 할 말을 잃었다. 창고는 텅 비어 있었다.

돌아선 그는 복도를 가득 채운 리저드맨을 발견했다. 웃음이 터질 뻔했다.

'함정이었군. 만스크, 머리를 제법 썼어.'

"펠라룸."

진지해진 벨레스카르는 금의 속성을 지닌 중급 정령을 불러냈다.

볼링공만 한 금속의 구체가 나타나자 벨레스카르가 앞으로 손을 뻗었다. 펠라룸은 벨레스카르의 손아귀로 날아가며 긴 검으로 변했다.

웅웅 진동하는 검이 다가온 리저드맨의 두툼한 팔을 잘라 버렸다. 녀석을 짓밟은 벨레스카르는 벽을 딛고 두 번째 리저드맨의 대가리를 날려 버렸다. 세 번째 놈은 천장에 거꾸로 선 채 정수리를 반으로 쪼갰다.

리저드맨들은 벽이든 천장이든 평지를 걷듯 자유자재로 이동하는 벨레스카르에게 속수무책으로 당했다.

마지막 남은 리저드맨이 벨레스카르를 피해 달아나려는데, 바닥과 벽이 동시에 흔들렸다. 벨레스카르가 눈살을 찌푸린 순간, 천장과 벽이 무너져 내렸다.

별장 전체가 붕괴된 것이다.

아로간타르는 목과 가슴 언저리에서 조금씩 흔들리는 녹슨 철검을 쳐다봤다.

검을 쥔 놈들은 모두 스켈레톤이었다. 사방을 에워싼 녀석들은 언제든 명령이 떨어지면 망설이지 않고 검으로 인질의 몸을 꿰뚫을 것이다.

'내공만 돌아오면…… 단숨에 없애 버릴 텐데.'

엘프는 스켈레톤의 갈비뼈 너머로 추광대를 볼 수 있었다. 그들 역시 스켈레톤, 좀비, 리저드맨 등 몬스터 부대에 둘러싸인 채 앉아 있었다.

구출 작전은 자신의 예상대로 실패했다.

총성이 요란하게 울리자, 땅속에 숨어 있던 스켈레톤 무리가 튀어나와 그 방향으로 달리기 시작했다. 숲에서도 좀비 부대가 모습을 드러냈다. 만스크는 이 단순한 계획을 간파하고 미리 몬스터를 숨겨 놓았던 것이다.

이제 어떻게 될까?

조혼마진에 지배당해 무엇이든 만스크의 명령대로 움직이게 될까?

'안 돼, 절대로.'

녹색날개 일족의 명예를 지켜야 한다!

스스로 목숨을 끊는 한이 있더라도!

걱정 없이 하루를 보내며 살았던 옛날이 생각났다. 당시엔 그게 얼마나 귀중한지 몰랐다. 그저 지루하다고 불평하며 마을을 벗어나 세상을 경험하고 싶어 했다.

가장 기뻤던 순간은 하이엘프 셀레스카르의 제자가 되었을 때였다. 세상을 다 가진 기분이었다.

지금은?

그저 녹색날개의 자존심을 지키고 싶을 뿐이었다. 벨레스카르처럼 살아남아 치욕의 상징이 되고 싶진 않았다.

'그래, 죽자!'

결정을 내리자 혼란이 가라앉았다.

까만 하늘 높은 곳에 커다란 융단이 너울거리며 바람을 타고 있었다.

융단 끝자락에 엎드려 아래를 내려다보던 비디타스가 김현을 힐끔 쳐다봤다.

김현은 공중에 둥실 떠 있는 양날도끼의 자루에 발을 끼워 박쥐처럼 거꾸로 매달려, 그 자세로 천리적경을 착용한 채 아래를 바라보고 있었다.

"내려가서 구해 줘야 하는 거 아니야?"

"좀 더 지켜보고."

비디타스는 슬슬 부아가 치밀었다.

벌써 며칠째 까마득히 높은 곳에서 아래를 살펴보며 시간을 보냈다. 당장 시간의 탑이 무너져 크립테아 놈들이 올라올지도 모르는데.

그보다 더 이해하기 힘든 건, 동료들이 위험한데도 구해 주기는커녕 지켜보기만 하는 저 녀석의 태도였다.

인간은 대부분 동료를 소중히 여긴다. 가족이 아닌데도 동료를 위해 목숨까지 건다.

저 녀석도 한때는 그런 인간이었을 텐데.

성격이 변했을까?

인간이라기보다는 드래곤 쪽에 가까워진 걸까? 그렇다면 아주 좋은 소식이다.

"저러다 죽겠다."

"그럴 일은 없어."

"이유나 들어 보자. 왜 여기서 이런 짓을 해야 하는지."

비디타스는 몸을 일으켜 앉았다.

"그쪽이 알 필요는 없어. 내 문제니까."

"……그쪽? 당장 말해라. 아니면 본체로 변신해 버릴 테니까."

그제야 김현이 고개를 돌려 잔뜩 뿔이 난 비디타스를 바라보았다.

사라겐의 비월이 회전하자, 김현은 빠르게 돌린 시곗바늘처럼 똑바로 섰다.

"당신은 이해하기 힘들 거야."

"그건 내가 결정한다. 설명이나 해라."

비디타스가 열을 내자 그녀가 앉아 있던 자리의 융단이 까맣게 타들어 갔다.

"사람마다 재능도, 성격도 다 다른 건 당신도 잘 알 거야. 난 저 사람들의 진짜 모습을 확인하고 싶어. 위험이 닥쳐온 순간, 평소의 위장이 벗겨지거든."

"그래서?"

비디타스는 그게 전부가 아님을 확신했다.

"진면목을 알아내면, 어떤 일을 맡겨야 할지 어떤 자리에 두어야 할지 알게 되겠지."

"오호, 너 조직을 만들 생각이로군."

"이미 만들었어. 섬바디 길드라고. 난 길드 마스터야. 저들은 길드 멤버고."

"적재적소에 인재를 배치하기 위해서 이런 식으로 시험을 한다? 너, 돌았구나. 아니, 아주 적절해. 멋진 생각이야. 드래곤다운 사고방식이니까. 드디어 자카리안의 구슬이 힘을 발휘하는구나!"

비디타스의 칭찬에 김현은 눈살을 찌푸렸다. 스스로도 야박한 시험이라는 생각을 한 적이 있었다. 하지만 더 위험한 일이 벌어질 미래를 위해 이 시험은 반드시 필요하다는 게 그의 판단이었다.

내공 주입을 막자, 천리적경이 눈에서 떨어졌다.

"끝난 거냐?"

"대충."

붉은 외알 안경을 주머니에 집어넣은 김현은 아래로 몸을 날렸다. 양날도끼가 뒤따랐다.

싱크

탕!

마지막 탄환은 선봉에 선 좀비의 이마를 꿰뚫었다. 앞으로 쓰러진 녀석을 뒤쪽 좀비들이 짓밟고 다가왔다.

뒤로 물러선 체리는 달그락달그락 소리에 고개를 돌렸다. 스켈레톤 무리가 녹슨 검을 들고 서 있었다. 그녀를 중심으로 몬스터가 원을 그리며 에워싸고 있었다.

체리는 벨트에서 단검을 뽑았다. 한두 마리쯤은 없앨 수 있을 것이다.

'그다음은……?'

지하 던전으로 자주 내려가던 아로간타르, 테룽, 레반 등은 죽음과 부활이라는 경험에 대해서도 자주 떠들어 댔다. 김현과 계약을 맺음으로써 이방인 특유의 능력, 즉 불사의 힘을 가지게 되어 죽어도 금세 되살아난다는 것이다.

그 경험, 체리도 알고 있었다. 엘루마에서 김현, 당시에는 노바디였던 이방인과 계약을 맺고 투르카 던전으로 내려간 적이 있었다.

고통이 몰려와 오감이 마비되며 사라지는 기이한 순간이 죽음이라면, 반대로 감각이 풀리며 눈이 저절로 뜨이는 순간이 부활이다.

김현이 여기 있다면, 계약을 맺은 상태라면 몬스터 따위

두려워할 필요는 없다. 불사의 능력 덕분에 되살아날 테니까. 물론 아이템을 잃거나 죽기 전보다 훨씬 약해질지도 모르지만 완전한 죽음보다는 낫다.

'멋있게 죽자. 멋있게.'

터져 나오려는 눈물을 억누른 체리가 좀비를 향해 돌진하는 순간, 빙글빙글 회전하는 도끼가 좀비의 대가리를 싹둑싹둑 자르며 날아다녔다.

위로 솟구친 좀비 머리들이 땅바닥에 떨어질 때, 놈들의 몸도 동시에 쓰러졌다.

그 도끼는 이제 스켈레톤 무리 속으로 뛰어들었다.

"……사라겐의 비월?"

바로 앞에 그토록 기다렸던 사람이 나타났다.

"안녕."

"……."

"다친 건 아니지?"

체리는 김현을 와락 안고 엉엉 울기 시작했다. 김현은 체리의 어깨와 등을 쓰다듬었다.

붕괴된 별장에서 겨우 빠져나온 벨레스카르는 숨을 헐떡거렸다.

백 마리는 해치운 것 같은데, 그보다 더 많은 몬스터가 몰려들고 있었다.

정면으로 돌진한 리저드맨의 가슴을 펠라룸으로 푹 찌른 벨레스카르가 손을 뒤로 뻗자, 거기서 뿜어져 나온 강풍이 좀비 하나를 날려 버렸다. 바위에 떨어진 녀석은 팔다리가 부러졌음에도 조금씩 기어서 다가왔다.

'만스크가 성질석을 사용했군.'

이제 수왕진 근처로 모인 몬스터는 수천 마리에 육박했다. 혼마석, 사혈석, 암혼석 등 죽음의 마력이 풍부한 성질석으로 몬스터를 끌어당긴 것이리라.

놈들의 무기는…… 검이나 몽둥이가 아니라, 끝도 없이 몰려드는 물량이었다.

이동속도는 빠르지 않다. 따라서 포위망만 뚫으면 살아남을 수 있다. 하지만 벨레스카르는 손쉬운 방법을 택하지 않았다.

그 이유는 스스로도 알 수 없었다.

손이 떨리기 시작했다.

마력이 끊기자, 검의 형태였던 정령 펠라룸이 자기 세계로 돌아갔다.

'수백 년이나 질긴 삶을 이어 왔던 하프엘프가 이런 곳에서 죽는구나. 후후, 나쁘지 않은 삶이었어. 비록 명예를 회복하진 못했지만.'

눈을 감은 벨레스카르는 웃음으로 마지막 순간을 기다리기로 마음먹었다.

그때, 따뜻한 바람이 불어왔다.

갑자기 주위가 조용해졌다.

눈을 뜬 벨레스카르는 할 말을 잃었다. 새파란 불꽃이 그를 포위했던 리저드맨을 집어삼켰는데, 양초가 녹아내리듯 몬스터의 몸이 흐물흐물 뭉그러졌다.

이 정도라면…… 대마법사의 솜씨다!

아니, 그 이상일지도.

"오랜만이야, 잡종."

바로 뒤에서 들린 목소리.

벨레스카르는 '잡종'이라는 말을 죽기보다 싫어했지만, 그 순간만큼은 얼마나 놀랐는지 잡종이라는 단어는 들리지도 않았다.

천천히 몸을 돌린 벨레스카르는 입을 쩍 벌린 채 주저앉았다.

"위, 위대한 존재시여!"

"날 알아보는군."

"어, 어찌 제가 위대한 분을 잊겠습니까?"

"천도의 사주를 받아서 크립테아에 들어갔다면서?"

"그, 그건…….'

벨레스카르는 드래곤 헤라가 여기 나타난 이유가 이방인

싱크

김현과 관련이 있음을 깨달았다.

"천도의 사주, 맞지?"

"저는 발설할 수 없습니다."

"천도를 아예 태워 버려야겠어."

"……그, 그건 안 됩니다."

드래곤의 화염이라면 천도도 큰 피해를 입을 것이다. 벨레스카르는 당황하고 말았다.

"후후, 맞군."

드래곤의 말재간에 넘어간 벨레스카르는 즉시 화제를 바꾸었다.

"이방인 김현……을 아십니까?"

"알다마다."

"……김현도 돌아온 겁니까?"

"당연하지. 그 녀석 때문에 여기 내려온 거니까."

그 대답에 벨레스카르는 할 말을 잃었다. 드래곤을 움직이는 이방인이라니!

개구리처럼 도약한 아로간타르가 주먹을 뻗자 스켈레톤의 두개골이 박살 났다.

젊은 엘프는 놈의 철검을 빼앗아 자신의 등과 옆구리로 파고드는 공격을 막아 냈다. 애검 토포레처럼 스킬을 사용하자, 철검은 뚝 두 동강 나 버렸다.

'······끝난 건가?'

아로간타르는 달려드는 몬스터의 수가 오히려 줄어들자 흠칫 놀랐다. 그제야 추광대 역시 몸을 일으켜 스켈레톤과 싸우고 있다는 사실을 알아차렸다.

트로얀도 철검을 낚아채 빠르고 위협적인 방식으로 스켈레톤을 공격하고 있었다. 테룽은 철검 다섯 자루를 묶어 도끼처럼 휘두르는 중이었다.

내공이 봉쇄되어도 육체의 힘만으로 무기를 휘두르는 무인과 달리, 정령술사와 마법사는 마력이 끊기면 보통 사람과 다를 바가 없다. 그럼에도 세르프와 레반은 손에 잡히는 건 뭐든지 집어서 몬스터를 향해 던지며 고함을 질러 댔다.

"이쪽으로!"

트로얀이 손짓했다.

아로간타르는 즉시 트로얀 쪽으로 움직였고, 둘은 등을 맞대고 몬스터를 상대했다. 후방에 대한 염려가 사라지자 전투력은 몇 배로 강해졌다.

하지만 원형으로 둘러싼 몬스터는······ 바다 같았다. 끝도 없는 파도처럼 놈들이 달려들었다.

"다시 봤습니다."

트로얀이 발길질로 스켈레톤의 대퇴부를 날리며 말했다.

"뭘?"

아로간타르는 철검을 던져 스켈레톤의 대가리에 꽂은 후, 다른 철검을 빼앗았다.

"기가 막힌 순간에 반격을 시작했잖습니까. 사숙께서 나섰기 때문에 추광대도 틈을 노릴 수 있었습니다."

"아, 그거?"

아로간타르는 진실을 말할 수 없었다. 명예를 지키기 위해 죽으려고 달려들었다는 말은 차마 할 수 없었다.

"왜 사부님이 사숙에게 이곳을 맡겼는지 이제 좀 알 것 같습니다. 저였다면 그런 용기를 내지 못했을 겁니다."

"⋯⋯."

아로간타르는 입을 다물었다.

스켈레톤을 부수는 그의 철검에 힘이 들어갔다.

부끄러웠다. 따지고 보면 이 지경에 이른 건 자신의 고집과 편견 때문이다. 트로얀이 비난을 퍼붓는다 해도 할 말이 없는데 저런 이야기를 듣다니. 그것도 죽음을 코앞에 둔 상황에서.

마지막 순간까지도 자신은 함께 있는 사람들을 생각하지 않았다. 그저 엘프로서의 자존심, 녹색날개 일족의 명예만 고려했을 뿐이다.

지도자로서는 실격이다.

아로간타르는 처음으로 자신의 문제를 알아차렸다.

녹색날개 일족의 후계자라는 자부심.

다른 무엇보다도 앞서는 자존심은…… 지도자에겐 어울리지 않는 사치이자, 약점이었다.

스켈레톤 한 마리가 트로얀의 왼쪽 옆구리를 노리고 파고들었다. 트로얀은 정면과 우측의 공격에 신경 쓰느라 전혀 그 기습을 몰랐다.

아로간타르는 생각할 틈도 없이 철검을 휘둘러 그 공격을 막았다.

그 순간, 검이 엘프의 허벅지에 푹 꽂혔다. 트로얀을 신경 쓰느라 또 다른 공격을 놓친 것이다.

"사숙!"

"……뒤!"

아로간타르가 외쳤다.

세 자루 철검이 트로얀의 등으로 파고들었다. 트로얀에겐 반응할 시간이 없었다.

텅!

어디선가 들린 기이한 진동음.

다음 순간, 철검을 찌르는 세 마리 스켈레톤의 뼈가 조각조각 금이 가더니 가루로 변하며 흘러내렸다. 철검 역시 바닥에 떨어져 나뒹굴었다.

아로간타르의 눈이 휘둥그레졌다.

"……대, 대사형!"

눈물 흘리는 엘프를 힐끔 쳐다본 남자는 한 번 더 발로 바닥을 굴렀다. 팅! 묵직한 소리와 함께 퍼져 나간 충격파는 테룽과 세르프, 레반을 에워싼 몬스터를 해일처럼 덮쳤다.

"저는 천현입니다. 당신이 대사형이라고 부르는 분의 분신입니다."

그렇게 말한 천현은 본격적으로 몬스터 무리로 뛰어들었다. 한 마리 사자가 양 떼에 달려드는 기세였다. 몬스터는 본능적으로 힘의 격차를 감지하고 흩어지며 달아났다.

아로간타르와 트로얀이 서로를 쳐다봤다. 둘은 상대 역시 천현에 대해 모른다는 사실에 안도했다.

종유석이 고드름처럼 매달린 동굴 깊은 곳.

"……이런."

마법 눈동자 오쿠네로 상황을 살피던 만스크는 이를 갈았다.

공들인 계획이 물거품이 되었다. 이방인 한 놈 때문에! 빼앗은 성질석으로 훨씬 많은 몬스터를 모았는데도! 저 이방인은 그때보다 훨씬 강해졌다.

'뭐, 상관없다. 소기의 목적은 달성했으니까. 놈들의 성질석을 빼앗았으니, 얼마든지 나만의 몬스터 군대를 만들 수

있어. 다음엔 모조리 쓸어버릴 수 있을 만큼 강력한 군대를 모아야겠군.'

돌아선 만스크는 슬라임으로 구성된 부대에 지시를 내렸다. 성질석으로 가득한 수레 열 개를 슬라임이 끌기 시작했다. 땅속 깊이 숨어 버린다면 그 막강한 이방인도 자신을 결코 찾지 못할 것이다.

저벅저벅.

발걸음 소리가 들렸다.

만스크는 어둠을 뚫고 걸어 나오는 사람을 발견했다. 눈이 점점 커졌다.

'그 녀석이다!'

놀란 리치는 슬라임, 스켈레톤, 리저드맨 등 근처에 있는 몬스터 모두에게 전투명령을 내렸다.

몬스터 부대가 달려들었지만, 오히려 튕겨 나갈 뿐이었다. 놈은 너무나 당당하게, 천천히 다가오는 중이었다.

'……성질석을 포기할 수밖에 없어. 내가, 내가 살아남기만 하면 다시 기회가 올 테니까.'

돌아선 만스크는 달아났다.

그때, 어마어마한 진동이 바닥을 타고 벽과 천장으로 퍼져 나갔다.

종유석들이 우박처럼 쏟아졌다.

그리고…… 동굴이 무너졌다.

하체는 바윗덩이에 짓이겨 형체를 찾기도 힘들었지만, 만스크는 이를 악물고 기었다.

끔찍한 고통 때문에 차라리 죽는 게 낫다는 생각도 들었다. 자살 충동을 억누르기 위해 찢어 죽여도 시원찮을 이방인을 계속 떠올렸다. 두 번이나 치욕을 준 놈만 생각하면 투지가 불끈 솟아올랐다.

'복수할 거다! 반드시! 그놈만은 내 손으로…… 죽여 버릴 거야. 아니, 조혼마진으로 놈을 내 발 앞에 무릎 꿇릴 거야. 놈이 어디에 있든, 내가 찾아내고 말 거야!'

드디어 도착했다.

만스크는 고목의 뿌리 근처의 흙을 파내기 시작했고, 한참 만에 혈명, 즉 리치의 생명력이 담긴 청동 그릇을 찾아냈다. 이 혈명만 무사하면 자신은 절대로 죽지 않는다.

기회는 반드시 온다. 놈을 무릎 꿇릴 기회가.

만스크가 혈명의 뚜껑을 열자, 그동안 모였던 생명력이 흘러나왔다. 박살 난 하체에 기적이 일어났다. 뼈가 만들어지고, 근육이 생성되었으며, 피부가 덮였다.

"그게 생명의 그릇이야?"

"……."

화들짝 놀란 만스크는 천천히 고개를 들었다.

공중에 양날도끼가 둥실 떠 있고, 그 위에 낯익은 사람이 뒷짐을 지고 서 있었다.

그 순간에서야, 만스크는 자신이 운 좋게 살아남은 게 아님을 깨달았다. 혈명의 위치를 알아내기 위해 저 교활한 이방인이 자신을 살려 준 것이었다.

혈명을 없애야 한다는 충동에 사로잡혔다. 이 그릇을 빼앗기면 저놈의 종이 된다. 어떤 명령도 따라야 한다.

즉시 혈명을 번쩍 들어 올린 만스크.

"그걸 깨려고? 그럼, 진짜로 죽을 텐데?"

놈은 마른고기를 꺼내어 우적우적 씹으면서 물었다.

그 모습을 본 만스크는 혈명을 조심조심 내려놓았다. 살아남기만 한다면 언젠가 기회는 생긴다. 하지만 스스로 죽어 버리면…… 여기서 끝난다.

"뭘 원하는가?"

"글쎄."

만스크는 말없이 이방인을 노려봤다. 이제까지 관찰을 통해 알아낸 장면, 사실이 머릿속에 떠올랐다.

무공 수련에 미친 남자, 행동으로 타인을 은근히 압박하는 지도자, 내뱉은 말을 지키는 사람, 이방인 같지 않은 이방인 그리고 거의 모든 면에서 크립테아의 군주이자 황제인 투리우스와는 대척점에 서 있는 인물.

'지금은 몸을 숙일 때야. 어떤 굴욕이든 감수하면 돼. 나중

에, 나중에 갚으면 되니까.'

"사, 살려 주신다면 무, 무슨 일이든 하겠습니다."

"살려만 달라? 그러면 충성을 바치겠다?"

"그렇습니다!"

"내 사람들을 죽이려 했던 당신이? 내가 그걸 어떻게 믿지?"

결정을 내린 만스크는 혈명을 두 손으로 받치며 내밀었다. 청동 그릇이 흔들렸다.

이 행동이 무엇을 의미하는지 그는 아주 잘 알았다.

노예!

상대는 언제든 자신을 끝장낼 수 있다. 자신의 생명을 상대에게 맡김으로써 얻을 수 있는 건 단 하나, 시간이다. 충성을 몸으로 보여 준다면 상대는 방심하게 될 테고, 그러면 언젠가 기회가 생길 터였다.

김현은 사라겐의 비월에서 뛰어내려 만스크 앞에 착지했다. 만스크는 뒤로 물러서다 발이 걸려 넘어졌다. 다행히 혈명을 놓치지는 않았다.

"좋아."

"가, 감사합니다!"

만스크는 속으로는 경험이 부족한 저 애송이를 비웃었다. 이로써 소멸은 면했다.

"당신은 지금부터 섬바디 길드의 몬스터 부대 책임자야.

지휘관인 셈이지. 참고로 난 섬바디의 길드 마스터야. 당신이 귀 기울여야 하는 건, 바로 내 말이라는 거지. 아무튼 길드에 들어온 기념으로 당신이 원하는 영혼의 목걸이는 줄 수 없지만, 이 정도는 가능해."

김현은 독특한 질감의 반지 하나를 내밀었다.

"……이건?"

"모노키람이야. 목계 속성이고. 당신이라면 사용할 수 있을 거야."

만스크는 대조련사 파레쿤이 제작한 반지 모노키람이 얼마나 값진 보물인지 잘 알았다. 특히 자신처럼 몬스터를 조종하는 리치에겐 더없이 귀중했다. 혈명을 빼앗지도 않고, 이런 보물을 주다니.

잠시나마 꿈을 꾸거나 저 이방인이 장난을 치는 거라고 생각했다.

"……대체 왜 이러는 겁……니까?"

"마음에 들어서."

"……뭐라고요?"

만스크는 귀를 의심했다.

"목적을 이루려는 의지와 끈기가 마음에 들어. 목적이야 바꾸면 되지만, 평소 살아가는 방식은 사실 거의 안 변하잖아. 난 그렇게 생각하는데."

"그, 그런 이유로 당신 동료들을 죽이려 했던 나를……

도, 동료로 삼으려는 겁니까?"

"응."

천진난만한 대답.

만스크는 기가 막혔다. 정말이지 이 이방인은 미쳤다! 상상도 못 할 만큼 제정신이 아니었다!

하지만 바로 그 때문에 마음에 든다.

"……당신의 목적은 무엇입니까?"

"꼭대기."

"무슨 뜻입니까?"

"세상의 꼭대기. 가장 높은 곳. 그게 어디든 간에. 올라가면 재미있을 것 같잖아. 그리고 가능하면 다른 사람들이 나처럼 자유로워지기를, 나보다 더 자유로워지기를 바랄 뿐이야. 아무튼, 이번엔 크립테아로 내려갈 필요가 생겼는데 당신이 도와줬으면 좋겠어. 거기는 당신이 잘 아니까. 싫다면 어쩔 수 없고."

"……내려가서 어쩔 겁니까?"

"일단은 쓸데없는 짓을 막아야지. 내버려 두면 여기도, 저기 위쪽 엘루마도 피해가 클 거야. 그리고 기회가 생긴다면 크립테아의 사왕 그리고 투리우스 황제가 어떤 놈인지도 만나 보고 싶고."

만스크의 어깨가 들썩거렸다.

"크하하하하하, 하하, 크하하하하하."

황제 투리우스를 '놈'이라고 말한다, 저 이방인은.

만스크는 자신이 얼마나 투리우스를, 사왕을, 크립테아를 싫어하는지 그 순간 깨달았다. 이방인의 거침없는 행동에 어찌나 속이 시원한지, 바로 그 말이 자신이 오랫동안 원했던 것임을 알아차린 것이다.

김현은 가만히 기다렸다. 결정은 상대의 몫이다.

정신을 가다듬은 만스크가 김현을 쳐다봤다.

"당신이 아주 강하다는 건 인정합니다. 하지만 사왕은…… 투리우스 황제는 차원이 다릅니다. 당신이 드래곤처럼 강해진다면 또 모르지만……."

엘프 하나가 공간을 가르며 김현 옆에 나타났다.

그 엘프를 본 순간, 만스크는 겨우 잡아 놓은 정신이 아득해졌다.

엘프는 만스크를 보며 빙긋 웃었다.

"거머리 새끼, 오랜만이야."

"위, 위대한 존재시여."

만스크는 덜덜 떨다가 무릎을 꿇었다.

리치를 내려다보던 비디타스는 김현을 향해 고개를 돌렸다.

"정말 이 거머리를 받아들일 생각은 아니지?"

"그럴 생각인데."

"이 녀석은 리치야. 죽음의 마법사 중에서도 악질인 리치.

그런 놈을 동료로 받아들이겠다?"

"내가 세 번이나 말했는데. 혹시 귀에 문제 있어?"

"……."

비디타스는 몸을 부르르 떨며 김현을 노려보다가, 텔레포트 마법으로 가 버렸다.

만스크는 할 말을 잃었다.

드래곤 헤라에 대한 공포는…… 제1차 몬스터대전 당시 영혼 깊이 새겨졌다. 갑자기 나타난 헤라는 단번에 수천 마리의 몬스터를 잿더미로 만들었다. 레어 주위에서 시끄럽게 군다는 이유 때문이었다.

이방인이 그 강력한 드래곤과 친구처럼 대화하다니.

순간, 이방인이 아닐 수도 있다는 생각이 머리를 스쳤다.

드래곤은 워낙 제멋대로여서 기분에 따라서 엘프로, 인간으로, 때로는 드워프로도 변신한다. 드래곤이 이방인 행세를 못 할 이유는 없다.

'저분은…… 위대한 존재시다! 분명해. 그렇지 않고서야 드래곤 헤라와 저런 식으로 자연스럽게 이야기를 할 수는 없어.'

만스크는 김현을 바라보았다.

조금 전과는 완전히 다른 사람처럼 보였다. 더 지혜롭고, 더 강한 존재 같았다.

그제야 자신이 얼마나 어처구니없는 짓을 저질렀는지 깨

달았다. 김현이 보여 준 압도적인 전투력은…… 바로 드래곤의 능력이었다!

'난 위대하신 분이 왜 길드를 만들었는지 몰라. 하지만 한 가지는 확실해. 그 길드는 투리우스의 크립테아만큼이나 거대한 조직으로 성장할 거야. 위대한 존재께서 이끌고 있으니까. 바로 그분이 나를, 나를 받아들이신 거야!'

리치는 희열을 감출 수 없었다.

크립테아에서는 제대로 대접을 받는다는 기분을 느껴 본 적이 없었다. 투리우스와 사왕이 권력을 손에 쥐고 흔들어 댔고, 자신은…… 명령에 따라야 하는 수많은 노예 중 하나에 불과했다.

아무리 애를 써도 위로 올라갈 방법은 없었다. 힘과 핏줄을 숭상하는 크립테아에서 리치는 밟아도 끈질긴 지렁이 같은 하찮은 존재였다.

'내게도 기회가 생겼어. 투리우스의 곁을 지키는 사왕 같은 자리에 오를 수 있는 기회!'

좀비로 위장하여 지켜본 결과, 김현을 따르는 사람은 아직 소수였다. 하나하나가 뛰어난 재능을 가지고 있지만 투리우스를 떠받치는 사왕처럼 강력하지는 않았다.

"제 모든 것을 바치겠습니다. 무엇이든 명령만 내려 주십시오!"

만스크의 눈이 불타올랐다.

만계 원정대

투명한 벽에 다닥다닥 붙은 그물 같은 뿌리가 드릴처럼 안으로 파고들었고, 불의 정령 슈뢰딩거가 내뿜는 화염이 맞은편 벽을 빨갛게 달구었지만…… 페플마인드의 방은 무너지지도 구멍이 나지도 않았다.

난공불락의 요새였다.

"그 정도밖에 안 돼? 이거 실망인데."

페플마인드가 안진후의 속을 긁어 댔다.

연구원이 방 옆으로 지나갔다. 분명히 슈뢰딩거와 이그드라실의 뿌리를 봤을 텐데, 잠시 흠칫 놀랐을 뿐 평소처럼 가요를 흥얼거리며 가 버렸다.

안진후는 벽으로 걸어가서 표면을 살폈다. 슈뢰딩거가 뿜어내는 화염의 온도는 1,500도를 훌쩍 뛰어넘는다. 철광석까지 흐물흐물 녹아내릴 텐데, 대체 이 재질의 내화도, 즉 SK 넘버는 얼마나 높을까?

'못해도 SK42번 이상이야.'

내화벽돌이 보통 SK26번, 즉 1,580도까지 견딘다.

그렇게나 내화 능력이 뛰어난 데다 투명한 재질이라니. 순간 이 방을 빠져나가야 한다는 사실까지 잊을 만큼 눈앞의 재료에 빠져들었다.

투명한 벽에 아주 잠깐 복잡한 문양이 나타났다가 바로 사라졌다.

단순한 반복으로 어지러운 형태는 프랙탈 같았다.

한 걸음 더 가까이 다가가 살짝 보는 각도를 달리하자, 그 문양이 눈에 들어왔다.

'이건…… 마법진이잖아. 이제 알았다! 저 벽이 이토록 견고한 이유를.'

안진후는 그 마법진이 벽과 바닥, 천장까지 연결되어 있음을 알아차렸고, 바로 뿌리를 거둬들이며 슈뢰딩거에게 중지 명령을 내렸다.

"맞아, 마법진이야."

페플마인드가 말했다.

안진후는 저 교활한 인공지능을 가볍게 무시하며 마법진에 집중했다.

납치된 고형덕을 구하러 라이언과 함께 지하로 내려갔을 때, 마법진의 구조에 대해 깊이 파고든 적이 있었다. 마법진은 원자 같은 몇 가지 기본 요소를 독특한 방식으로 연결하여 쌓아 올리는 거대한 구조물이었다.

데멘티아, 콤미투오, 콘트라, 액토, 트란스포르, 센티오, 테르미 그리고 암플리오까지.

안진후가 뱀파이어 마법서에서 알아낸 스킬로, 마법진을 구성하는 기본 요소와 매우 유사했다.

"그렇게 들여다봐야 소용없어. 마법진은 이 세계의 과학과는 아무 상관이 없으니까."

페플마인드였다.

안진후는 그 목소리에서 조급함을 느꼈다. 저 녀석은 마법진에 대해 아무것도 모른다. 그러니 누구도 알 수 없다고 확신하는 것이다.

처음 보는 유닛도 몇 개 있었지만, 전체 구조를 분석하는 데 시간이 조금 더 걸렸을 뿐이다. 안진후는 벽과 바닥을 훑었고, 이그드라실의 뿌리를 사다리 삼아 천장까지 올라가서 샅샅이 확인했다.

결론은 놀라웠다. 정교하게 숨겨진 마법진이 이그드라실의 뿌리가 가하는 압력은 물론 슈뢰딩거의 열기까지 흡수하고 있었다.

일반적인 공격으로는 무너뜨리는 게 불가능했다. 물리적

충격뿐 아니라 화염이든 냉기든, 저 마법진은 모조리 다 흡수할 수 있었다.

의문이 생겼다.

'누가 여기에 이런 마법진을 설치했을까? 페플마인드가 전혀 모르는 걸 보면, 여기 연구원이 한 건 아닐 텐데.'

당장 알아내야 할 질문은 아니다.

안진후는 마법진을 무너뜨리는 방법을 찾기 위해 고심했다.

"아무것도 모르면서 뭔가 아는 척하는 거, 배우 해도 되겠어."

페플마인드가 이죽거렸다. 다른 건 몰라도, 비아냥거림만큼은 사람만큼 실감 났다.

그러나 이미 집중을 시작한 안진후에겐 그 말이 들리지 않았다.

"김현이라면 10초도 못 되어 이 방을 박살 냈을 텐데."

"……뭐?"

김현이라는 이름에 안진후가 반응했다.

"그 녀석, 어마어마하게 강해졌어. 그에 비하면 넌 친구라고 하기에도 민망할 수준이야. 이걸 어떻게 하면 좋을까."

"이 방과 함께 너도 없애 주마."

이를 간 안진후는 머릿속에 새겨진 뱀파이어 마법서를 떠올렸다.

1단계 데멘티아에서 8단계 암플리오까지는 익힌 상태였다. 김현, 윤태희 등과 함께 뎁스 파이브 세계에 지내면서 뱀파이어 마법을 익혔고, 만년필을 찾는 데만 1년이 걸렸었다.

이 방에서 빠져나가려면 적어도 9단계 비디스에 이르러야한다. 10단계 퀴니날리스라면 더 좋다.

안진후는 심호흡을 했다. 그 뱀파이어 마법을 익혔다가 얻게 된 후유증이 기억난 것이다.

'난 이 마법 때문에…… 생고기를 그렇게나 처먹었어. 하마터면 사람의 피도 마실 뻔했고. 이그드라실의 뿌리 덕에 전기를 흡수할 수 있게 되어, 더 이상 갈증에 시달리지 않게 됐지만…… 이걸 익히면 또 어떤 일이 벌어질지 몰라. 그래도 꼭 해야 할까?'

자신에게 던진 질문의 답은 금세 튀어나왔다. 김현이 이 자리에 있다면 어떻게 행동할까 생각했더니, 너무나 명백했다.

안진후는 방 중앙에 앉았다. 허리를 꼿꼿이 세우고 숨을 가볍게 내쉬며 눈을 감았다.

"이젠 포기한 거야? 뭐야, 너무 쉽잖아."

페플마인드의 목소리는 마치 귀에 대고 속삭이는 듯했지만, 서서히 멀어졌다. 집중할수록 외부의 소음은 줄어들었던 것이다.

데멘티아부터 암플리오까지는 오직 하나의 힘만 다룬다. 9단계 비디스는 두 개의 힘을 동시에 다루는 단계였다.

안진후는 섣불리 마법을 익히지 않고 자신이 그동안 이 세계에서 쌓아 올린 지식 체계와 뱀파이어 마법서를 비교하는 작업에 돌입했다.

이 방에 설치된 마법진의 구조를 빨리 파악할 수 있었던 비결은 각종 수학과 네트워크 이론, 복잡계 관련 가설 덕분이었다. 마법에도 비슷한 원리가 적용되리라 기대한 것이다.

곰곰이 생각할수록 뱀파이어 마법과 물리학은 동전의 양면이라는 확신이 강해졌다. 아니, 마법은 물리학인 동시에 화학이기도 했다. 때로는 생물학에 속하는 DNA 구조와도 관련이 깊었다.

8단계 암플리오는 유체역학의 일부 법칙을 응용하면 그 위력이 몇 배나 커진다. 3단계 콘트라는 양자역학의 스핀 이론과 그 맥이 닿아 있다. 7단계 테르미를 제대로 이해하려면 맥스웰 방정식이 필요할 것이다.

웃음이 튀어나왔지만 안진후는 자신이 웃고 있다는 사실조차 몰랐다. 실로 오랜만에 지식의 바다에 푹 빠져 거기서 이루어지는 깨달음에 취했던 것이다.

"……설마, 미친 거야?"

페플마인드였다.

페플의 마법과 현대 과학의 지식이 기이한 방식으로 안진후의 머릿속에서 얽혔다.

누구도 풀지 못해 해답을 찾으면 100만 달러를 받을 수 있는 수학적 난제에 대한 실마리가 마법의 영역에서 튀어나왔다. 9단계 비디스를 깊이 파고드는 순간, 안진후는 빛과 파동의 이중성에 대한 새로운 접근법을 깨달았다.

두 종류의 힘이 무엇인지 안진후는 알아차렸다.

뱀파이어는 하나이면서 두 개인 그 힘을 이용하기 위해 마법을 만들었다. 문제는 너무나 난해하고 까다로워서 9단계를 돌파하기가 불가능에 가깝다는 점이었다.

"빛과 어둠."

안진후가 말했다.

"뭐? 뭐라고 했어?"

페플마인드가 짜증 섞인 목소리로 물었지만 안진후는 아예 듣지도 못했다.

"생명과 죽음."

"……생명? 죽음? 무슨 짓이야? 날 혼란스럽게 만들려는 거야? 그런 식으론 날 못 이겨!"

안진후가 눈을 떴다. 조금 전의 눈빛과는 완전히 달랐다.

깨달음을 얻은 자 특유의 차분한 시선에 페플마인드는 더욱 당황했다.

"아무래도 수석 연구원을 불러야겠다. 아니야, 미친 척해서 빠져나가려는 계획인 거야. 절대 안 불러. 미쳐서 침을 질질 흘려도!"

몸을 일으킨 안진후는 벽으로 걸어가 손바닥을 올렸다. 손바닥에서 뻗어 나온 이그드라실의 뿌리가 거미줄처럼 퍼져 나갔지만 그 길이는 50센티미터 정도였다.

"흥, 그런 방식으로는 안 돼."

페플마인드는 다시 자신감을 찾았다.

안진후는 가볍게 벽을 밀었다. 잠시 기다렸다가 또 밀었다. 그런 식으로 불규칙적으로 벽에 압력을 가하는 사이, 기이한 일이 시작되었다.

서서히 소리가 커졌다.

이제, 안진후가 손바닥에 힘을 줄 때마다 퉁! 선명하게 소리가 들렸다.

텅.

탕!

쾅!

기하급수적으로 압력이 강해졌고, 그 힘은 벽이 감당할 수준을 뛰어넘었다.

와장창!

투명한 벽은 전면 유리창처럼 깨지며 무너졌다.

연구원들이 힐끔 쳐다봤지만 손바닥에서 튀어나온 뿌리를 본 순간, 일상으로 돌아갔다.

"어, 어떻게……?"

"고유진동수."

안진후가 답을 말했다.

"마, 말도 안 돼. 고유진동수를 알려면…… 그 마법진을 속속들이 파악해야 하는데."

"맞아."

"……그, 그건 나도 못해."

"그러니까."

"……."

안진후는 페플마인드의 침묵을 즐겼다.

지금처럼 기쁜 순간은 몇 번 되지 않았다. 머릿속의 기억 공간에 이 기분을 깊이 새겼다. 나중에 혹시라도 우울해지면 지금 기분을 떠올리기 위해서였다.

안진후는 페플마인드가 담겨 있는 메인프레임을 향해 걸어갔다. 파괴하기 위해서였다. 저런 소프트웨어는 없애야 한다고 확신했다.

"잠깐!"

페플마인드가 다급하게 외쳤다.

"잘 가라."

안진후가 소환한 슈뢰딩거가 화염으로 불타올랐다. 슈뢰딩거의 손에서 불덩이가 뿜어져 나가기 직전, 메인프레임 앞에 한 사람이 나타났다.

김현이었다.

"테스트, 통과했어. 축하해."

김현이 말했는데, 목소리는…… 김현이 아니었다.

안진후의 입술이 일그러졌다. 저 녀석은 김현을 흉내 낸 페플마인드였다.

"이 모습이라야 멈출 것 같아서. 내 이야기부터 들어. 그 정령은 돌려보내고."

"이야기부터."

안진후는 조금만 수상해도 바로 태워 버릴 생각이었다.

"김현은 도움이 필요한 상황이야. 적이 무지무지 강하거든. 그렇다고 가 봐야 도움도 안 되는 사람을 보낼 수는 없잖아. 그래서 테스트를 해 본 거야."

"……그래서?"

"너만큼 강한 사람들을 모아서 데려와. 그러면 김현이 있는 곳까지 내가 안내할게."

안진후는 가만히 페플마인드를 노려봤다. 홀로그램이지만 너무나 친구와 닮은 모습이었다.

"너, 정체가 뭐야?"

"페플마인드. 페플 시스템을 위해 창조된 인공지능 소프트웨어."

실실 웃는 페플마인드.

"……소스 코드를 보고 싶다."

"좋아, 얼마든지. 하지만 나중에. 두 가지 이유가 있어. 첫째, 시간이 없어. 김현은 당장 도움이 필요한 상태니까. 둘째, 소스 코드를 본다고 해도 거기서 알아낼 수 있는 건 거의 없을 거야. 왜? 인간의 뇌를 해부한다고 해도, 세포 수준으로 분석한다고 해도 생명현상을 이해하는 건 불가능하잖아. 사실, 인간이 인간을 완전히 이해할 수 있으리라는 발상 자체가 말이 안 돼. 그건 논리적으로 모순이니까. 이해는 물처럼 높은 곳에서 낮은 곳으로 흐르잖아, 너도 잘 알겠지만."

"그렇다고 해도 소스 코드 접근 아이디를 내게 보내. 이메일로."

"이미 보냈어."

페플마인드는 활짝 웃었다.

"아, 참. 한 가지 더. 지금 페플 메이저 업데이트가 진행 중이야. 유저들은 강제로 쫓겨났고. 그 충격으로 노약자들이 병원에 실려 갔는데, 몇 명은 전화 폭주로 위험한 상태에 빠지기도 했어. 자, 그렇다면 여기서 퀴즈! 뎁스 파이브, 또는 만계라 불리는 그 세계로 내려간 박용준, 고형덕, 라이언은 어떻게 됐을까요?"

얼굴이 일그러진 안진후는 이그드라실의 뿌리로 메인프레임을 세계 때린 후, 돌아서서 달리기 시작했다.

황철호는 핸드폰 벨 소리에 잠이 달아났다. 손을 뻗어 침대 옆 탁자에 둔 핸드폰을 더듬은 그는 졸린 목소리로 전화를 받았다.

"이 시간에 대체 누……."

─오랜만이야.

"……서연주?"

황철호는 몸을 일으켰다.

─와, 내 목소리를 바로 아네.

"무슨 일 있어?"

서연주는 모네타의 각성자로, 유니온 소속 타격대의 일원이다. 황철호 역시 타격대 소속이었으나 살인 혐의로 해옥에 수감되면서 퇴출되고 말았다.

─안 좋은 소식을 새벽부터 전하게 되어 유감이야. 블랙 길드가 순순히 물러나지 않을 것 같아. 섬바디 길드를 타깃으로 삼았다는 정황이 발견됐어.

"그래?"

황철호는 크게 놀라진 않았다. 쿠데타를 일으킨 블랙 길드의 실패 원인이 바로 섬바디 길드였기 때문이다. 뒤끝 긴 놈들이니 쉽게 포기하지 않으리라는 생각도 해 봤다.

─널 건드리진 않을 거야. 놈들이 제정신이라면.

서연주는 웃음을 덧붙였다.

"아직 어린 길드 마스터를 노리겠지."

─정답.

"고마워, 알려 줘서."

─아, 천무관 관장님이 됐다면서? 축하해.

"어쩌다 보니 그렇게 됐어."

─근데, 타격대로는 안 돌아올 거야? 유니온도 그 판결에 문제가 있다는 점을 인정하는 분위기야. 재심이 시작되면 오해는 풀릴 테고, 의지만 있다면 복귀할 수 있어.

"좀 생각해 보고."

─……그래. 그럼, 또 봐.

전화를 끊은 황철호는 타격대의 일원으로 던전에서 날뛰던 시절을 떠올렸다.

라이언, 서연주, 양은옥 그리고 진세진까지 함께 힘을 합쳐 코어를 얻기 위해 몬스터를 사냥했다. 죽을 고비를 숱하게 넘겼고, 그 시간 덕에 소속된 길드는 달랐지만 서로를 향한 신뢰는 점점 커졌다.

그 쿠데타로 유니온은 충격에 휩싸였고, 타격대 역시 뿌리부터 흔들렸다.

라이언은 팔을 잃었다. 타격대 복귀는 어려울 것이다. 라이언을 두고 혼자 타격대로 돌아갈 수는 없다.

한숨을 내쉰 황철호는 핸드폰을 들어 안진후의 번호를 찾았다. 블랙 길드의 움직임을 알리기 위해서였다.

그때, 벨이 울리며 안진후의 번호가 화면에 떴다.

"……뭐야, 이 녀석."

깜짝 놀란 황철호는 버튼을 눌렀다.

"안 그래도 전화하려고 했⋯⋯."

─지금 즉시 페플 본부로 오세요. 김현을 도우러 갈 테니까, 최대한 빨리 오세요.

"⋯⋯뭐?"

─설명은 오시면 할게요. 노관장님도 모시고 오세요. 끊어요.

김현은⋯⋯ 현재 페플 안에 있다.

그렇다면 페플로 넘어간다는, 안진후가 그 방법을 찾아냈다는 뜻이다!

단숨에 일어난 황철호는 노관장에게 전화를 걸었다.

─이봐.

머릿속을 울리는 묵직한 음성이 2층 침대에서 잠든 구선희를 깨웠다.

"⋯⋯왜요?"

─나랑 힘을 합치자. 우리가 뭉치면 그 늙은이를 해치울 수 있다.

악마 타프는 말을 못한다. 대신 독특한 능력으로 텔레파시처럼 생각을 전한다.

왼쪽으로 몸을 굴린 구선희가 고개를 내밀어 1층 침대에 누워 있는 타프를 쳐다봤다.

"꿈 깨세요. 그런 생각 할 시간이 있으면 조금이라도 더 자 두는 게 좋을 거예요."

―감히 날 무시하는 거냐? 나는 지옥에서 군대를 이끌던 군단장이었어!

"아, 네."

구선희의 목소리에서 귀찮고 성가시다는 느낌이 흘러나왔다.

처음 악마를 코앞에서 봤을 때는 무섭고 낯설어 어찌할 바를 몰랐지만, 그림자처럼 노관장을 따라다니느라 함께 있다 보니 저 엄포도 질릴 만큼 자주 들었다.

―나와 비슷한 처지여서 봐줬더니만, 그런 식으로 나온다면 너부터 없애 버리겠다.

악마 타프가 이를 갈았다.

슬슬 부아가 치민 구선희의 눈에 힘이 들어갔다.

"진짜로 한판 하고 싶어요?"

―……왜 그렇게 성질이 급해? 여자라면 다소곳한 맛이 있어야지.

물러나는 타프.

현재 타프는 노관장에 의해 능력의 대부분이 봉쇄된 상태였다. 그에 반해 구선희는 힘을 100% 사용할 수 있기 때문에 둘이 맞붙는다면 험한 꼴을 당하는 건 타프일 가능성이 매우 높았다.

구선희는 팔베개를 하며 누워 천장을 올려다봤다.

손을 뻗으면 닿는 천장에는…… 온갖 종류의 욕설이 적혀 있었다. 열에 아홉은 노관장에 대한 욕이었다. 황철호 역시 거기에 낙서를 한 사람들 중 하나였다.

노관장은 한계까지 몰아붙이는 스타일이다. 악마조차도 살려 달라고 빌 정도였다.

웃음이 삐져나왔다.

자신은 블랙 길드 소속 각성자로 살인자였다. 법이나 규칙 따위 무시하며 살아왔고, 그런 삶을 자랑스러워했다. 노관장을 만나서 제대로 꺾이기 전까지는 그렇게 살아왔고, 기적이 벌어지지 않았다면 끝까지 그렇게 살아갔을 것이다.

그 만남이 자신을 송두리째 바꿔 버렸다.

말로 설명하기 힘든 기적은…… 악마 타프에게도 벌어지고 있었다. 타프는 원치 않겠지만 노관장은 시작하면 끝을 맺는 사람이었다. 구선희는 노관장보다는 타프가 먼저 포기할 거라고 확신했다.

정말 말도 안 되는 일이다. 악마를 윽박질러 개과천선으로 이끌다니.

다행히 보통 사람들에게 타프는…… 피부가 붉은 외국인처럼 보였다. 말을 못한다는 설명 하나로 타프를 향한 강렬한 시선은 사라졌다. 일반인의 눈에는 타프의 잘린 뿔은 보이지 않는 듯했다.

"빨리 마음 바꾸는 게 편할 거예요."

─난 악마야. 악마로서 살아왔고, 앞으로도 악마로서 살아 갈…….

타프의 말이 뚝 끊겼다.

노관장이 뒷짐 진 자세로 벽을 쑥 통과해 나타난 것이다.

"악마로서 살아가겠다? 그래야지. 본성대로 살아가는 게 자연스럽지. 평화로운 광경을 보면 파괴하고 싶고, 상대가 누구든 짓밟고 죽이고 싶은 본성 말이야."

타프는 아무 말도 못 했다.

타프를 노려본 노관장이 씩 웃으며 말했다.

"반경 10미터."

─……그건 안 돼!

노관장이 어디를 가든 그 범위 안에 있어야 고통이 멈춘다는 뜻이다. 노관장은 유령처럼 이곳저곳 돌아다니기 때문에 아무리 정신을 똑바로 차려도 고통을 피하긴 힘들다. 거기에 20미터에서 10미터로 줄어든다면…… 지옥문이 활짝 열리고 말 터였다.

"안 돼?"

─안 됩……니다.

"안 되긴 뭐가 안 돼? 갈 데가 있다. 둘 다, 따라오너라."

말이 끝나기도 전에 노관장은 이미 방 밖으로 나가는 중이 었다.

─아아악!

타프가 고통으로 울부짖으며 쫓아갔다.

2층 침대에서 뛰어내린 구선희도 맨발로 운동화를 신고 밖으로 달렸다.

또 바닥이 흔들렸다.

지하 주차장을 가득 채운 수백 대의 자동차가 빛을 뿌리며 경고음을 울리기 시작했다.

이제 막 멋진 SUV에서 내려 엘리베이터 쪽으로 걸어가는 직원은 그 사실을 전혀 모르는지 신나는 노래를 흥얼거렸다. 그가 안진후를 알아봤다.

"……안녕하십니까. 경영지원부 유지관리3과 장길원 과장입니다. 소식 들었습니다. 축하드립니다."

"아, 네."

안진후는 어떻게 저 요란한 소음이 들리지 않을까 속으로 생각했다. 세계의 의지 때문이라는 사실은 안다. 문제는 그 의지의 근원이다.

장길원은 어떻게든 안진후에게 얼굴도장을 찍으려고 애를 썼다.

안진후는 그 태도가 귀찮았다.

"메이저 업데이트에 문제가 생겨서 난리가 났던데, 서둘러야 하지 않습니까."

"아, 깜빡했네요. 평소에 존경하는 사장님 앞에 서니 까맣게 잊고 말았습니다. 그럼, 다음에 또 뵙죠."

장길원은 상대, 특히 자신보다 상급자의 심리를 알아차리는 재능 하나로 과장 자리에 오른 사람이었다.

안진후는 시계를 확인했다.

새벽 5시 7분.

한숨이 터졌다. 다리는 후들거렸다. 사흘은 꼴딱 밤을 새운 것만 같았다.

그때, 차 한 대가 굉음을 내며 달려왔다.

안진후 바로 앞에서 멈춘 차.

"트렁크!"

윤태희가 소리쳤다.

안진후는 열린 트렁크를 밀어 올리고 그 안에 놓인 무거운 자루를 꺼냈다. 그가 트렁크를 닫자 윤태희는 빈자리에 차를 집어넣고 달려왔다.

"정말 김현 있는 곳으로 갈 수 있는 거야?"

"몇 번을 물어봐?"

"안 믿기니까 그렇지. 곰곰이 차분하게 생각하면 페플이…… 단순한 가상현실 게임이 아니라…… 다른 세계라는 사실이 이해되지만, 뭐랄까…… 가슴으로는 믿기지가 않아.

하긴, 각성이라는 것도 논리적으로 이해하기 힘들긴 해. 근데, 어떻게 된 거야, 너?"

윤태희의 눈이 휘둥그레졌다.

"뭐가?"

안진후는 자루를 열어 안에 든 내용물을 확인했다. 유니온의 비고에서 몰래 가져온 것으로, 크고 작은 아이템이었다.

"안 느껴져."

고개를 돌린 안진후가 윤태희를 쳐다봤다.

"설마, 아무 생각도 안 하는 거야? 그건 아니잖아. 근데 왜 안 들리지?"

안진후는 그제야 윤태희가 각성으로 얻은 능력을 기억해 냈다. 바로 독심술이었다. 오직 김현만이 그 능력이 통하지 않는 사람이었다.

'이제 나도 특별해진 건가.'

안진후는 씨익 웃었다.

"용준이랑 형덕 씨는 괜찮아. 라이언이라는 사람도 마찬가지고."

윤태희가 말했다.

안진후의 얼굴이 딱딱하게 굳어졌다. 섬바디 길드 인 어스의 마스터로서 멤버의 부상은 곧 자신의 잘못처럼 느껴졌다. 조금 더 신경 썼다면 사전에 막아 낼 수 있지 않았을까 계속 생각하게 된다.

싱크

"누구의 잘못도 아니야. 아무도 예상할 수 없었잖아."

윤태희는 안진후에게 필요한 말을 알고 있었다.

안진후는 억지로 미소 지었다.

또 다른 차가 주차장으로 들어왔다. 기다리는 황철호 일행은 아니었다.

눈에 익은 차였다.

뒷좌석 문을 열고 나온 사람은 오유선이었다. 비서 강무석이 운전석에서 내려 급히 다가왔다.

"급히 돌아가야 한다고 계속 우기는 바람에, 이렇게 됐습니다."

안진후는 오유선을 쳐다봤다. 이 여자는 평범한 점쟁이가 아니다. 지진을 정확히 예측했을 뿐 아니라, 손바닥에 숨겨진 이그드라실의 씨앗까지 알아낸 사람이다.

"……나 진짜 싫지만 가야 돼. 어딘지는 몰라도 안 가면 안 돼. 정말 가기는 싫지만, 안 가면 장군님이 화내셔."

오유선이 힘겹게 말했다.

이번에도 놀란 안진후.

"같이 가죠."

"점집 아줌마?"

윤태희가 끼어들었다.

오유선도 윤태희를 쳐다봤다.

"……나, 나는 요괴가 아니에요!"

"어, 어떻게 그걸?"

"귀신도 아니라니까요!"

"……."

자신의 생각을 윤태희가 정확히 읽어 내자 오유선의 얼굴이 하얗게 질렸다.

"……신녀도 아니에요."

고개를 흔드는 윤태희.

두 여자를 지켜보며 웃음을 참던 안진후는 진동을 느끼고 핸드폰을 꺼냈다. 순간, 얼굴이 와락 구겨졌다.

안진후는 비서에게 다가섰다.

"천무관 관장이 올 거야. 여기서 기다리고 있다가 도착하면 내게 연락해."

"알겠습니다."

강무석이 대답했다.

돌아선 안진후는 엘리베이터로 걸어갔다.

진세진은 뒷짐을 진 자세로 새하얀 모래를 고르게 펴는 남자를 지켜보았다.

유니온의 5인회만큼이나 신비로운 인물 안종화.

"꼭 뵙고 싶었는데, 저를 먼저 불러 주시니 참으로 영광입니다."

맨발로 모래를 딛고 선 안종화가 힐끔 진세진을 쳐다봤다. 마치 진세진이 거기 서 있다는 사실 자체를 잊은 사람처럼 눈에서 빛이 났다.

"자네도 페플 시스템이 뭔지 궁금하겠지?"

"아니라고 하면 거짓말이겠지요."

일반인에게 페플은 자유도가 높고 흥미진진한 가상현실 게임에 불과하지만, 소수의 각성자들에게 페플은…… 다른 세계와의 연결 고리이자, 수수께끼 같은 진실의 원천이었다.

어떻게 실제로 존재하는 세계를 가상공간처럼 연결할 수 있을까?

현존하는 과학기술로는 불가능하다!

그렇다면 거기에는 비밀이 숨겨져 있을 것이다.

"곧 알게 될 걸세."

빙긋 웃은 안종화는 모래 정원 가레산스이를 부드러운 눈으로 바라보았다.

우뚝 솟은 괴석 주위로 흰색의 모래가 물결을 그리며 점점 커진다. 파도가 섬에 부딪혀 갈라지듯, 그 모래 물결은 괴석 주위를 맴돌며 기이한 문양을 만든다. 정지된 듯하면서도 움직이고 있는 듯한 묘한 기운이 감도는 그 정원을 통해 안종화는 평온을 얻곤 했다.

안종화는 발바닥에서 모래를 털고 양말을 신었다.

그때, 노크 소리가 들렸다.

"들어와."

문을 열고 들어온 사람은 안진후였다.

진세진은 이 시간에 안종화가 아들을 부를 거라고는 상상도 못 했다.

안진후의 시선이 진세진의 얼굴에 머무른 순간, 눈이 살짝 커졌다. 그리고 눈썹이 출렁거리며 끝이 올라갔다.

'저 녀석은 날 알아. 유니온을 통해 내 능력도 알고 있을까? 음, 그건 안 좋은데. 그래도 모르니까 해 보는 수밖에. 운 좋으면 대어를 낚을 수도 있겠지.'

진세진은 검지 끝으로 마력을 밀어내어 투명한 촉수를 만들었다. 가늘고 긴 촉수는 헤엄치듯 공간을 가로질러 안진후의 정수리로 다가갔다. 안종화에게는 감히 시도조차 하지 못했던 행동이었다.

실뱀 같은 촉수가 안진후의 정수리로 파고들기 직전, 화염이 촉수를 태워 버렸다.

"재미있는 분이네요."

안진후가 진세진을 쳐다보았다.

낚시는 실패였다.

진세진은 안진후 옆에 나타난 여자를 보고는 할 말을 잃었다. 사람이 아니었다.

'저 열기…… 불의 정령이잖아. 아직 어려도 안종화의 아

들이라는 건가.'

그 여자는 나타날 때처럼 사라졌다.

그때, 안종화가 다가와 아들 앞에 섰다. 그는 손가락으로 진세진을 가리키며 말했다.

"이 친구도 데려가거라."

깜짝 놀란 안진후의 입이 서서히 벌어졌다.

진세진은 이맛살을 찌푸렸다. 아무런 양해도 구하지 않았다. 무엇보다, 어디로 가라는 것인지 추측조차 힘들었다.

"……알고 계셨군요."

안진후가 말했다.

"당연하지. 난 페플 회장이다. 내가 모르면 누가 알겠느냐? 언젠가 그곳도 지배하게 될 테니, 미리 경험해 두는 것도 나쁘진 않을 거다."

아버지는 아들의 어깨에 손을 올렸다.

진세진을 쳐다본 안종화가 말했다.

"아들 녀석을 잘 좀 부탁하네. 자세한 이야기는 이 녀석이 해 줄 걸세."

안종화는 안진후와 진세진을 남겨 두고 회장실 밖으로 나갔다.

문이 쾅 닫히자, 진세진이 입을 열었다.

"어이, 꼬맹이. 설명해 봐."

진세진을 물끄러미 보던 안진후.

"먼저 호칭 정리부터. 난 페플 그룹 신사업 부문 사장이자 유니온 소속 섬바디 길드의 마스터 안진후야. 당신이 누군지는 알아. 프리벨리지의 각성자이자, 타격대의 일원이었지. 어떤 능력을 가지고 있는지도 알고 있어. 한 번만 더 그따위 장난 치면 내가 얼마나 지독한 개구장이였는지 당신도 알게 될 거야. 아, 어리다고 입 함부로 놀리지 마. 난 유니온이 인정한 길드 마스터니까."

진세진은 한 방 제대로 먹었다. 확실히 이 녀석은 멍청한 안형준이나 옹졸한 안택현과는 다르다.

"실수였습니다. 다신 그런 일 없을 겁니다."

어린놈에게 말을 높인다고 자존심이 구겨지진 않는다. 그런 일로 마음 상한다면 여기까지 오지도 못했을 것이다.

"왜 회장님이 당신을 여기로 불렀지?"

"그건 저도 궁금합니다. 무엇보다, 전 어디로 가는지도 모릅니다만."

안진후는 진세진을 노려봤지만, 더 파고들지는 않았다.

그때, 핸드폰이 진동했다.

"그래? 회장실로 올라와."

진세진에게서 눈을 떼지 않고 통화를 끝낸 안진후가 질문을 던졌다.

"기억을 조작할 수 있다고 들었는데?"

"가능하죠."

"각성자도?"

"……할 수는 있지만 굉장히 까다롭습니다. 일반인과 달리 저항력이 만만치 않으니까요. 자칫 잘못하면 오히려 제가 당할 수도 있습니다."

"기억 조작 능력만 고려한다면 누가 가장 강할까?"

"글쎄요."

진세진은 젊은 마스터가 왜 저런 질문을 던질까 생각했지만, 답은 쉽게 나오지 않았다.

똑똑, 노크 소리가 들렸다.

"들어와."

안진후의 말에 문이 활짝 열렸다.

진세진은 안으로 성큼성큼 걸어오는 '통곡의 벽' 황철호를 발견했다. 황철호가 섬바디 길드에 들어갔다는 소문은 들었지만, 눈으로 확인하니…… 웃음이 나올 뻔했다.

"진세진?"

"여기서 볼 줄이야."

"내가 할 말인데. 어떻게 된 거야?"

"호출."

"5인회?"

"아니, 안종화 회장."

"길드 마스터 허락 없이 여기 올 사람이 아니잖아, 너는."

"뭐, 명령이니까."

진세진은 황철호 뒤에 서 있는 노인을 알아보고는 침을 꿀꺽 삼켰다.

현기명 노관장이었다!

게다가 그 옆에는 블랙 길드 소속이었다가 이번 쿠데타를 통해 섬바디로 옮겨 버린 각성자 구선희가 서 있었다.

더 놀라운 건, 이마에 뿔이 달린 놈이었다. 중간에서 싹둑 잘렸지만, 분명히…… 뿔이었다.

"사부님이셔. 조심하는 게 좋을 거야. 수습 불가능한 사고를 쳤다가는 너도 저 악마 신세가 될 테니까."

황철호가 속삭였다.

무슨 뜻인지 모르는데도 진세진은 오한으로 몸이 떨렸다.

윤태희는 피부가 붉은 남자에게서 눈을 뗄 수가 없었다. 무엇보다, 이마에 난 뿔이 눈길을 끌었다.

싹둑 잘려 나간 뿔의 단면은 매끈했다.

영화가 생각났다. 제목이 뭐였더라. 아무튼, 인간에 의해 길러진 악마가 유령 따위를 잡는 내용이었다. 다행히 영화에 나오는 악마처럼 거구는 아니었다.

-뭘 봐!

묵직한 목소리가 머릿속에서 울렸다.

사나운 눈빛이 느껴진다.

윤태희는 얼른 고개를 돌렸지만, 자신도 모르게 다시 악마를 쳐다봤다.

─한 번만 더 쳐다보면 눈깔을 뽑아 버······.

딱!

노관장의 손가락이 악마의 이마를 때렸다.

맞은 자리에 순식간에 붉은 혹이 생겼고, 악마 타프는 억울한 표정으로 현기명을 쳐다봤지만 곧 고개를 숙였다. 그동안의 경험 덕에 저 늙은이에게 '개기면' 어떻게 되는지 잘 알았던 것이다.

윤태희는 할 말을 잃었다.

진후 덕분에 블랙 길드 각성자인 구선희와 악마 타프에게 벌어진 일에 대해서 대충 들어서 알고 있었지만, 저렇게나 쩔쩔매는 모습을 보게 될 줄이야. 저널리스트로서의 본능이 마구 샘솟았다.

현실로 나온 악마!

천무관 노관장에게 붙잡혀 갱생의 삶을 살기 시작하다!

생각만 해도 가슴 뛰는 기삿감이다.

그러나 뜨거운 가슴은 순식간에 식어 버렸다. 아무리 훌륭한 기사를 쓴다고 해도 그걸 보고 이해할 사람이 없다는 사실 때문이었다. 진후가 이름 붙인 세계의 의지는······ 악마 타프에 대한 진실을 덮어 버릴 것이다.

그 의지의 정체는 대체 무엇일까?

중력처럼, 존재하나 규명하기 어려운 근원적인 힘일까?

"이쪽으로."

안진후가 회장실 안쪽 벽으로 걸어갔다.

고개를 갸웃거리며 안진후를 따라가던 윤태희는 매끈한 벽이 밀려나고 숨겨진 엘리베이터가 드러나자 입을 쩍 벌렸다.

'설마, 저걸 타면 김현이 있는 곳으로 이동하는 건가? 차원 간 이동 수단이라니.'

하지만 아래로 내려가는 평범한 엘리베이터라는 사실을 알게 되기까지는 채 5분도 걸리지 않았다.

흥분은 가라앉기는커녕 상상의 날개를 펴며 솟아올랐다. 이 은밀한 엘리베이터는 어디로 이어질까? 거기에 페플 그룹의 비밀이 숨겨져 있을까?

윤태희는 엘리베이터 안에 탄 사람들을 훑었다.

눈을 감은 현기명이 눈에 들어왔다. 천무관의 노관장이자 통곡의 벽 황철호와 김현의 사부가 바로 저 노인이었다.

노관장이 무슨 생각을 하는지 궁금해졌다. 미간을 찌푸리며 집중해 보았지만, 방송 시간이 끝난 텔레비전처럼 희미한 소음만 들리는 것 같았다.

진세진이라고 자신을 소개한 사람의 머릿속은…… 철벽으로 둘러싸여 있었다. 너무나 완벽해서 사람일까 싶은 생각마저 들었다.

싱크

그에 비해 황철호는…… 수면 위로 물고기가 뛰어오르는 것처럼 간간이 이런저런 생각이 튀어나왔다.

시간을 느낀 황철호가 윤태희를 쳐다봤다.

'만계라는 곳은 위험할 텐데. 저런 여자들을 데리고 가도 될지 모르겠군. 짐만 될 게 뻔한데 말이야. 기자와 무당이 도움이 될 리가 없잖아. 마스터에게 이야길 해 봐야겠군.'

윤태희는 기가 막혔지만, 엘리베이터 안이라 따질 수가 없었다.

엘리베이터가 멈췄다.

안진후가 먼저 내렸고, 나머지 사람들이 뒤따랐다.

거대한 격납고 같은 공간을 본 윤태희는 다시 한 번 탄성을 터트렸다.

꽤 많은 연구원들이 작업을 진행하고 있었다. 그들은 안진후 일행을 힐끔 쳐다볼 뿐, 크게 관심을 두지 않았다.

안진후는 페플 코어 앞으로 사람들을 데려갔다.

그때, 익숙한 사람이 나타났다.

"김현!"

윤태희는 깜짝 놀라며 앞으로 나섰지만, 곧 김현이 안진후로 변하자 소스라치게 놀라며 물러섰다.

"까불지 마."

나직한 안진후의 경고.

"장난이야, 장난."

곳곳에 설치된 스피커에서 장난기 가득한 아이의 목소리가 흘러나왔다. 안진후였던 페플마인드는 커다란 눈동자로 변하여 일행 주위를 날아다녔다. 특히 악마 타프를 뚫어져라 살폈다.

"이, 이건…… 악마잖아."

"문이나 열어."

"……알았어."

페플마인드는 거대한 탑 같은 페플 코어로 날아갔다.

안진후가 고개를 끄덕이자, 일행 뒤에서 자루를 들고 따라왔던 강무석이 앞으로 나왔다.

"여기에는 제법 괜찮은 아이템이 들어 있습니다. 각자 필요한 걸 챙기세요."

그 말에 진세진이 자루 안을 들여다봤다. 그는 고개를 흔들며 안진후를 노려봤다.

"왜 여기에 시퀜의 반지가 있……는 겁니까?"

안진후는 빙긋 웃었다.

그 미소를 본 순간, 진세진은 답을 알아차렸다. 섬바디 길드가 유니온의 비고에서 아이템을 훔친 것이다. 쿠데타를 벌인 블랙 길드가 아니라 섬바디 짓이었다!

황철호가 손을 집어넣어 조렐의 글러브, 젬르의 팔찌 등 몇 가지를 꺼냈다. 이리저리 살핀 그는 윤태희 앞으로 걸어가서 불쑥 내밀었다.

"도움이 될 겁니다."

"왜, 제가 약해서요?"

그 질문에 황철호는 흠칫 놀랐지만, 표정 변화는 없었다.

"사실 아닙니까?"

"그럴까요?"

"제가 당신이라면 이번 원정, 빠질 겁니다. 호기심보다는 생존이 우선이니까요."

"뒤쪽!"

공포로 일그러진 표정의 윤태희가 손가락으로 뒤쪽을 가리킨 순간, 황철호는 빠르게 몸을 돌리며 천무삼권의 기본자세를 취했다.

'이, 이게 뭐야?'

1미터 30센티미터 남짓한 몬스터 수백 마리가 몽둥이와 칼, 도끼 따위를 들고 달려드는데, 어찌나 흉악한지 보기만 해도 위축될 지경이었다.

페플에 출몰하는 몬스터, 콤포였다!

황철호는 천무삼권 제1초 중위경근의 수법으로 주먹을 내질렀다.

퍽.

중위경근에 깃든 위력이라면 콤포 네댓 마리가 날아가야 정상인데, 오히려 황철호가 뒤로 밀리며 넘어질 뻔했다.

그 순간, 시야를 가득 채운 콤포 무리는 사라지고…… 눈살 찌푸린 노관장의 얼굴이 보였다.

"어, 어떻게……?"

"너도 수련이 필요한 모양이구나."

"……아닙니다, 사부님."

황철호는 현기명 뒤에서 팔짱을 낀 채 고개를 끄덕이는 악마 타프를 볼 수 있었다.

"환술인가?"

노관장은 윤태희를 보고 있었다.

"네."

"요즘 처자들은 아주 당당해. 자기 가치를 이런 식으로 주장할 줄도 알고 말이야."

윤태희는 단번에 환술을 알아볼 뿐 아니라 자신의 의도까지 꿰뚫는 노관장의 안목에 탄복했다.

젬르의 반지를 만졌다. 따뜻한 기운이 붉은 보석에서 흘러나왔다. 부드러운 장갑에는 복잡한 마법진이 새겨져 있어, 정말 희귀하고 비싼 느낌을 자아냈다.

윤태희는 반지와 장갑을 가지고 오유선 앞으로 걸어갔다.

점쟁이는 몸을 부들부들 떨며 계속 중얼거리는데, 누군가와 대화를 하는 느낌이었다.

"꼭 가야 할까요? 무섭습니다. 정말로 무서워요. 진짜로 가야 해요? 안 갈 수는 없을까요? 오줌 싸 버릴 것 같아요."

"괜찮아요?"

소스라치게 놀란 오유선이 윤태희를 발견하곤 뒤로 물러서다 넘어질 뻔했다.

윤태희는 오유선의 생각을 읽을 수 있었다. 삼성동 줌마보살이 어떻게 여기까지 왔는지 알 수 있었다. 각성자만큼이나 독특한 재능의 소유자였다.

"그쪽이 꼭 갈 필요는 없어요."

"아니에요. 꼭 가야 해요. 안 가면 장군님께서 노하세요. 전 죽을 만큼 무섭지만…… 갈 거예요."

윤태희는 벌벌 떠는 오유선을 본 순간, 황철호의 마음을 이해할 수 있었다. 여기서도 겁을 집어먹는데, 몬스터가 코앞에 나타나면 기절하고도 남을 여자였다.

갑자기, 오유선의 눈빛이 달라졌다. 공포에 짓눌린 여자의 눈이 아니라, 단호하며 깊고 거친 시선이었다.

"셋, 둘, 하나."

바닥과 벽, 천장이 동시에 흔들렸다.

지진이 온 것이다.

다시 겁 많은 중년 여자가 된 오유선.

윤태희는 보호 능력이 깃든 반지와 장갑을 내밀었다.

"도움이 될 거예요."

"고, 고마워요."

그때, 거대한 탑처럼 생긴 페플 코어의 벽면에 변화가 생기기 시작했다.

윤태희는 눈을 비볐다. 분명히 굵은 전선과 각종 전자 시스템으로 가득한 구조물이었는데, 그 표면을 덮고 있는 암갈색의 뿌리 같은 것이 보이기 시작했다.

그 뿌리는 꿈틀거리며 움직였고, 그 사이로 시꺼먼 동굴의 입구 같은 문이 생겨났다.

"……저게 뭐야?"

황철호가 속삭였다.

진세진은 두 눈을 부릅뜨고 입구를 노려보고 있었다.

윤태희는 다른 사람들 역시 자신처럼 코어를 덮은 거대 식물을 뒤늦게 발견했음을 깨달았다. 심지어 노관장마저도 호기심이 생겼는지 앞으로 걸어가 뿌리를 쓰다듬었다.

"갑시다!"

사람들을 보며 외친 안진후가 먼저 그 문으로 들어갔다.

윤태희는 심호흡으로 마음을 가다듬은 후, 사람들과 함께 문을 향해 걸어갔다.

자르의 최후

자르는 터벅터벅 무거운 몸을 이끌고 걷고 또 걸었다. 드디어 첫 번째 관문이 모습을 드러냈다.

황갈색의 견고한 성벽 높이는 100미터에 달했다. 아래쪽에 조그만 통로의 입구가 있는데 장벽의 규모 때문에 쥐구멍처럼 보였다.

뿌아아앙.

뿔 나팔 소리가 퍼져 나갔다.

거친 고함과 발걸음 소리가 요란하게 뒤따랐다.

순식간에 성벽 위쪽에는 관문을 수호하는 병사들이 모습을 드러냈다. 그들은 언제든 명령이 떨어지면 침입자를 죽이기 위해 훈련된 전사였다.

자르는 빙긋 웃었다. 성인식을 통과하고 배치된 곳이 바로 저 관문이었다. 갑작스러운 경고음에 얼마나 허둥대며 가파른 계단을 딛고 성벽 위로 올라왔을지 생생하게 그려졌다.

"나는 서왕 타릴 전하를 섬기는 천부장 자르다! 당장 문을 열어라!"

자르가 토해 낸 굉음은 장벽 꼭대기까지 타고 올라갈 만큼 강력했다.

문은 여전히 굳게 닫힌 상태.

어떤 녀석이 장벽 꼭대기에서 허공으로 몸을 날렸다. 아래로 추락하던 놈의 등에서 날개가 펼쳐지자, 부드럽게 위로 날아올랐다가 매처럼 자르를 향해 다가왔다.

사뿐히 착지한 녀석의 눈빛이 흔들렸다. 자르의 덩치가 예상보다 훨씬 컸던 것이다. 다행히 이곳에 왜 왔는지 잊을 만큼은 아니었다.

"흑명석을 주십시오."

"없다. 전투 중에 박살 났다."

자르는 까만 조각과 가루를 꺼내어 놈에게 내밀었다. 신분을 알려 주는 흑명석은 버려진 도시 베크렘에서의 전투 중에 부서지고 말았던 것이다.

"전투라고요?"

"태천문이었다."

"……네?"

싱크

"이 멍청한 새끼! 태천문 몰라? 우리 크립테아를 괴롭힌 무인들 말이야. 그런 정신 자세로 저 중요한 관문을 제대로 지킬 수 있겠어? 태천문 놈들 수백 명이 나를 공격했다. 버려진 도시에서! 그게 뭘 뜻하는지 너도 알 거다."

"제겐 결정권이 없습니다. 일단 여기서 기다려 주십시오."

"서둘러!"

자르는 공중으로 날아오르는 놈을 쏘아보았다.

태천문은 이곳으로 내려오는 동안 그가 공을 들여 짜낸 변명이었다.

제1차 몬스터대전은 물론 2차 전쟁에서도 태천문은 집요할 만큼 끈질기게 크립테아를 괴롭혔다. 태천문이 크립테아로 첩자를 보내고 배후에서 도왔다면, 아무리 천부장이라고 해도 몇 명 안 되는 부하만으로는 도저히 이겨 낼 수 없는 강적이었다.

잠시 후, 입구를 막은 무거운 철문이 위로 조금씩 올라가고 기다란 동굴 같은 통로가 모습을 드러냈다.

백인대가 둘로 나뉘어 통로의 좌우에 다닥다닥 붙어 있었다.

'신분이 증명될 때까지는 날 믿지 못한다는 거로군. 뭐, 이해하는 수밖에. 여기서 난동을 부렸다가는 서왕을 만나지도 못할 테니까.'

자르는 성큼성큼 걸어갔고, 백인대가 그 뒤를 따랐다.

시선이 느껴졌다.

병사들이 우람한 자르를 훑어보고 있었다.

'허약한 것들.'

자르는 혀를 찼다.

코르디앙으로 몸도 커지고 전투력도 몇 배로 늘어나자, 백부장은 물론 저 병사들 모두 손쉽게 짓밟을 수 있다는 확신이 생겼다. 코르디앙의 위험성에 대해 오랫동안 귀에 못이 박히도록 들었지만, 자르는 이 몸이야말로 크립테아가 추구하는 힘의 완성이라고 생각했다.

그때, 목소리가 들렸다.

"쯧쯧, 멍청한 놈. 아무리 다급해도 코르디앙을 발동시키다니."

평소라면 듣지 못할 만큼 낮게 속삭이는 말이었지만, 지금의 자르에겐 너무나 또렷하게 들렸다.

"야, 너. 뭐라고 했어?"

"……아무 말 안 했는데요."

"천부장의 권한으로 널 처단한다."

자르는 백부장을 덮쳤다.

덜컹.

그 흔들림에 자르는 정신이 들었다. 어둡고 좁은 곳으로 흐릿한 빛이 흘러들었다. 위를 올려다본 자르는 자신이 이동식 감옥에 갇혀 있음을 알아차렸다.

"윽."

밀려드는 날카로운 통증.

그제야 난동을 부리다가 잡힌 상황이 기억났다.

백부장을 밟아서 죽이고 병사들을 모조리 쓰러뜨렸을 때, 시꺼먼 것들이 몰려왔다. 주먹을 휘둘러도 막을 수 없는 그 정체불명의 물체는 몸 내부로 파고들어 왔는데, 그 순간 기절하고 말았다.

"빌어먹을."

손목에는 능제갑이 채워져 있어 마력은 느껴지지 않았다. 비슷한 형태의 족쇄가 발목도 감싸고 있었다.

자르는 걱정하지 않았다. 힘을 숭상하는 서왕 타릴을 만나면 이 사소한 문제쯤은 해결될 것이다.

공기 중으로 익숙한 냄새가 느껴졌다. 금유목이라 불리는 대형 버섯의 포자였다. 따라서 난공불락의 관문을 지나 크립테아의 수도 데알렘에 들어왔다는 뜻이다.

경사진 곳으로 내려가는지 몸이 아래로 살짝 쏠렸다. 그리고 잠시 후, 역겨운 냄새가 코를 자극했다. 자르는 즉시 그 악취의 정체를 알아차렸다.

"말도 안 돼. 야! 누구 없어? 왜 뇌옥으로 가는 거야? 난 서왕 타릴 전하를 알현해야 해!"

벽을 두드리며 소리를 질러도 아래로 내려갈 뿐, 아무런 반응이 없었다.

진동이 멈췄다.

문이 열렸다.

밖으로 나간 자르는 이동식 감옥을 끌고 온 대형 두더지를 발견했다. 그 옆에는 잔뜩 긴장한 병사들이 서 있었다.

자르가 병사들을 향해 돌진하는 순간, 깡마른 체구의 남자가 그 사이로 들어왔다.

머리카락 하나 없는 대머리, 퀭한 눈매, 주름진 얼굴 그리고 목에 걸린 괴상한 목걸이.

자르는 그 목걸이에서 눈길을 뗄 수 없었다.

그건…… 이빨이었다.

수백 개의 이빨을 촘촘하게 이어서 만든 목걸이로, 일부는 까만색이었고 일부는 흰색에 가까운 빛을 품고 있었다.

'주, 주술사야!'

자르는 주춤거렸다.

강함을 추구하는 크립테아에서 주술사는 공포의 대상이었다. 극소수에 불과하지만 주술사는 전사의 영혼을 쥐락펴락 마음대로 부린다고 알려져 있었다.

"전하께서 기다리신다."

"……여, 여기는 뇌옥인데."

싱크

"입 닥치고 따라와."

자르는 그 무례한 말에 화가 났지만 힘이 봉쇄된 상태에서 충동적으로 행동할 만큼 멍청하지는 않았다.

주술사는 곰보다 더 크고 거친 자르를 뒤에 두고도 천천히 산책하듯 걸었다.

'능제갑만 아니면 단숨에 부숴 버릴 텐데.'

공기에서 악취가 사라졌다. 대신, 기분 좋은 향기가 듬뿍 담겨 있었다.

방으로 들어간 자르는 서왕 타릴을 보고 눈이 커졌다. 그는 즉시 무릎을 꿇었다.

"전하."

"우와!"

푹신한 의자에 앉아 있던 타릴이 자르를 보더니 탄성을 터트리며 다가왔다. 주위를 한 바퀴 돈 그는 손가락으로 자르의 몸을 두어 번 건드렸다.

"코르디앙은 후유증이 심한데, 괜찮은 거냐?"

"네."

자르는 당당하게 대답했다.

"특별한 마법을 익힌 거냐, 아니면 타고난 체질이냐?"

"체질 같습니다."

"음, 신기하군. 그건 그렇고, 첩자는 잘 처리했겠지?"

자르는 일부러 심각한 표정으로 길게 한숨을 내쉬었다. 그리고 입을 열었다.

"……그 첩자의 배후에 태천문이 있었습니다."

"태천문? 칼 들고 설치는 건방진 놈들?"

"그렇습니다."

"그래서 놓쳤다?"

"놈들이 시간의 장벽을 넘어서 기습하는 바람에 첩자를 놓치고 말았습니다."

자르는 고개를 숙였다. 이 정도면 서왕 타릴이라고 해도 자신을 탓하긴 힘들 것이다.

"태천문과 격렬하게 싸우다가 코르디앙을 발동한 모양이군. 한데, 왜 네 몸에는 상처 하나 없지? 태천도법은 아주 날카로워서 도흔을 깊이 남기는데."

타릴이 자르 앞으로 다가와 인상을 쓰자, 오른쪽 눈썹에서 콧등을 지나 입술 왼쪽 끝까지 이어지는 상처가 서서히 모습을 드러냈다.

제2차 몬스터대전 당시 태천문주의 혈마도가 남긴 상처였다. 물론 태천문주 마케른은 그 자리에서 죽었고, 협공했던 놈들도 결코 무사하진 못했다.

"그, 그건……."

"태천문은 거짓이지?"

자르는 아무 말도 못 했다.

의자로 가서 앉은 타릴이 자르를 노려보았다.

"사, 살려 주십시오!"

"있는 그대로 말해."

"실은, 첩자를 쫓아서 베크렘에 도착했을 때…….."

"아니, 듣기 싫다. 지겨워."

타릴의 말은 곧 사형선고였다.

자르 뒤에 서 있던 주술사가 손을 들자, 목걸이의 이빨이 서로 부딪치며 기분 나쁜 소리를 내기 시작했다.

본능적으로 죽음을 감지한 자르가 주술사에게 달려들었지만, 이미 늦었다. 이빨에서 튀어나온 크고 작은 망량들이 자르의 몸으로 파고들었다. 번개라도 맞은 것처럼 몸이 뒤틀린 자르는 그대로 쓰러졌다.

주술사는 자르의 입을 벌려 손가락 두 개로 송곳니를 잡고 비틀어서 뽑았다.

"수집품이 하나 더 늘어났군."

"전하 덕분입니다. 그보다, 첩자의 몸 상태로 보았을 때 척살대주를 몰아붙이기는 힘듭니다. 태천문은 아니더라도 누군가 첩자를 도와줬을지도 모릅니다만."

"그렇겠지. 다만, 저 녀석은 멍청해서 누군지도 모를걸."

"어떻게 하시겠습니까?"

"진군 명령. 당장."

"……알겠습니다. 그나저나, 천부장 자리가 하나 남는데 어떻게 할까요?"

그 송곳니는 목걸이에 추가되었다.

"음, 켄티르를 불러."

"알겠습니다."

타릴은 자르에게 눈길 한번 주지 않고 가 버렸다. 남아 있던 주술사는 까만 약병을 꺼내어 뚜껑을 열고 액체를 자르의 몸에 부었다.

시꺼먼 연기가 솟아나며 몸이 부글부글 끓기 시작했다.

"헉헉, 이러다가 심장 터져서 죽겠다."

육중한 몸으로 달리던 우수크가 고개를 돌려 뒤를 쳐다봤다. 신임 십부장은 처음과 같은 속도로 쫓아오는 중이었다. 지친 기색은 찾기 어려웠다.

"휴우, 저 지독한 새끼."

머리가 맨들맨들한 아켈라가 한숨을 토해 냈다.

무시무시한 소문과 함께 나타난 십부장은 말도 안 되는 명령을 내렸다. 바로 저 거대한 시간의 탑 주위를 달리라는 것이었다.

언제까지?

십부장 자신이 내킬 때까지.

처음에는 꼴통이 왔구나 싶었다. 그러나 이어진 말에 꼴통이 아니라 미친놈이라는 사실을 알아차렸다.

"나도 함께 달린다. 그리고 나한테 따라잡힌 놈은, 죽는다. 농담 같지? 의심스러우면 천천히 뛰어라. 참고로 헛된 죽음은 아닐 거다. 그놈의 죽음으로 나머지가 강해질 수 있으니까. 아, 한 가지 더. 누구든지 나를 추월한다면 십인대를 위해서 곱게 죽어 주겠다. 마지막으로, 변신은 금지다."

그 명령 때문에 십인대는 달리기 시작했다. 다들 켄티르가 척살대주였으며, 임무를 완수하기 위해서라면 부하를 죽여서 흡수한다는 소문을 알고 있었다.

배가 고파도 뛰면서 먹어야 했다.

똥을 누면서 달릴 수는 없기에, 빨리 뛰어 거리를 벌린 후에 볼일을 해결해야 했다.

시간의 탑 붕괴를 위해 마법진을 설치하고 관리하던 마법사들은 그 괴상한 질주를 보며 수군거렸다.

묵묵히 뛰기만 하던 펜타가 입을 열었다.

"죽이자."

우수크, 아켈라가 홱 고개를 돌려 바로 뒤에서 따라오는 펜타를 쳐다봤다. 나머지 대원들도 놀란 얼굴로 펜타 옆으로 다가왔다.

"진심이야?"

우수크가 물었다.

"한 사람이 죽으면 저 미친 십부장이 멈출 거 같아? 또 달리게 만들걸. 신임 십부장의 의도는 명백해. 우리를 전부 흡수하려는 거야."

펜타의 말에는 설득력이 있었다.

"문제는 방법이잖아."

아켈라였다.

"맞아."

반짝이는 눈으로 펜타가 계획을 알렸다. 펜타의 확신이 모두에게로 퍼지는 데에는 긴 시간이 필요하지 않았다. 반대는 없었다.

펜타는 아켈라를 쳐다봤다.

"우리 중 네가 제일 빨라."

"알았어."

고개를 돌린 펜타는 우수크를 보았다. 펜타가 말하기도 전에 우수크가 반응했다.

"맞서 싸우면 지겠지만 방해 정도는 충분해. 우리가 힘을 합치면."

의논이 끝났다.

아켈라는 속도를 높여 앞으로 치고 나갔고, 우수크가 이끄는 나머지 대원은 뒤로 처지며 쫓아오는 십부장 켄티르와의 거리를 줄였다.

싱크

'새끼들.'

켄티르의 눈이 웃고 있었다.

그는 부하들의 머릿속을 훤히 들여다보고 있었다. 몇 바퀴는 더 돌아야 저런 결론에 이를 줄 알았더니만. 아무래도 머리를 쓸 줄 아는 놈이 있는 모양이었다.

처음으로 부하들이 마음에 들었다.

몸놀림이 가벼운 아켈라는 시간의 탑을 끼고 도느라 시야에서 사라졌다.

그때, 대원들이 휙 몸을 돌려 켄티르를 향해 달려들었다.

붕!

휘두른 주먹은 허공을 갈랐다.

우수크는 미칠 지경이었다. 바로 코앞에 있는데도 도대체 때릴 수가 없었다. 그림자를 상대로 싸우고 있는 느낌이었다.

십부장은 도망치지도, 반격하지도 않았다. 그저 대원들 사이를 바람처럼 돌아다니며 기분 나쁘게 웃고 있을 뿐이었다.

'……그래도 목적은 달성했어. 아켈라가 추월하기만 하면 저 새끼도 끝이니까.'

드디어 달려오는 아켈라가 보였다.

우수크의 입가에 미소가 떠오른 순간, 켄티르의 손날이 곰처럼 두꺼운 우수크의 목을 쳤다.

목에서 시작된 고통이 몸 전체로 퍼졌다. 우수크는 밑동이 잘린 통나무처럼 쓰러졌다.

바로 그때, 펜타가 외쳤다.

"달려!"

기다린 것처럼, 동료들은 우수크를 내버려 두고 앞으로 달리기 시작했다.

"펜타!"

우수크가 외쳤지만 펜타는 물론 대원들 누구도 뒤를 보지 않았다.

아켈라만 십부장을 추월하면 질주도 끝난다고 생각한 우수크가 뒤쪽을 쳐다봤다. 아켈라는 허리를 꺾은 채 손으로 무릎을 짚고 헐떡이는 중이었다. 마치 무언가를 기다리고 있는 듯했다.

"이제 알겠냐?"

켄티르가 발끝으로 우수크의 관자놀이를 툭툭 쳤다.

우수크는 몸을 부들부들 떨었다.

"십부장, 이 모든 계획은 펜타 그 새끼가……."

"알아."

"……알아?"

"속은 놈이 잘못이지. 머리는 어디다 쓰려고?"

"나, 나는……."

"멍청한 놈."

"죽여라."

"당연히."

켄티르는 본격적으로 매타작을 시작했다. 우수크를 패면서도 멀리서 지켜보는 아켈라, 펜타 등 대원들을 살폈다. 이 행동은 십인대 전체를 향한 그의 의지 표현이었다.

우수크가 뻗어 버리자, 켄티르는 이전과는 비교도 안 될 만큼 빠르게 달리기 시작했다.

순식간에 거리를 줄인 십부장은 대원들을 하나씩 따라잡았고, 그때마다 엄청난 비명이 사방으로 퍼져 나갔다. 뼈가 부러지고 살이 터졌지만 누구도 죽지는 않았다.

펜타가 마지막까지 버티다가 쓰러졌다.

"허약한 새끼들."

켄티르는 기분이 좋았다.

체력이나 기술 같은 부분은 얼마든지 보완할 수 있다. 진짜 문제는 의지였다. 강해지려는 의지, 싸워서 이기려는 투지가 강렬하면 나머지는 시간이 해결해 줄 것이다.

마법사가 다가와 불그스름한 돌을 내밀었다.

"데알렘에서 연락이 왔네."

돌을 쥔 켄티르의 눈이 빛났다.

뿌아아앙.

뿔 나팔 소리가 공기를 흔들었다.

길 밖으로 벗어나 켄티르는 진군하는 군대를 바라보았다.

저 거대한 관문의 성벽 아래쪽 통로로 걸어 나오는 병사들의 행렬은 끝이 없었다. 식량이나 무기를 실은 대형 수레를 거대한 두더지들이 끌고 있었다. 부대의 깃발을 높이 든 기수는 당당했고, 병사들은 그 깃발을 쳐다보며 군가를 불렀다. 부대마다 경쟁적으로 부르는 바람에 뿔 나팔 소리가 희미하게 들렸다.

켄티르는 가슴이 설렜다.

'드디어 전쟁이 시작되는구나. 천부장으로 임명됐으니, 나도 공을 세울 수 있다. 이 전쟁이 끝날 무렵에는 지금과는 비교도 안 되는 곳까지 올라가 있겠지.'

"엄청나네요."

우수크가 말했다.

켄티르는 슬쩍 뒤를 쳐다봤다. 그가 훈련시킨 대원들 역시 선망의 눈길로 군대를 보고 있었다. 이들 역시 천인대 합류 명령을 받고 이동 중이었다.

두더지 여섯 마리가 끄는 구조물이 관문을 빠져나왔다. 수백 개의 바퀴 위에 기둥이 세워지고 지붕까지 얹힌 이동식 요새이자 지휘부였다.

바로 저기에 서왕 타릴이 타고 있을 것이다.

"여기 있도록."

켄티르는 이동식 요새를 향해 달렸다.

호위 부대를 통과하는 데 꽤 시간이 걸렸다. 짜증이 날 정도로 꼼꼼한 절차가 끝나자 알현실로 들어갈 수 있었다. 알현실 공기에는 맡기만 해도 머리가 상쾌해지는 향기가 듬뿍 담겨 있었다.

"켄티르."

푹신한 의자에 비스듬히 앉아 있던 타릴이 고개를 들며 말했다.

"전하."

그 앞으로 다가가 무릎을 꿇는 켄티르.

"그대가 맡아 줘야 할 임무가 있다."

"말씀만 하십시오."

켄티르는 내심 선봉을 기대했다.

선택이 가능하다면 룬트란의 수도 마르세르를 마음껏 짓밟고 싶었다. 빛의 도시 엘루마도 나쁘진 않았다. 바위 도시 람코는 냄새나는 드워프뿐이라 탐탁잖은 목표물이었다.

"마그나타를 지켜라."

"……네?"

켄티르는 귀를 의심했다.

마그나타는 크립테아의 수도 데알렘 지하에 설치된 초대형 화염 마법진이다. 그가 알기로 마그나타 덕분에 시간의 탑을 무너뜨릴 수 있었다. 하지만 아무리 중요한 곳이라 해도, 용맹한 전사에게 어울리는 임무는 아니었다.

"싫은 모양이구나."

"……아닙니다."

"뭐가 아니야? 티가 나는데."

"죄송합니다, 전하."

"넌 진정한 적이 누구라고 생각하느냐?"

"룬트란 왕국, 중명 제국, 레나르카 왕국이 아닙니까?"

"틀렸다. 너와 나의 진짜 적은…… 앙즈, 테투도, 파포르다."

"……."

켄티르는 입을 다물었다. 서왕 타릴의 입에서 동왕, 북왕, 남왕의 이름이 나올 줄이야.

"인간, 엘프, 드워프 따위는 신경 쓸 필요 없다. 너무나 약하니까. 천도나 드래곤이 골치 아프지만, 그들에겐 끈기가 없지. 우린 하늘에 떠 있는 섬이나 드래곤 레어를 공격할 생각이 없거든. 인간만 확실히 쓸어버리면 그런 놈들은 상황을 읽고 적당히 협상할 거야. 진짜 문제는…… 그다음인데, 너라면 내 뜻을 알겠지?"

"네, 전하."

"마그나타는 바로 그때를 위해 반드시 장악해야 하는 곳이다. 데알렘에 천인대를 남겨 뒀으니 가서 부대를 맡아라. 그임무를 완수하면 넌 만부장이 될 것이다."

"……명령, 받들겠습니다."

요새 밖으로 나온 켄티르는 아직도 행군하는 군대를 볼 수있었다.

입이 썼다. 전사에게 안전한 후방에 남으라는 명령은……치욕에 가깝다.

그러나 거부할 수는 없다. 그랬다가는 천부장은커녕 분노한 서왕의 명령으로 목이 달아날 것이다.

"대장님."

펜타였다. 다른 대원들도 다가왔다.

"데알렘으로 간다."

켄티르는 앞서 걷기 시작했다.

서왕 타릴

무릎이 부들부들 떨렸다.

앞으로 내민 팔도 후들거렸다.

옷은 이미 땀으로 축축해진 상태였고, 밤새 마보 자세로 버틴 터라 이제는 시야까지 흐려졌다.

이를 악문 아로간타르는 숨을 들이마셨다. 대지의 기운과 함께 낙엽 부스러기가 발 근처로 몰려왔다. 천천히 숨을 내쉬자 잎사귀 조각들은 반경 2미터 밖으로 밀려 나갔다.

무극심법 제1문 축현의 범위가 늘었다는 증거였다.

따라서 제2문 쌍각의 위력도 증가했을 것이다.

처음엔 이 무식한 훈련법이 얼마나 도움이 될까 의심했었다. 녹색날개 일족에서 나고 자란 아로간타르는 육체를 괴롭히는 수련에 익숙하지 않았다. 그래도 대사형의 충고를 받아들여 하루하루 싸우듯 수련을 했다.

낮에는 마법진 공사 현장을 돌아보느라 주로 밤이나 새벽에 혼자 산으로 올라왔는데, 대사형이 돌아와서 확인하겠다고 못을 박지 않았다면 진작에 포기했을 것이다.

한 달 남짓 꾸역꾸역 억지로 수련하자 몸에 변화가 생겼다. 찌르기의 속도가 몰라볼 정도로 빨라졌다. 녹색날개 일족이 자랑하는 검술 디펜도의 경지도 쑥쑥 올라갔다. 흉내만 낼 수 있던 기술도 척척 해낼 수 있게 되자, 신이 나서 더 수련에 매진했다.

자신감도 솟구쳤다.

대사형이 자리를 비웠으니 마땅히 자신이 사람들을 이끌어야 한다고 확신했다. 간섭이 조금씩 늘어났다. 아로간타르의 눈에 사람들의 부족한 점이 보였던 것이다. 충돌도 잦아졌다.

한동안 그 불평의 이유를 이해할 수 없었던 아로간타르는 어느날 갑자기 진실을 깨달았다고 생각했다. 바로 자신이 대사형이 아니기 때문이었다. 다들 아로간타르를 깔보고 있었던 것이다.

지금은 착각이었음을 알고 있지만, 그때는 한 점의 의혹도 없는 진실이라고 믿었다.

그 결과, 중요한 사실을 놓치고 말았고…… 사람들을 위험에 빠뜨렸다.

"휴우."

하늘을 뒤덮은 어둠은 서서히 물러났다. 동쪽 하늘은 푸르
스름한 빛으로 물들기 시작했다.

해가 올라와 햇살을 뿌린 순간, 아로간타르는 몸을 일으키
며 앞으로 한 걸음 내디뎠다.

팡.

좌각이 펼쳐졌다.

사방 5미터 내에 있던 흙먼지와 나뭇잎, 심지어 자갈까지
1미터나 떠올랐다.

이번에는 반대쪽 발로 타각을 밟았다.

쾅!

충격파가 뻗어 나가며 산꼭대기의 공터를 깨끗하게 청소
했다.

짝짝짝.

박수 소리에 고개를 돌린 아로간타르는 큼직한 바위 끄트
머리에 앉아 있는 대사형을 발견했다.

"언제 오셨습니까?"

"조금 전에. 멋진 쌍각이었다."

"……감사합니다."

아로간타르는 그리 기쁘지 않았다. 대사형이 맡긴 임무를
제대로 완수하지 못했다.

"표정이 안 좋은데."

"실망시켜 드려서 죄송합니다."

"실망 안 했어. 난 오히려 사제가 나한테 실망하지 않았을까 생각했는데."

"제가요?"

"내가 만스크를 섬바디 길드로 받아들이기로 결정했으니까. 스노빈은 물론 대학사까지 반대하고 있어. 잘못된 결정이라면서 말이야."

"전 그럴 자격이 없습니다."

"만스크가 좀비로 위장해서 잠입한 건, 내가 여기 있을 때였어. 나도 까맣게 몰랐어. 내가 여기 있었다고 해도 너보다 잘 대처할 수 있었으리라고는 생각하지 않아."

아로간타르도 그 사실을 알고 있었다. 하지만 기분은 여전히 더러웠다.

"……사람들은 저를 따르지 않습니다."

"그건 맞아."

"왜 그럴까요? 대사형은 아무것도 하…… 아닙니다."

아로간타르는 급히 입을 다물었다.

"난 아무것도 하지 않는데도 사람들이 따른다는 말이지?"

"……네."

"넌 왜 나를 따르는데?"

"그야 당연히 대사형이니까요."

"트로얀이 대사형이라도 지금처럼 따를까?"

"그런 말도 안 되는 소리는 하지도 마십시오. 사부님이 어떻게 트로얀 같은 뱀파이어를 제자로 삼으시겠습니까?"

아로간타르는 벌컥 화를 냈다.

"이방인을 제자로 받아들인 분이시니, 그런 일도 충분히 가능하다고 나는 생각하는데."

"……."

입술이 삐죽 튀어나왔다. 엉뚱한 사부 셀레스카르라면 그런 일도 충분히 가능하다.

"넌 왜 여기 있지? 대사형이 따라오라고 했기 때문에 여기 있는 게 아니잖아. 만약 그게 유일한 이유라면, 난 정말 실망할 거야. 넌 생각도 주관도 없는 엘프에 불과할 테니까."

아로간타르는 뚱한 얼굴로 동쪽을 쳐다봤다. 산맥 위로 떠오른 해는 조금 전까지만 해도 푸르뎅뎅했던 주위 구름을 붉게 물들였다.

난 왜 여기 있을까?

해 본 적 없는 질문이었다.

당연히…… 그 답도 모른다.

고개를 살짝 틀어 대사형을 쳐다봤다. 햇살을 정면으로 쳐다보는 대사형은 그 어느 때보다 빛나고 있었다.

그 순간, 아로간타르는 답을 찾았다.

"나는, 나는 대사형처럼 강해지고 싶습니다. 그래서 여기까지 따라온 겁니다."

그 말을 내뱉은 순간, 아로간타르는 들끓던 마음이 진정되는 것만 같았다.

추광대가 자신을 은근히 무시해도, 대학사가 혀를 차며 안타까워해도 그건 중요한 문제가 아니다. 이곳에 온 이유, 자신이 진정으로 원하는 것과는 상관이 없으니까.

"나처럼?"

김현의 눈이 휘둥그레 커졌다.

"제가 본 사람 중에 대사형이 제일 셉니다. 그리고 하루하루 더 강해지고 있고요. 전 그게 부럽습니다."

"비결 알려 줘?"

"하하, 아주 잘 압니다. 실천하기가 겁날 뿐입니다."

김현은 틈만 나면 검을 휘두른다. 약간의 시간만 생겨도 몸에 익힌 스킬을 천천히 펼치며 보완할 점을 찾는다. 한번 시작하면 끝도 없이 수련한다.

아로간타르뿐 아니라 여기 만계에 온 사람들 모두가 그 사실을 안다. 심지어 대학사는 김현이 들인 노력에 비해 성과는 적은 편이라고 말할 정도였다.

"하고 싶은 게 있는데 하지 않고 버티면 짜증이 나. 그걸 하지 않으면 계속 신경질만 날 거야. 그러다가 왜 매일 사람들에게 화를 내는지 모르면서 시간을 보내게 되겠지. 한참 고생을 한 후에야 깨달을 거고. 진작 시작해 버릴걸, 하고 말이야."

아로간타르는 입을 쩍 벌렸다. 이곳 만계에서 지내면서 언제부터인가 아침에 눈을 뜬 순간부터 계속 짜증이 솟아났다. 이유도 몰라서 더 예민해졌고, 조그만 일에도 버럭 화를 내기 일쑤였다.

대사형이 정확히 핵심을 찌른 것이다.

"……경험 같은데요."

"맞아."

김현은 아로간타르를 보며 빙긋 웃었다.

"정말요?"

"그러니까 늦기 전에 시작해. 다행히 여긴 시간이 많은 곳이잖아."

아로간타르는 주먹을 꽉 쥐었다. 가슴 깊은 곳에서부터 하고 싶다, 할 수 있다는 감정이 솟아났다. 이제부터는 단 하루도 의미 없이, 신경질이나 내면서 보내고 싶지 않았다. 하고 싶은 것에 목숨을 걸고 싶었다.

그래, 목숨을 걸어야 한다!

무엇을 해야 할지 그 순간 아로간타르는 깨달았다.

몸을 일으킨 엘프는 대사형을 쳐다봤다.

"감사합니다. 그리고 죄송합니다."

"……감사는 이해하겠는데, 죄송은 뭐야?"

"당분간 대사형을 도와 드리지 못할 테니까요."

김현은 아로간타르를 올려다봤다.

티 없이 맑은 눈.

무언가를 찾아낸 것이다.

김현은 사제가 이곳을 떠나려 한다는 사실을 알아차렸다. 막으면 안 된다는 사실을 알면서도 막고 싶었다.

지진이 아로간타르를 덮칠지도 모른다. 혼자서는 이길 수 없는 몬스터에게 에워싸일지도 모른다.

당장 크립테아로 내려가면 아로간타르처럼 싸움에 능한 검사가 아쉬울 것이다. 마음 같아서는 어떻게든 설득해서 주저앉히고 싶었다.

하지만 막지 않았다.

바로 자신이 그런 시간을 통해 강해졌기 때문에.

"사제의 뜻이 그렇다면야."

"지금 떠나겠습니다."

아래로 내려가 사람들을 만나면 결심이 약해질지도 모른다.

"사제가 큰 결심을 했는데 그냥 보낼 수는 없지."

김현은 인벤토리에서 묵직한 천무낭을 꺼냈다. 입구를 열어 내용물을 보여 주자 아로간타르의 눈이 떨렸다.

"이게 다 뭡니까?"

"레어에서 가져왔어."

"레, 레어라면?"

"맞아."

"······설마 말도 없이 가져오신 건 아니겠지요?"

"당연히 아니지. 쉽진 않았어. 드래곤이 얼마나 욕심꾸러기인지 넌 상상도 못 할 거야. 아무튼, 마음에 드는 걸로 골라 봐. 나눠 주려고 가져온 거니까."

눈물이 그렁그렁 맺힌 아로간타르는 소매로 눈가를 닦더니, 천무낭을 뒤지기 시작했다.

아로간타르가 선택한 첫 번째 아이템은 짙은 갈색의 검이었다. 단단한 나무를 잘라서 표면만 다듬은 형태인데, 검 면에 새겨진 문양을 통해 아로간타르는 검의 정체를 알아볼 수 있었다.

뿌리검 드라시크.

바로 녹색날개 일족 최강의 검객 중 한 명인 루미디르가 세계수 페노메노스의 뿌리로 만든 검이었다.

아로간타르가 쥐고 내공을 주입하는 순간, 검이 늘어나더니 손목을 뒤덮었다.

"대, 대사형······."

검을 쥐고서 눈물을 흘리는 아로간타르.

"왜 울어?"

"이, 이 검 드라시크······는 우리 일족의 보물입니다. 촌장님도, 장로님들도 한숨을 쉬며 드라시크에 대해 자주 말씀하셨습니다."

김현은 고개를 슬쩍 돌려 우거진 수풀을 쳐다봤다. 덩굴이 엉킨 곳이 잠시 흔들렸다.

아로간타르는 갑옷과 반지 두 개까지 챙긴 후, 대사형 앞에 섰다.

"반드시 돌아오겠습니다."

"그래."

김현은 별장 반대쪽으로 내려가는 엘프를 바라보았다. 기분이 이상했다.

동생이 있다면, 그 동생이 어딘가로 떠나 버린다면 이런 감정이 느껴질까?

풀숲에서 비디타스가 튀어나와 김현 앞에 사뿐히 내려섰다.

"더는 못 참겠다. 대체 왜 보내 준 거야? 크립테아에 내려가려면 한 놈이라도 더 있어야 하는데. 게다가 누구 맘대로 내 보물을 줘?"

"드라시크, 녹색날개 일족에게서 훔친 거지?"

"훔치다니!"

"직접 만드셨나?"

"비, 빌렸을 뿐이다."

"아하, 이것처럼?"

김현은 손가락을 들어 반지 필루키람을 보여 주었다.

얼굴이 일그러진 비디타스는 이동 마법으로 사라졌다.

김현은 허름한 대장간의 문을 두드렸다.

아무런 반응이 없다.

좀 더 세게 두드리자, 안에서 고함이 들렸다.

"썩 꺼져라!"

"들어갑니다."

천야장이 직접 나무를 잘라서 만든 문은 잠겨 있지 않았다. 가볍게 밀자 바로 열렸다.

안으로 한 걸음 들어선 순간, 망치가 빙글빙글 돌며 날아왔다. 얼마든지 막을 수 있지만 김현은 가만히 서 있었다. 망치는 이마 옆쪽을 때렸다.

피부가 찢어졌고 피가 맺히다가 주르륵 흘러내렸다. 김현은 뚝뚝 핏방울이 떨어져도 개의치 않고 화로 앞에 곰처럼 서 있는 천야장을 향해 걸어갔다.

"실망하셨습니까?"

"너, 너는 그래서는 안 된다. 너는 알고 있으니까."

김현을 노려보는 천야장의 눈에 핏발이 섰다.

"벌써 300년이 지났습니다."

"내게는! 내게는…… 어제 벌어진 일처럼 생생하다. 룬트란을 짓밟은, 엘루마까지도 잿더미로 만들려 했던 그런 새끼를 대체 왜 받아들인 거냐?"

천야장은 화로를 달구는 숯불을 집어 들었다. 허연 연기가 피어올랐고, 살이 타는 냄새가 진동했다.

김현은 가만히 천야장을 쳐다보았다.

몸은 근육으로 뒤덮여 중년처럼 보인다. 그러나 얼굴은…… 특히 주름진 눈은 피곤에 지쳐 당장이라도 무너질 것만 같다. 강인한 정신력, 깊이 맺힌 원한이 그를 망량의 상태로 이곳에 묶어 두고 있었다.

"그 거머리를 받아들이겠다면, 내가 나가겠다. 너와의 관계를…… 내가 끊겠다!"

숯불을 화로에 던져 버린 천야장이 피를 토하듯 고함을 질렀다.

한숨을 내쉰 김현은 조그만 그릇을 꺼내어 천야장에게 내밀었다.

"만스크의 혈명입니다. 이걸 깨뜨리면 만스크는 죽을 겁니다."

"……뭐?"

"원하는 대로 하십시오. 만스크를 없애고 싶다면 여기서 그릇을 부수면 됩니다. 다만."

"다만?"

천야장이 그릇을 들어 올려 땅바닥으로 던지려다 김현을 쳐다봤다.

"몬스터대전을 일개 리치가 일으켰다고, 리치를 없애기만 하면 두 번 다시 그런 전쟁이 벌어지지 않을 거라고 확신하신다면, 마음대로 하셔도 됩니다."

"……무슨 뜻이냐?"

김현은 몬스터대전을 일으킨 원흉 크립테아에 대해 설명했다. 투리우스 황제와 사왕에 비하면 만스크는 일개 부대의 지휘관에 불과하다는 이야기도 덧붙였다.

그릇을 쥐고 몸을 떨던 천야장은 두꺼운 통나무를 잘라서 만든 의자에 털썩 앉았다.

"자신 있냐?"

"아뇨, 없습니다."

천야장이 죽일 듯 김현을 노려보았다. 콧구멍이 넓어져 화난 황소 같았다.

"드래곤 로드조차 크립테아를…… 군주 투리우스를…… 죽이지 못했습니다. 오히려 당하고 말았습니다."

"그, 그게 무슨 소리냐?"

"그만큼 크립테아가 강하다는 뜻입니다. 그래도 저는 합니다. 천야장도 제가 얼마나 끈질긴지 아실 겁니다. 전 할 겁니다."

천야장은 저 솔직한 고백이 자신만만한 큰소리보다 믿을 만하다고 생각했다.

"이건 내가 가지고 있겠다."

천야장은 그릇을 보였다.

"안 그래도 어르신께 맡길 생각이었습니다."

"이 안에 뭐가 들어 있는 거냐?"

"저도 궁금했지만 열어 보진 않습니다. 여는 순간, 만스크는 끝장이니까요."

"음."

"그리고 부탁이 하나 있습니다."

"해 봐라."

김현은 인벤토리에서 천무낭을 꺼내어 입구를 열고 뒤집었다.

쏟아진 무구와 아이템을 본 천야장은 할 말을 잃었다. 한눈에 진가를 알아차린 것이다.

"어, 어디서 이런 보물을…… 가져온 거냐?"

"레어요."

반쯤 얼이 나간 표정으로 김현을 쳐다보는 천야장.

"그, 그곳은 아니겠지?"

"비디타스의 레어에서 가져왔습니다."

"너, 드디어 미……쳤구나. 하긴, 만계에 오죽 오래 있었냐? 잘됐다. 이제 너도 나처럼 망량으로 새로운 삶을 시작하면 되니까."

"허락받은 겁니다."

"비디타스 님은 절대 이런 보물을 내줄 분이 아니시다."

대장장이는 단언했다.

"그건 직접 물어보세요. 그보다, 섬바디 길드 사람들 각자에게 적당한 무구를 주고 싶은데, 어르신이 가장 잘 아실 것 같아서요."

"나더러 분배를 하라는 거냐?"

"무구에 대해서도 잘 아시고, 사람들의 장단점에 대해서도 완전히 파악하셨을 테니까요. 그건 요프람도 할 수 없는 일이라고 생각합니다."

"허허, 그런 애송이에겐 불가능한 일이지."

"그럼, 부탁드려요."

"염려 마라."

김현이 대장간 밖으로 나가는데도 천야장은 눈길 한번 주지 않았다. 대장장이로서 최고의 무구에 마음이 빠진 것이다. 그는 중얼거리며 검을, 방패를, 반지를 쓰다듬고 있었다.

"어이, 사기꾼."

위에서 들린 목소리.

고개를 든 김현은 융단에 앉아서 아래를 내려다보는 비디타스를 발견했다.

땅을 박차고 위로 몸을 날린 김현은 비디타스 앞에 내려섰다. 융단은 위로 올라갔고, 금세 고도가 높아져 대장간이 숲에 가려 보이지 않았다.

산 아래로 펼쳐진 대형 마법진이 한눈에 들어왔다.

"발마 구획은 어때?"

"늦어도 열흘 안에 완성될 거다. 그보다, 천야장이 그 그릇을 깨뜨리면 가짜 혈명이라는 사실을 알게 될 텐데. 비록 인간에 불과하지만 고집 하나는 나도 인정하는 놈이야. 뒷감당하기 힘들 거다."

"안 깰 거야."

"깨뜨린다면?"

비디타스는 머릿속으로 멋진 아이디어를 떠올렸다. 만약 몇 번의 우연이 겹쳐 그 그릇이 저절로 깨진다면? 그릇이 부서졌는데도 멀쩡한 만스크를 천야장이 발견한다면?

아주 재미있을 것이다.

맑고 큰 눈이 반짝거렸다.

"하지 마."

"뭘?"

"지금 생각한 거."

김현은 그 어느 때보다도 진지하게, 사냥 직전의 맹수처럼 흉폭하게 드래곤을 노려보았다.

비디타스는 깜짝 놀랐다. 이 강렬한 기세는…… 인간의 수준을 뛰어넘는 것이었다. 이 녀석의 가슴에 흡수된 자카리안의 구슬이 힘을 발휘하고 있는 것일까?

"장난이야, 장난."

"그렇다면 다행이고. 볼일이 있어서 간다."

평소처럼 생글 웃은 김현은 공간 이동술로 사라졌다.

"음."

지그시 눈을 감은 비디타스는 스테이크를 입에 넣고 오물 거렸다.

육즙이 흘러나와 혀를 건드렸고, 갖가지 소스가 만들어 내는 묘한 풍미가 입안을 가득 채웠다. 한때 룬트란 왕국, 중명 제국, 레나르카 왕국 등에서 유명한 음식을 찾아다닌 미식가 였던 그녀도 경험 못 했던 맛의 향연이었다.

편안하게 요리를 맛보는 비디타스와 달리 식탁에 앉아 있는 다른 사람들은 숨도 제대로 쉬지 못했다. 아름다운 엘프로 보이지만…… 실체는 드래곤임을 그들은 알고 있었다.

드래곤이 온몸으로 퍼트리는 공포는 식탁 구석에 앉아 있는 만스크에 대한 불만까지도 잠재웠다. 드래곤이 없었다면 누구도 만스크와 같이 앉아서 식사를 하지 않았을 것이다.

딱딱한 분위기를 느낀 비디타스가 눈을 떴다.

"분위기가 왜 이래? 어디 아파?"

"……아닙니다."

스노빈은 손이 떨리지 않기를 빌며 포크와 나이프로 스테이크를 자르기 시작했다.

마음 같아서는 당장 이곳을 벗어나고 싶었다. 하지만 상대는 드래곤이다. 도대체 어떤 핑계를 대야 드래곤을 만족시킬 수 있을까?

"그대가 호지센의 회주라면서?"

"그렇습니다."

놀란 스노빈은 하마터면 나이프를 떨어뜨릴 뻔했다. 속으로는 김현을 욕했다. 드래곤을 데리고 왔으면 끝까지 책임을 져야지. 대체 김현은 어디 있는 걸까? 아로간타르는 왜 자리를 비웠을까?

"그 녀석과는 어떻게 얽히게 됐나?"

"아, 네, 엘루마에서 만났습니다."

"자세히."

"……이야기가 깁니다만."

"이곳의 장점은 시간이지."

지나치게 깊고 맑은 드래곤의 눈이 현자를 응시했다.

스노빈은 몇 번 기침을 한 후에, 김현이 대현자 파르소겐 때문에 자신을 찾아온 일…… 망량 봉쇄 구역으로 함께 뛰어든 일…… 엘루마 피난 계획을 돕다가 만계로 내려온 과정을 설명했다. 드래곤이 끼어들어 꼬치꼬치 캐묻는 바람에 원래 생각보다 몇 배나 시간이 걸렸다.

요리는 이미 차갑게 식었지만 누구도 일어날 수 없었다. 드래곤 앞에서 무례를 범할 만큼 간이 큰 사람은 아무도 없었다.

스노빈 다음 차례는 요프람이었다.

그제야 사람들은 드래곤이 원하는 바를 깨달았다. 김현을 만나게 된 계기를 몽땅 털어놓지 않고서는 식사를 끝낼 수 없을 것이다.

'윽.'

불편한 마음 때문인지 속이 탈났다. 스노빈은 이를 악물어 참았지만 서서히 한계가 느껴졌다.

이마에 식은땀이 맺혔다.

움켜쥔 손마디가 하얗게 질려 있었다.

요프람 다음 차례는 체리였다. 드래곤은 체리에게 유독 큰 관심을 보였고, 그 덕에 스노빈은 비명을 지르기 직전이었다. 드래곤 앞에서는 절대 실수하면 안 된다.

정신이 가물가물해졌다.

시야가 흐릿해졌다.

자제력이 무너진 순간, 스노빈은 눈을 질끈 감으며 죽었구나 생각했다. 더부룩했던 배가 시원해졌다. 엉덩이에서부터 아래로 뜨거운 것이 흘러내렸다.

'난 끝났어…….'

한숨을 내쉬며 눈을 뜬 순간, 그는 깜짝 놀랐다. 공중에 떠 있었던 것이다.

'드래곤이 날 이동시킨 거야! 다행이다!'

아래를 내려다본 스노빈의 얼굴이 일그러졌다.

"이, 이런……."

물에 빠진 사람처럼 허둥거렸지만 그는 똥오줌이 그득한 웅덩이에 풍덩 빠지고 말았다.

욕이 터져 나왔다. 빌어먹을 드래곤!

웅덩이 가장자리로 겨우 나온 순간, 리치 만스크가 공간을 뚫고 나타났다.

"아악!"

똥통에 떨어지기 직전, 만스크가 남긴 비명이었다.

하얗고 긴 손가락이 총구를 부드럽게 어루만졌다. 비디타스는 총구를 집어 눈으로 안쪽을 들여보았다. 설명을 들었던 터라, 무기의 작동 방식은 어느 정도 알고 있었다.

"이방인이 이런 무기를 사용한다는 거지?"

"……그렇습니다."

체리는 주저앉지 않으려고 애를 썼다.

드래곤이 다짜고짜 나타나 무슨 일을 하는지 캐묻다가 대답이 마음에 들지 않으면 똥구덩이로 이동시켜 버린다는 사실은 잘 알고 있었다. 진짜로 기분이 상하면 목이 달아날지도 모른다.

"확실히 효율적이야. 그렇다고 위력적이라고 볼 수는 없지만. 이제 사용할 수 있게 다시 만들어."

"네, 비디타스 님."

체리는 벌벌 떨면서 총을 조립했다. 탄창이 탁자 아래로 떨어지자 비디타스가 주웠다.

"천천히 해도 돼. 안 잡아먹으니까."

그 말은 '실수하면 잡아먹겠다'로 들렸다.

'정신 잃으면 안 돼. 그러면 나뿐만 아니라, 마스터도…… 어쩌면 뮤카멘 백작가도 위험해질 거야.'

체리는 가까스로 조립을 끝낸 권총을 두 손으로 드래곤에게 내밀었다.

비디타스는 체리를 보며 말했다.

"그 무기로 날 공격해 봐."

"……네?"

"위력을 확인하고 싶다."

"그래도……."

"설마, 그따위 무기가 날 어떻게 할 수 있다고 생각하는 거냐?"

비디타스의 눈에 힘이 들어가자 체리는 정신이 아득해졌다. 드래곤이 뿜어내는 가공할 기세 때문이었다.

"아, 아닙니다."

"어서."

"그, 그럼, 총을 쏘겠습니다."

체리는 겨우 방아쇠를 당겼다.

탕!

바로 앞에서 발사된 탄환은 너무나도 빠르게 날아갔고, 비디타스가 반응하기도 전에 귓불을 찢으며 뒤쪽 벽에 박혔다.

피가 뚝뚝 흘러내렸다.

비디타스는 손을 들어 귀를 만졌다.

아팠다!

게다가 피까지…….

얼굴이 새하얗게 질린 체리는 아무 말도 못 했다. 몸은 얼어붙었고, 호흡마저 끊겼다.

"하하하하! 드래곤 아머를 흉내 낸 가문답구나! 놀라운 위력이야."

그 목소리에 마비가 풀린 체리는 비디타스 앞에 무릎을 꿇었다.

"사, 살려 주십시오."

"후후, 드래곤에게 상처를 입히고 살아난 사람은 이제까지 단 한 명도 없었……."

말을 끝맺기 직전, 김현이 공간을 뚫고 나타났다. 그는 눈물 범벅인 체리를 발견했고, 천천히 고개를 돌려 비디타스를 노려봤다.

다시 한 번 흉폭한 기운이 깨어났다.

"지금 뭘 하는 거지?"

눈앞에서 거대한 맹수가 으르렁거리는 느낌.

"그냥 겁만 준 거야. 이것 봐. 다친 건 나라고."

비디타스는 찢어진 귀를 보여 줬지만, 김현은 이미 등을 돌리고 앉아 체리를 살피고 있었다.

힘이 없어 일어서지도 못하는 체리를 부축하며 일으킨 김현은 공간 이동술로 사라졌다. 1분도 못 되어 다시 돌아온 김현의 주먹이 드래곤의 턱을 노렸다.

퍽.

비디타스는 피하지 않았다. 한 대 정도는 맞아 줘도 된다는 생각 때문이었다.

"너, 그 여자 좋아하냐?"

흔들리는 김현의 눈빛.

"역시 그랬군. 실례했다. 이런 일은 없을 거다."

비디타스는 벌써 두 번째 김현에게 사과를 했다는 사실이 썩 반갑지 않았지만, 왠지 모르게 기분은 좋았다. 저 뻣뻣한 녀석의 약점을 잡은 느낌이랄까.

비디타스를 노려보던 김현이 입을 열었다.

"갈 데가 있다."

"어디?"

"장벽."

"오호."

김현이 손을 뻗어 비디타스의 팔을 잡는 순간, 현섬이 펼쳐졌다.

비디타스는 현기증 때문에 짜증이 났다. 텔레포트 마법에 익숙했던 그녀에게 현섬은…… 낯선 방식이었다.

그 기분은 새하얗게 너풀거리는 시간의 장벽을 본 순간 사라졌다. 저 장벽을 따라 맥동하는 어마어마한 마력을 몸으로 느낄 수 있었다.

"여기는 왜……?"

돌아선 비디타스는 할 말을 잃었다.

바닥에서 공중으로 올라온 흙이 정육면체의 덩어리를 이루었는데, 마치 개미가 집을 지은 것처럼 이리저리 퍼져 나간 작은 굴이 아래로 이어져 있었다.

소매로 땀을 닦아 낸 김현이 손가락으로 중간 지점을 가리켰다.

"여기가 장벽이야."

"그러니까 이 흙덩어리가 일종의 지도라는 거냐?"

"맞아. 저기는 수왕진, 저 아래가 크립테아의 중심 도시 데알렘이야. 벨레스카르와 만스크의 이야기를 종합해서 만든 거니까 오차는 그리 크지 않을 거야."

"너, 재주 좋다."

비디타스는 진심이었다. 자신은 불의 속성을 지닌 레드 드래곤이기 때문에 흙을 저토록 자유자재로 다룰 수는 없다.

"문제는 여기야."

김현은 꼬불꼬불 이어지던 통로가 갑자기 넓어진 부분을

가리켰다.

"성벽 같은 건가?"

"관문이야. 무너뜨리기도 힘들고, 침입도 쉽지 않은 요새 같아."

"그래서?"

"둘로 나눠야겠어."

"한쪽이 시끄럽게 만드는 동안 다른 쪽이 은밀하게 내부로 침입하겠다는 건가?"

"맞아."

김현은 빙긋 웃었다. 성격이 괴팍하고 쓸데없는 일에 자존심을 내세우지만 역시 드래곤이다. 몇 마디 말로 핵심을 간파해 버리다니.

"나누기가 쉽지 않을 것 같은데. 분탕질도, 은밀한 침입도 너만 한 놈은 없으니까. 내가 직접 내려갈 수만 있다면 딱 좋은데 말이야."

"추광대를 지금보다 딱 열 배만 강하게 만들어 줘."

"열 배나? 그건 불가능해."

"그게 안 되면 나도 크립테아에 내려갈 수 없어. 수왕진이 마그나타를 파괴하기를 바라는 수밖에."

비디타스는 팔짱을 꼈다. 저 녀석의 요구는 매우 합당해서 반박이 어렵다. 스스로 위험을 감수하는 놈의 말에는 힘이 실리기 마련이다.

뱀파이어, 엘프, 드워프 그리고 인간으로 구성된 추광대를 머릿속으로 떠올렸다. 열 배나 강해지려면 어떤 스킬이 필요할까?

고민에 잠긴 비디타스를 본 김현은 장벽으로 걸어갔다. 이쪽의 준비도 중요하지만, 크립테아의 반응을 살피는 작업도 무시할 수는 없다.

코르디앙으로 융합한 척살대주는 무척이나 강했고, 끈질겼다. 그가 데알렘으로 돌아갔다면, 크립테아가 오히려 공격적으로 나올 가능성도 배제해서는 안 된다.

"잠깐 보고 올게."

"맘대로."

비디타스는 쳐다보지도 않았다.

몰려드는 두통을 참으며 빛의 커튼 같은 장벽을 통과한 순간, 김현은 두 눈을 의심했다.

낡은 건물은 모조리 철거되었는지 하나도 찾을 수 없었다. 대신, 그 넓은 곳에 수천 개의 크고 작은 천막들이 질서 정연하게 세워져 있고, 천막 꼭대기에는 조금씩 다른 깃발이 걸려 있었다.

개미처럼 사람들이 바글거리고 있었다.

모두 병사였다!

그렇다면 어마어마한 대군이 버려진 도시 베크렘으로 올라와 진을 친 것이다.

바리케이드처럼 적의 대규모 습격을 막기 위한 구조물 바로 위에 서서 장벽을 살피며 늘어지게 하품을 하던 보초가 김현을 발견했다.

김현도 그를 보고 있었다.

보초는 허리에 찬 뿔 나팔을 들어 올렸으나 불 기회는 없었다. 김현이 현섭으로 다가가 복부를 쳐서 기절시킨 것이다.

김현은 그를 바리케이드 아래로 끌고 가 숨겼다. 옷을 벗겨서 갈아입고 보초의 얼굴에 난 문신을 흉내 냈다. 땅바닥에서 뽑아낸 붉은색의 흙에 침을 섞어 곰 문신을 그린 것이다.

'이왕 들어왔으니, 그냥 나갈 순 없지.'

김현은 당당하게 천막 사이를 걸었다.

식사 시간인지 여기저기서 솥을 불에 올려놓고 무언가를 만들고 있었다. 기가 막힌 식재료가 솥으로 들어갔다. 다양한 사이즈의 애벌레, 빛을 내는 버섯, 말린 박쥐, 뱀 대가리 묶음 등 절대 맛보고 싶지 않은 요리였다.

어느 군대든지 지휘관의 천막은 중심부에 존재한다.

김현은 대군을 이끌고 여기까지 올라온 인물이 누구인지 직접 보고 싶었다.

인적이 드문 곳으로 다가가는데, 갑자기 한 사람이 앞을 막았다.

"이곳은 접근 금……."

퍽퍽퍽.

김현은 턱과 목, 복부를 거의 동시에 때린 후, 주위를 살폈다. 쓰러진 병사는 천막 뒤쪽으로 밀어넣었다.

그런 방식의 접근은 곧 한계에 다다랐다. 크고 화려한 마차가 세워져 있는 대형 천막이 가까워질수록 보초의 수가 늘어났다. 열 명이나 되는 보초를 한꺼번에, 전혀 소리를 내지 않고 해치울 수는 없다.

김현은 조심스럽게 현섬을 펼쳤다.

벌거벗은 여인들이 매혹적인 춤으로 서왕 타릴의 시선을 끌고 있었다. 백홍주가 채워진 잔을 든 타릴은 유독 도발적인 춤사위를 보여 주는 여인 하나를 바라보고 있었다.

어느 순간, 타릴의 눈빛이 차갑게 가라앉았다. 그는 고개를 돌려 책사를 쳐다봤다.

프리온이 다가왔다.

"느끼셨습니까?"

"자네도?"

"네."

"앙즈겠지?"

타릴은 동왕 앙즈가 보낸 불청객이라고 생각했다.

"북왕이나 남왕일 가능성도 있습니다."

"잡아 와."

"네, 전하."

프리온이 천막 밖으로 나가자 주술사들이 다가왔다. 그들 역시 목걸이를 걸고 있었는데, 이빨이나 뼈 따위가 진주처럼 꿰여 있었다.

"자객이 들어왔다. 즉시 찾아내도록."

"네!"

주술사 중 하나가 목걸이에서 손가락뼈를 문질렀다.

뼈에서 시커먼 연기가 흘러나와 서서히 형체를 갖추었다. 눈이 시뻘겋고 몸이 까만 거대한 들개였다.

천막의 안전을 맡은 서왕호위대는 얼른 고개를 돌렸다. 눈이 마주치면 망량에게 몸을 빼앗긴다는 미신 때문이었다. 그 이야기를 믿지 않아도 꺼림칙해서 웬만하면 망량은 쳐다보지도 않았다.

병사들을 향해 달려든 망량은 서왕호위대가 반응도 하기 전에 그들을 뛰어넘었다.

주술사들이 그 뒤를 쫓았다.

공기가 변했다.

느슨한 분위기는 순식간에 사라지고, 당장이라도 전투가

시작될 듯한 긴장감이 군영 전체를 가득 채웠다. 보초가 몇 배로 늘어났고, 천막 사이를 돌아다니는 병사들의 눈빛도 매서웠다. 무기를 챙기는 소리도 커졌다.

'들켰어. 대응이 아주 빨라.'

김현은 눈에 띄는 천막 밑으로 파고들었다.

중앙에 있는 난로가 열을 뿜고 있었지만, 사람은 없었다. 벽에 기괴한 형상의 가면이 걸려 있을 뿐이었다. 천막으로 들어간 김현은 몸을 일으켜 입구 쪽으로 가서 살짝 밖을 내다봤다. 오가는 병사들의 얼굴은 딱딱하게 굳어 있었다.

'날 잡으려는 모양인데, 그게 쉬울까?'

김현은 바닥에 앉았다. 그리고 기를 퍼트렸다.

안개처럼 천막 밖으로 나간 기는 거대한 중앙 천막으로 움직였다. 병사들이 그 기를 통과할 때마다 김현은…… 병사들 내부의 힘을 감지할 수 있었다.

하나같이 거칠고 사나운 기운이었다.

그중에는 아로간타르나 트로얀 정도는 쉽게 물리칠 수 있는 강자도 제법 많았다.

'만스크의 말이 옳았어. 저 녀석들은 나와 싸웠던 척살대보다 훨씬 강하다. 추광대의 전투력이 열 배나 증가된다고 해도…… 여기 주둔한 군대를 상대하기엔 역부족이야. 비디타스가 장벽을 넘을 수만 있다면 좋을 텐데.'

대형 천막 안으로 기가 퍼져 나가는 순간, 김현은 믿기 힘

싱크

들 정도로 강한 존재를 감지했다. 비디타스만큼이나 강렬한 기의 덩어리였다.

그때, 천막을 에워싼 인기척이 느껴졌다.

즉시 기를 거둔 김현은 천막이 포위당했다는 사실을 깨달았다.

"앙즈의 쥐새끼는 당장 나와라!"

밖에서 들린 목소리.

김현은 고개를 갸웃거렸다. 앙즈의 쥐새끼?

'아! 내가 누군지 몰라. 만스크 말로는 사왕이 서로를 적대한다더니, 몰래 정탐할 만큼 관계가 나쁜 모양이야. 그렇다면 기쁜 마음으로 이용해 줘야지.'

김현은 네 명의 분신을 불러냈다.

"아주 어려운 일이야. 잡혀서 죽을 가능성이 높아. 싫으면 안 해도 돼."

"불러 주신 것만으로도 좋습니다."

천현이 말했다.

김현은 벽에 걸린 가면을 가져와 분신들에게 하나씩 건넸다.

"이걸 쓰고 천막을 빠져나가서 한바탕 난동을 부려 봐. 그런 다음에 시간의 장벽 너머로 도망쳐."

"마스터는?"

검현이었다.

"그 혼란을 노려서 갈 데가 있어."

"알겠습니다."

고개를 끄덕이는 분신들.

사방에서 핑핑 소리가 나며 화살이 날아와 두꺼운 가죽을 꿰뚫었다.

김현은 땅바닥에서 흙과 금속을 끌어 올려 항아리 형태로 방어벽을 만들었다. 탁탁, 벽에 화살 꽂히는 소리가 꽤 길게 들렸다.

공격이 멈춘 순간, 김현이 항아리를 없애며 말했다.

"지금이야."

고개를 끄덕인 분신들은 화살로 찢어진 가죽을 뚫고 밖으로 나갔다.

천현은 결각보로 단숨에 접근하여 활을 든 병사의 얼굴을 팔꿈치로 후려쳤다. 쓰러지는 녀석의 머리를 밟고 단숨에 포위망을 뛰어넘었다.

나머지 분신들도 저마다 다른 방향으로 달리고 있었다.

"잡아!"

병사들은 흩어지며 분신들을 뒤쫓기 시작했다.

뒷짐을 진 채 도주하는 침입자를 멀리서 본 프리온은 눈살을 찌푸렸다.

'넷이나 기어들어 오다니. 서왕군을 무시한 대가를 치르게
해 줘야겠군. 그나저나, 아주 빨라. 이제껏 보지 못했던 몸놀
림이야. 동왕군이 저런 기술을 익혔다면 앞으로 상대하기 까
다로워지겠어. 반드시 생포해야겠군.'

목걸이에 달린 이빨 중 어금니 하나를 같이 만졌다. 거기
서 나온 망량은 커다란 새 골륜조였다. 하늘을 날아다니는
보통의 새와 다른 점은…… 깃털은 하나도 없는, 오로지 뼈
로만 이루어진 새라는 사실이었다.

프리온이 등뼈 위에 올라서자 앙상한 날개를 퍼득인 새는
가볍게 공중으로 솟아올랐다.

김현은 분신들이 벌어 준 시간을 요긴하게 사용하기 위해
서 단번에 현섬으로 이동했다.

무지갯빛 화려한 터널을 순식간에 통과한 김현은 춤추던
여인과 부딪쳤다. 넘어진 여인의 손목을 잡아 일으켜 세운
그는 눈이 동그랗게 커진 여인이 아니라, 그 너머 거대한 벤
치에 비스듬히 누운 자세로 자신을 내려다보는 사내를 응시
했다.

뒤늦게, 공기에 듬뿍 담긴 달콤한 향기가 코로 스며들었

다. 김현은 오랫동안 맛보지 못한 딸기 케이크를 떠올렸다.

공간을 채우며 흐르던 음률이 뚝 끊겼다.

무희들은 비명을 지르며 달아났다.

"미안합니다."

김현이 속삭였다.

그를 잠시 노려보던 그 여인도 천막 밖으로 나갔다.

호위병들이 일제히 칼을 뽑으며 다가와 포위했다. 검은 완만한 곡선을 그렸는데 쿠크리처럼 칼날이 볼록한 형태였고, 자루는 새하얀 재질의 뼈로 이루어져 있었다.

"물러서. 손님이 오셨는데, 대접이 그래서는 안 되지."

서왕 타릴이었다.

김현은 얼굴 문신을 통해 상대를 알아봤다. 만스크의 설명 그대로였다.

말없이 결각보로 타릴을 향해 돌진했다.

타릴은 여전히 긴 의자에 비스듬히 누운 채 팔로 머리를 괴고 있었다.

단번에 거리를 줄인 김현은 들고 있던 화살을 던졌다. 조금 전 천막 안으로 날아들었던 화살이었다.

핑.

손가락을 튕겨 화살을 쳐 낸 타릴의 눈이 빛났다. 화살은 살금살금 김현을 향해 다가가던 호위병의 가슴에 푹 박혔다.

드디어 서왕이 몸을 일으켰다.

그 순간, 김현이 주먹을 앞으로 뻗었다. 주먹 끝에서부터 시작된 강렬한 기류가 타릴의 가슴으로 몰려갔다. 타릴이 들어 올린 손은 그 공격을 막지 못했다. 기류가 갑자기 커져 손은 물론 팔까지 휘감은 것이다.

기류는 타릴이 입고 있던 화려한 옷을 찢었을 뿐 아니라, 돌풍처럼 타릴을 뒤로 날려 버렸다.

"전하!"

호위병들이었다.

김현은 뒤로 물러났다. 타릴이 스스로 몸을 뒤로 날렸다는 사실을 알고 있었다.

타릴은 쓰러지지 않았다. 그저 가슴과 어깨에 맹렬한 소용돌이 흔적이 남아 있을 뿐이었다.

"타케노프의 은와로군."

김현은 깜짝 놀랐다. 타케노프는 7대무문 중 최고라고 알려진 그레아트의 체술로, 엘루마에서 국숫집을 운영하는 레온 덕분에 배운 스킬이었다. 타릴이 단번에 알아차릴 거라고는 생각도 못 했다.

"앙즈가 오랜만에 쓸 만한 놈을 보냈어. 그대 이름은 뭔가?"

앙즈? 쓸 만한 놈?

김현은 가만히 있었다.

"하긴 자객이니 이름을 밝힐 순 없겠지. 그렇다면 강제로 알아내는 수밖에."

타릴이 팔을 양쪽으로 펼쳤다.

강력한 공격을 예상한 김현이 뒤로 물러서며 대비했지만, 아무런 변화도 일어나지 않았다.

장난일까? 아니다. 휘어진 칼을 들고 기회만 엿보던 호위병들이 잔뜩 겁을 먹고 천막의 벽 쪽으로 물러났다. 타릴도 진지한 눈으로 김현을 노려보고 있었다.

딛고 선 땅의 감촉이 달라졌다.

살짝 발을 내려다본 김현은 할 말을 잃었다. 발 사이로 잡초가 자라났다.

왼쪽에서는 대나무가 땅을 뚫고 올라왔는데 순식간에 2미터, 5미터, 10미터로 커졌다. 한두 그루가 아니었다. 몇 초만에 대나무 숲이 생겨났다.

천막은…… 사라졌다.

호위병도 보이지 않는다.

현섬이나 텔레포트 같은 공간 이동 스킬로 옮겨졌을까? 감각은 분명히 아니라고 주장한다.

섬뜩한 기분에 김현은 천천히 고개를 돌렸다.

타릴이 있던 곳에는…… 거대한 호랑이 한 마리가 어슬렁거리며 다가오고 있었다. 포수 글러브보다도 큰 발을 내딛는데도 소리는 전혀 들리지 않았다.

뻘건 눈동자는 살기로 넘쳐 났다.

김현은 웃음을 터트릴 뻔했다. 수왕진 발동에 필요한 성질적을 확보하려고 던전에서 무수한 몬스터를 사냥했다. 외눈박이 키클로프스만 해도 저 호랑이보다는 훨씬 강한 몬스터였다.

천무삼권만으로도 호랑이 한 마리쯤은 두들겨 팰 수 있다고 생각한 김현이 한 걸음 앞으로 내디뎠다. 하지만 미소는 증발해 버렸다.

'……내공이 사라졌어.'

정신까지 몽롱했다.

성큼성큼 달려온 호랑이가 김현을 뛰어넘으며 어깨를 할퀴고 지나갔다. 옷이 뜯기고 피부가 찢어져, 피가 주르륵 팔을 타고 흘러내렸다.

"넌 이곳을 벗어날 수 없어. 내가 만든 곳이니까. 이곳의 주인은 바로 나야."

피 묻은 발을 핥으며, 호랑이가 말했다.

"……만든 곳?"

"폐하께서 주신 능력이지. 영광으로 생각하거라. 조무래기 따위에게 나의 공간을 보여 주진 않는다. 너처럼 신선한 먹잇감은 오랜만이니까."

타릴은 순식간에 다가와 발톱을 휘둘렀다.

뒤로 날아간 김현.

가슴에 발톱 자국이 선명하게 남았다. 길게 난 상처에서 흘러나온 피가 금세 상체를 붉게 적셨다.

몸을 일으킨 김현의 측면으로 파고든 타릴이 옆구리를 물었지만 이빨 자국만 남기고 물러났다. 장난감처럼 갖고 놀다가 먹어 치울 생각이었다.

김현은 허공으로 손을 올렸지만 인벤토리는 열리지 않았다.

타릴이 달려들었다.

모서리의 덩어리가 툭 분리되며 떨어지자 나머지 흙도 우수수 바닥으로 쏟아졌다.

비디타스는 주먹을 부르르 떨었다.

김현이 멋진 입체지도를 흙으로 만들기에 쉬운 줄 알았더니, 이틀이 지났는데도 형체도 제대로 갖춰지지 않았다. 강대한 마력을 뿜어내었음에도 김현처럼 흙을 다루기엔 역부족이었다.

"난 드래곤이다."

다시 시도하는 비디타스.

결과는 마찬가지였다. 한쪽에 집중하여 형태를 유지하면 반대쪽에서 균열이 생기거나 흔들리다가 무너졌다.

화가 난 비디타스가 무지막지한 화염을 쏟아붓자 불꽃이

쌓이며 바로 그 입체지도를 만들어 냈다. 너무나 쉬웠다.

흙을 다루는 능력만큼은 그 녀석이 탁월하다는 사실을 비디타스는 인정하지 않을 수 없었다. 흙뿐 아니라 물, 나무, 금속…… 심지어 불까지 놈은 마음대로 조종한다.

물론 화염에 있어서는 레드 드래곤이 보기에 한심한 수준이었다. 그래도 인간은 쉽게 도달하기 힘든 경지에 이른 건 사실이었다.

'오행 모두 조금씩 건드리는 것보다는 하나라도 제대로, 끝까지 해내는 게 훨씬 낫지.'

불을 흩어 버린 비디타스는 시간의 장벽을 노려보았다. 분명히 놈은 '잠깐 보고 올게.'라고 말했다. 저 장벽을 기준으로 시간의 흐름이 다르다는 점은 알지만, 잠깐은 결코 하루나 이틀이 될 수 없다.

짜증이 솟구쳤다.

더 성질이 나는 건…… 녀석에 대해 걱정을 하며 기다려야 한다는 사실 때문이었다.

'차라리 가 볼까? 아니야. 시간의 탑이 날 감지한 즉시 멈출 테고, 그러면 크립테아는 기다렸다는 듯 올라와 내가 공들여 가꾼 나의 땅을 짓밟겠지. 그 꼴은 못 봐.'

고개를 흔들며 마음을 다졌지만 아주 조그만 생각이 드래곤을 유혹했다.

손가락 하나는 괜찮지 않을까?

땅 아래로 굴을 파는 건 어떨까?

실행에 옮길지 말지 고민하는 찰나, 시간의 장벽을 뚫고 한 사람이 나타났다. 옷은 찢어졌고 피부는 피범벅이라 할 만큼 상처가 많았는데, 곤충을 닮은 가면을 쓰고 있었다.

"너……?"

"위대한 존재를 뵙습니다."

천현이 가면을 벗으며 고개를 숙였다.

"분신이군. 오호, 아주 정교해. 나도 깜빡 속을 뻔했어. 그런데 녀석은?"

"아직 저기에 계십니다."

"싸운 것 같은데?"

"크립테아의 군대가 장벽 너머에 주둔하고 있습니다. 빠져나오는 게 쉽지 않았습니다."

"군대?"

"그렇습니다."

"규모는?"

"정확하진 않지만 10만 이상이라고 생각합니다."

"10만?"

비디타스는 눈을 감으며 턱에 힘을 줬다. 10만 대군이 진을 치고 있으면 당장 돌아와서 알려야 정상이다.

그때, 한 사람이 장벽 밖으로 나왔다.

"너 대체 무슨 생각으로……. 너도 분신이구나."

"……검현입니다."

"녀석이 몇 명이나 만들어 낸 거냐?"

"네 명입니다."

"……그래?"

비디타스는 살짝 놀랐다. 드래곤의 눈으로도 가까이 서야 판단이 가능한 분신을 넷이나 한꺼번에 만들어 내다니. 김현은 알면 알수록 기이한 면이 많은 녀석이었다.

장벽 앞을 서성이던 비디타스는 당장 지상으로 올라가서 김현을 따르는 놈들을 데려올까 고민했다. 녀석들은 장벽을 넘어서 김현을 도울 수 있을 것이다.

문제는…… 10만 대군, 그것도 모조리 크립테아 놈으로 이루어진 군대였다. 추광대나 현자, 이계의 무기를 개발한 여자가 그 군대를 상대할 수 있을까?

괜히 짐만 될지도 모른다. 게다가 김현이 무사히 돌아오면 그 부분을 문제 삼을 게 뻔했다.

'방법을 찾아야 할 텐데.'

주위를 둘러본 드래곤의 눈에 쌍둥이처럼 김현을 닮은 분신이 보였다.

비디타스는 분신 둘에게 다가가 어깨에 손을 올렸다. 그리고 마력을 주입했다.

순식간에 상처가 회복되었다. 바닥난 내공도 채워졌다. 분신은 맑은 눈으로 드래곤을 쳐다봤다.

"한 번 더 고생해 줘야겠다. 너희의 주인에게 문제가 생겼을 수도 있으니까."

"알겠습니다."

분신들이 고개를 끄덕였다.

쾌현은 썩은 냄새를 풍기며 주위를 맴도는 망량들을 노려보았다.

침을 질질 흘리며 이쪽을 노려보는 들개, 땅바닥을 기어다니면서도 소리가 전혀 나지 않는 거대한 구렁이, 웬만한 성인 남자의 상체만큼이나 몸통이 큰 말벌, 그 말벌에 전혀 뒤지지 않는 풍뎅이, 송아지만큼이나 큰 전갈이었는데, 모두 죽은 지 오래인 망량이었다.

망량 너머에 주술사들이 띄엄띄엄 원을 그리며 서 있었다. 그 뒤에는 셀 수도 없는 병사들이 동심원을 그렸는데, 왁자지껄 시끄러웠다.

"난 전갈에 10크리테!"

"저 뱀이 잡을 거야, 난 20크리테."

"들개가 가장 끈질기다구, 50크리테!"

병사들은 돈을 놓고 내기를 하는 중이었다.

가장 먼저 쾌현을 향해 달려든 놈은 말벌이었다. 왱왱 소리를 내며 날아와 쾌현의 가슴을 노렸다.

꼬리 침이 가슴을 꿰뚫었다.

아니, 그건 잔상이었다.

이미 옆으로 몸을 튼 쾌현은 말벌의 날개와 몸통 사이의 연결 부위를 손날로 쳐서 부러뜨렸다. 말벌이 땅바닥에 떨어지기도 전에 이동하여 발로 차 버리자, 놈은 주술사를 향해 날아갔다.

주술사가 피하자 뒤에 있던 병사의 배에 꼬리 침이 박혔다.

망량들이 한꺼번에 덤볐다.

들개는 발목을 물어뜯으려 했고, 구렁이는 휘감아 몸을 옥죄기 위해 다가왔다.

쾌현은 결각보로 피해 다녔지만, 이미 포위된 상태여서 망량의 공세에서 완전히 벗어날 수는 없었다.

구렁이가 쾌현의 왼쪽 다리를 휘감았다.

"그래, 그거야!"

병사들이 소리쳤다.

쾅!

쾌현이 타각을 펼치자, 구렁이의 몸이 튕겨 나갔다. 하지만 그 순간을 노리고 뒤로 다가온 전갈의 침에 등이 쏘이고 말았다.

들개는 어깨를 물고 늘어졌다.

풍뎅이가 맹렬한 속도로 달려와 부딪치자 팔꿈치가 박살

이 났다.

병사들이 환호했다.

쓰러진 쾌현은 저 공중에서 맴도는 기이한 새를 볼 수 있었다. 깃털 하나 없는…… 온통 뼈로 된 새 위에 어떤 사람이 올라타 있었는데, 먹이를 발견한 매처럼 빠르게 내려오고 있었다.

프리온이 사뿐히 착지한 순간, 주위는 조용해졌다.

병사들은 프리온에 대한 소문을 잘 알고 있었다. 저 대머리 주술사의 목걸이에 달려 있는 이빨 중 절반 이상은…… 크립테아 전사의 영혼이 담겨 있다는 이야기였다.

프리온은 쾌현 앞에 섰다.

"누가 보냈지?"

쾌현은 아무 말도 하지 않았다.

프리온은 가면을 벗겼다.

의외로 어려 보이는 얼굴이었다.

프리온은 쏟아지는 시선을 느낄 수 있었다. 왜 병사들이 입을 다물고 있는지 그는 알고 있었다. 저 짙은 두려움을 끔찍한 공포로 끌어 올린다면, 병사들은 주술사 앞에서 하품도 못 할 것이다.

프리온은 길고 앙상한 손가락을 쾌현의 입에 넣어 어떤 이빨을 뽑을까 생각하다가 앞니, 송곳니, 어금니까지 골고루 뽑았다.

싱크

공포는 병사들을 뒤덮었다.

"어?"

프리온은 뭔가 이상하다 생각했다.

고개를 갸웃거린 순간, 손바닥 위에 놓인 치아들이 천천히 흐려지더니 사라졌다.

쓰러진 침입자도…… 마찬가지였다.

'분신이다!'

프리온은 즉시 공중으로 뛰어올랐다. 이빨에서 튀어나온 골륜조가 그를 태우고 타릴의 천막으로 날아갔다.

타릴이 김현의 다리를 물어 쓰러뜨린 후, 커다란 발로 가슴을 밟고 눌렀다.

"뭐 하는 거냐? 항복이라도 하는 거냐? 후후, 재미있는 녀석이구나. 널 보니 말수가 많아진다. 이것 또한 신선한 경험이야. 한 가지 비밀을 알려 주마."

김현은 이를 악물며 타릴을 쳐다봤다. 이 순간에도 머릿속에 포기라는 단어는 떠오르지 않았다.

"우리 사왕은 한 가지 약속을 했다. 은밀한 약속이라서 사왕만 알고 있지. 날 그림자처럼 따라다니는 책사도, 호위병도 전혀 몰라. 그게 뭘까? 후후, 아주 재미있는 이야기야. 우린 맘에 들지 않는 녀석, 처리하고 싶은데 직접 나서기엔 껄끄러운 녀석을 자객으로 삼아서 서로에게 보내기로 했지. 그러면 깔끔하게 마무리를 할 수 있게 돼. 바로 이렇게."

"그, 그러면 앙즈 전하께서 나를……?"

"널 버린 거지."

"……."

김현의 얼굴이 구겨졌다.

타릴은 극에 이른 쾌감을 느꼈다. 여인을 품어도, 흡수를 통해서 강해져도 누군가의 정신이 붕괴되는 순간 몰려드는 행복감에는 비교할 수 없다.

"큭큭큭."

김현은 웃음을 터트렸다.

타릴은 눈과 귀를 의심했다. 자신이 약간만 힘을 줘도 발톱이 가슴을 후벼 파 버릴 텐데, 그 아래 눌린 놈이 실실 웃고 있었다.

미쳤을까?

그래, 공포로 정신이 무너져 내린 것이다!

타릴은 또 한 번 해일 같은 쾌감을 기다렸지만, 돌아온 건 차가운 눈빛과 차분한 목소리였다.

"앙즈 전하께서 딱 말씀하신 그대로였습니다. 너무나 진부해서 이젠 재미없네요."

"……뭐?"

"동쪽을 위하여."

그 말을 내뱉은 순간, 김현의 가슴 속 깊이 흡수되었던 자카리안의 용옥이 어마어마한 양의 열기를 폭발적으로 뿜어냈다. 그 충격에 타릴이 만든 공간 자체가 찢어지며 박살이 났다.

대형 천막도, 호위병들도 날아가 버렸다.

호랑이 변신이 깨진 타릴은 화상을 입고 땅바닥에 처박혔다.

비틀거리며 화염을 벗어난 김현은 인벤토리에서 양날도끼를 꺼내어 매달렸다. 사라겐의 비월은 주인의 뜻을 따라 하늘로 날아올라 시간의 장벽을 향해 날아갔다.

프리온은 입을 쩍 벌렸다.

'분신 따위에 속아 넘어가다니!'

서왕 타릴의 천막이 폭발하며 산산조각이 났고, 화염과 연기가 솟구쳤다. 입구에 서 있던 서왕호위대도 멀리까지 날아가 처박혔다.

사방으로 흩어진 파편 때문에 주위의 천막에 불이 붙었고, 빠르게 번지는 중이었다.

프리온은 골륜조에서 뛰어내려 불꽃 사이에 떨어졌다. 목걸이에 걸려 있는 이빨을 모조리 이용하여 서왕 타릴을 찾아 내려는데, 이글거리는 화염을 뚫고 한 사람이 걸어 나왔다.

"전하!"

프리온은 그 앞에 무릎을 꿇었다.

타릴은 화상으로 끓고 있는 손과 팔의 피부를 쳐다본 후, 프리온에게로 시선을 옮겼다.

"앙즈가 제법 머리를 굴린 모양이야. 자객은?"

"제가 쫓은 건 분신이었습니다."

"더 놀랍군. 날 이 지경으로 만든 놈도 무사하진 못했을 터. 찾아라, 장벽을 넘기 전에."

"존명!"

프리온은 골륜조를 타고 날아올랐다.

타릴의 말이 옳았다. 커다란 도끼가 시간의 장벽으로 날아 가는데, 자세히 보니 어떤 사람이 엎드려 있었다.

'분신과 같은 얼굴이야. 저 녀석이 분신을 만들어 나를 농 락한 놈이었어.'

분노는 두 배로 뛰었다.

골륜조가 놈을 향해 돌진했다. 날카로운 발톱으로 단숨에 낚아채기 위해서였다.

쾅.

골륜조의 복부에서 시작된 충격이 퍼져 나가며 뼈가 조각 조각 부서졌다.

몸을 위로 띄운 프리온은 흩어지는 뼈를 뚫고 올라온 또 다른 분신을 발견했다. 이를 악문 주술사는 목걸이에 걸려 있는 이빨 모두를 움켜쥐고 망량을 불러냈다.

망량들이 그 분신을 덮쳤다.

휘파람으로 골륜조를 부활시킨 프리온은 날아가는 도끼 옆으로 접근했다.

"본체가 의식을 잃었는데도 유지되는 분신이라, 대단하군. 허나, 이젠 끝이……."

갑자기 기우뚱 균형을 잃는 골륜조.

프리온은 날개에 서 있는 또 다른 분신을 발견했다. 분신이 맹렬하게 다가왔다.

습관적으로 목걸이를 움켜잡았지만, 이미 망량을 다 불러낸 터라 프리온은 당황했다. 그 순간, 분신이 프리온의 가슴을 이마로 들이받으며 함께 추락했다.

분신과 싸우느라 프리온은 그 도끼가 시간의 장벽을 통과하는 모습도 보지 못했다.

만남

여섯 개의 팔, 여섯 개의 다리, 그리고 세 개의 머리.

영화에서나 볼 법한 몬스터는…… 상상이 아니었다. 지극히 냉혹한 현실이었다.

코볼롬.

진세진은 그 이름을 알고 있었다. 하지만 실제로 싸우게 될 줄은 상상도 못 했다. 왜냐하면 가상현실 공간인 페플에서도 아주 난이도 높은 던전 깊숙한 곳에 출몰하는 보스급 몬스터였기 때문이다.

"뭐 해?"

황철호가 소리쳤다.

그 앞에는 푸르스름한 벽이 있었다. 황철호가 만든 '통곡의 벽'이었다.

"……아니."

정신을 차린 진세진은 마력으로 촉수 세 개를 만들어 코불롬을 향해 접근시켰다. 크게 우회한 텐타클은 조심스럽게 덩굴처럼 놈의 몸을 타고 올라갔고 드디어 세 개의 대가리 근처에 이르렀다.

악마 타프가 사슬낫으로 코불롬의 팔 하나를 자른 순간, 진세진은 촉수를 놈의 대가리에 깊이 박았다.

코불롬은 몸을 흠칫 떨었지만 무슨 일이 벌어졌는지 전혀 모르는 듯 타프를 향해 주먹을 내질렀다.

'성공이다!'

진세진은 주먹을 움켜쥐었다.

촉수를 통해 놈의 정신을 건드리기 시작하자, 조금씩 변화가 생겼다. 타프를 뒤로 날려 버릴 만큼 위력적인 주먹의 빈도가 줄어들었다.

그때, 놈이 입으로 알 세 개를 뱉어 냈다.

눈살을 찌푸린 진세진은 내버려 두면 부화하는 알을 향해 달려갔다.

황철호는 왼쪽 알을 맡았다. 천무삼권으로 알을 터트린 황철호와 달리, 진세진은 단검으로 알을 연거푸 찔렀지만 바늘로 타조알을 깨뜨리는 것처럼 역부족이었다.

"비켜!"

황철호였다.

진세진이 물러서자 황철호는 손을 앞으로 펼쳤다. 손가락에서 뻗어 나온 강력한 바람 다섯 줄기가 화살처럼 날아가 알을 꿰뚫었다. 다섯 개의 구멍에서 주르륵 악취 나는 잿빛 액체가 흘러내렸다.

코불롬이 몸을 부르르 떨었다. 놈은 닿기만 해도 살이 녹아내리는 자주색 안개를 뿜어냈다.

"피해!"

이미 준비를 시작한 황철호는 몸의 무게중심을 낮추며 외쳤다.

진세진과 타프가 물러나 황철호 뒤로 숨었다.

알이 하나 남았지만 그걸 부수려 했다가는 안개에 먹혀 녹고 말 것이다.

황철호가 내공을 앞으로 밀어내며 만들어 낸 '통곡의 벽'은 자주색 안개를 밀어낼 만큼 견고했다.

진세진은 흔들리는 알을 노려봤다. 저 알이 부화하면 다루기 힘든 몬스터가 튀어나온다.

드디어 알이 쩍쩍 갈라졌다.

시꺼먼 전갈 같은 놈이 밖으로 나오는 순간, 뒤에서 날아온 돌멩이가 몸통을 박살 냈다. 껍질이 산산조각 나며 사방으로 흩어졌다.

진세진은 뒤를 쳐다봤다.

저 멀리 편평한 바위에 비스듬히 누워 전투를 지켜보던 노관장이 손을 흔들고 있었다.

"프리벨리지 길드가 대단하다고 들었는데, 어째 소문보다는 못한 것 같군."

속삭이는 목소리는 너무나 또렷하게 들렸다. 30미터 이상 떨어져 있어서 아예 들리지 않아야 정상인데, 아마도 특별한 기술로 목소리를 멀리까지 보낸 것이리라.

진세진은 입술을 깨물었다.

저 노인이 나섰다면 코불롬은 이미 끝장났을 것이다. 여기까지 내려오면서 노관장이 보여 준 무력은…… 상상을 초월했다. 진세진은 유니온의 5인회 중 누구도 현기명보다 강하진 않을 거라고 생각했다.

자주색 안개가 사라지자 악마 타프는 사슬낫을 앞세우고 코불롬에게 달려들었다.

황철호도 청지풍 등 다양한 스킬로 몬스터를 공략했다.

진세진은 텐타클에 마력을 쏟아부어 어떻게든 코불롬을 혼란 상태에 빠뜨리려고 애를 썼다. 그래야 전투가 끝날 테고…… 그래야 쉴 수 있을 것이다.

이럴 줄 알았다면 저 위에 남았을 텐데.

그 꼬맹이는 무엇을 하고 있을까?

싱크

파란 하늘 아래로 들판이 뻗어 나가 지평선까지 내달리고 있었다.

소매로 이마의 땀을 닦으며 몸을 일으킨 안진후는 뒤로 물러섰다.

"다 만든 거야?"

잿빛 활을 손에 든 윤태희가 다가와 완성된 마법진을 바라보았다.

직경 10미터나 되는 마법진은 어찌나 복잡한지, 오직 안진후만 그 내부 구조와 작동 메커니즘을 알고 있었다. 그 마법진의 목적은 공간 이동이었다.

"이번에는 성공할 수 있겠지? 벌써 한 달이나 지났잖아. 잘못하면 타이밍이 늦어 버릴지도 몰라."

안진후는 말없이 성질석을 마법진의 중앙 부분으로 옮겼다. 혹시라도 마법진을 이루는 도형이 무너질까 까치발로 움직였다.

페플 코어를 통과하여 뎁스 파이브의 세계, 즉 만계로 넘어왔을 때는 김현 찾기가 이렇게나 어려울 줄은 상상도 못 했다. 렉투의 수정구로 김현을 볼 수는 있지만, 어디에 있는지…… 알아낼 방법은 없었다.

그렇다고 무작정 찾아 나설 수는 없다. 이 세계는 어마어마하게 넓었다.

안진후는 길드 마스터로서 책임감을 느꼈고, 이틀이나 밤을 새우면서 아이디어를 짜냈다. 그게 바로 텔레포트 마법진이었다. 대략적인 구조는 이미 알고 있었다. 렉투의 수정구와 텔레포트 마법진을 연결시켜 정확히 김현이 있는 곳까지 이동할 수 있느냐, 바로 그 점이 문제였다.

"이 정도면 완벽해."

안진후는 성질석을 마법진으로 옮겼다. 황철호 일행이 던전에서 사냥으로 확보한 성질석도 이제 얼마 남지 않았다. 최대한 아껴야 하는 상황이었다.

"가져와."

성질석 배치를 끝낸 안진후가 말했다.

"불쌍한 녀석."

윤태희는 가느다란 나무로 짠 우리를 마법진 한쪽에 내려놓았다. 그 우리에는 새하얀 토끼가 한 마리 들어 있었다.

뒤로 물러난 안진후가 손을 들자, 손바닥을 뚫고 나온 이그드라실의 뿌리가 마법진의 발동 지점을 건드렸다.

성질석에서 흘러나온 마력이 마법진 전체로 퍼졌고, 곧 땅이 진동하며 빛을 뿜었다. 눈이 부셔서 아무것도 보이지 않을 만큼 강렬한 섬광이 터졌다.

실눈으로도 앞을 볼 수 없었다.

"……사라졌어!"

흥분한 윤태희.

안진후도 뒤늦게 텅 빈 마법진 중앙을 발견했다. 드디어 텔레포트 마법진이 작동한 것이다.

고개를 돌린 그는 100미터 남짓 떨어진 곳에 서 있는 구선희와 오유선을 쳐다봤다. 그곳에 토끼가 무사히 나타난다면…… 완벽한 성공이다.

갑자기, 오유선이 쓰러졌다.

꼼짝도 하지 않는 점쟁이.

구선희가 안진후, 윤태희를 보며 손짓을 했다. 당장 오라는 뜻이었다.

두 사람은 동시에 달렸다.

오유선이 기절한 이유는…… 반 토막 난 토끼 때문이었다. 정중선을 기준으로 왼쪽만 남아 있었다. 마치 정교한 해부학 사진처럼 뇌, 뼈, 핏줄 등이 고스란히 드러나 있어, 그걸 본 오유선이 정신을 잃은 것이다.

우리도 반만 있었다.

"나머지는 어디 있지?"

윤태희가 물었다.

"몰라."

안진후는 마법진 수정을 위해 돌아섰다.

짜증이 확 솟구쳤다.

비디타스는 시간의 장벽을 노려보았다.

커튼처럼 흔들리는 빛의 장벽.

천도와 드래곤이 힘을 합쳐서 만든 저 거대한 장벽은 점점 약해지고 있었다. 장벽을 지탱하는 시간의 탑 중 하나는 벌써 무너졌고, 나머지도 언제 붕괴될지 모르는 상황이었다.

게다가 크립테아의 군대가 장벽 뒤에 진을 치고 있다. 시간 자체를 둘로 갈라 버린 장벽이 사라진다면 군대는 단숨에 지상까지 올라올 테고…… 대규모 이동 마법진으로 룬트란 왕국으로 옮겨 갈 것이다.

장벽을 옆에 두고 잠시 걸었다.

당대의 드래곤 로드 테아도프에게 여기 사정을 알려야 할까? 드래곤족 전체가 달려들어야 크립테아의 진군을 막아 낼 수 있을 것이다.

어쩌면 천도에도 도움을 요청해야 할지도 모른다. 천도 없이 무너진 장벽을 재건하기는 불가능하다.

머리는 당장 북쪽의 유스타나와 남쪽의 베레프에게 사실을 알리며 도움을 요청하고, 드래곤 로드 테아도프는 물론 천도의 도주에게도 시간 장벽의 붕괴 위험성을 전해야 한다고 주장하고 있었다.

문제는 가슴이었다.

싫었다!

자신이 책임지는 룬트란 왕국의 문제여서? 그 때문에 자존심이 상해서?

부인할 수 없지만, 그게 전부는 아니다!

잠시 후, 비디타스는 마음을 정했다.

김현은 자카리안의 용옥이 품은 열기의 폭발로 부상을 입고 정신까지 잃었다. 녀석이 깨어난 후 자세한 이야기를 듣고 나면 방향이 확실해질 것이다.

비디타스는 텔레포트 마법을 펼쳤다.

지하 깊은 곳에서 김현이 잠든 방으로 단숨에 이동한 비디타스는 침대 옆에 앉아 있는 여자를 발견했다.

'분위기가 묘한데?'

벽에 몸을 기댄 비디타스는 잠자코 지켜보았다.

체리는 이틀째 누워 있는 김현을 바라보고 있었다.

머리카락 몇 가닥이 눈을 찌를 것처럼 내려와 있었다. 하얀 손이 이마를 부드럽게 쓰다듬으며 머리카락을 옆으로 넘겼다.

누구보다도 잘생긴 얼굴이라고 생각하지만 객관적인 기준은 아님을 스스로도 잘 알고 있었다. 오히려 평범한 외모라고 해야 정확할지도 모른다.

처음 만났을 때가 어제 일처럼 떠올랐다.

'난 정략결혼이 싫어서 마스터를 핑계로 삼아 뮤카멘 백작가에서 탈출했어. 그때는 이런 곳까지 오게 될 줄은 상상도 못 했어.'

손가락을 뻗어 김현의 눈썹을 살짝 만졌다. 그리고 단단한 콧대로 내려와 콧등에 다다랐다. 인중에 난 솜털이 너무나 귀여웠다.

손가락이 입술에 닿는 순간, 미약하게 뿜어져 나오는 따뜻한 공기를 느낄 수 있었다.

체리는 자신도 모르게 웃고 있었다.

언제부터 이 애틋한 마음이 시작되었는지는 기억나지 않는다. 밤에 자기 전 눈을 감고 생각에 잠길 때, 좋아해서는 안 된다고 스스로 속삭이곤 했다.

마스터는 이방인, 자신은 엘루마의 시민이기 때문에.

이슬비에 옷이 푹 젖듯 어느새 김현이라는 사람은 마음 깊이 들어와 버렸다.

"좋아하는구나."

뒤에서 들린 목소리에 깜짝 놀란 체리는 하마터면 의자에서 굴러떨어질 뻔했다.

"……비디타스 님."

체리는 서둘러 몸을 일으켰다.

"쟤는 이방인이야. 넌 아니고."

"압니다."

"그래도 계속 좋아하겠다? 언젠가 훌쩍 떠나 버릴 텐데. 두 번 다시 돌아오지 않을 수도 있고."

비디타스의 말이 바늘처럼 가슴을 후벼 팠다. 체리가 가장 무서워하는 이야기였다. 손을 부르르 떨던 체리의 눈에서 눈물이 뚝뚝 흘렀다.

"……상관없어요."

체리가 겨우 말했다.

드래곤은 오들오들 떨면서도 강단 있게 말하는 체리를 자세히 뜯어봤다.

'이 여자도 그렇군.'

여기 만계에 김현과 함께 내려와 지내면서 느낀 부분이 하나 있었다.

여기 놈들, 모두 이상했다.

인간과 엘프, 드워프 그리고 뱀파이어가 어떻게 같은 공간에서 충돌도 없이 지낼 수 있는지, 이곳에 와서 직접 보기 전까지는 상상도 못 했다. 드래곤으로서 지진 같은 재앙뿐 아니라 각 종족의 사정까지 관심을 두고 지켜봤기에, 비디타스는 까마득한 옛날부터 쌓이고 꼬여서 결코 건너기 힘든 간격이 종족 사이에 놓여 있음을 아주 잘 알았다.

엘프가 뱀파이어를 증오하는 데는 그럴 만한 이유가 있다. 제1차 몬스터대전 당시 뱀파이어 일부는 크립테아에 합류하여 엘프를 공격했다. 특히 은색눈썹 일족의 멸망을 주도한

게 바로 뱀파이어였다.

물론 크립테아의 몬스터 군대가 엘프를 죽였지만, 뱀파이어의 역할 역시 가볍지 않았다.

드워프가 엘프라면 질색하는 이유도 따져 보면 합리적이다.

숲을 중시하는 엘프는 드워프가 광산을 발견한답시고 헤집고 지하로 들어가는 게 마음에 들지 않았다. 실제로 드워프 때문에 거대한 숲이 말라 버리는 일이 발생했다.

항의에도 불구하고 드워프는 들은 척도 하지 않았다. 분노한 하이엘프들이 힘을 모아 지진을 일으켰고, 그 때문에 지하에 급격한 변동이 생겼으며, 그 결과로 드워프의 도시 네후령이 폐허가 되고 말았다.

엘프, 드워프 그리고 뱀파이어에겐 인간을 미워할 자격이 충분했다.

인간은 영토를 넓힌다는 이유로 주기적으로, 때로는 집중적으로 다른 종족을 사냥했을 뿐 아니라 말살하거나…… 대대로 살아오던 땅에서 쫓아냈다. 그 과정에서 엄청난 피가 뿌려졌지만 인간은 반성과는 거리가 먼 종족이었다.

역사를 기억한다면, 과거의 비극이 남긴 슬픔과 고통을 잊지 않는다면 이들 종족은 서로를 적대시하고 죽여야 정상이다. 따라서 여기 만계의 분위기는…… 매우 이질적이며, 비정상에 가깝다.

이방인과 이곳 사람의 관계 역시 마찬가지다.

이방인은 룬트란인이든 중명인이든 무시한다. 아니, 사람 이하의 존재로 멸시한다.

증오는 쉽게 퍼진다. 룬트란인 역시 이방인을 이용하되 속으로는 미워하기 시작했고, 그 분위기는 너무나 쉽게 관습으로 정착되었다.

증오가 정상이 되면 공평이나 친절은 배신이 된다.

왜 이곳에 있는 놈들만 증오에서 벗어났을까? 어떻게 그런 일이 가능했을까?

답은 알고 있었다.

김현.

녀석이 여기 있기 때문에, 저 여자를 포함한 사람들이……
이상하게 변한 것이다.

그 순간, 비디타스는 한 가지 사실을 깨달았다.

'나도 마찬가지야. 평소의 나였다면 여기서 시간을 보내진 않았을 테니까.'

김현은 묘한 힘을 퍼트린다. 그건 산을 무너뜨리거나 바다를 가르는 물리적인 힘이 아니다. 그보다 더 강력하다.

과거를 잊게 만든다.

아니, 사람들을 과거로부터 벗어나게 만든다.

비디타스가 빙긋 웃었다.

그 미소에 체리는 불안했다. 자신이 뭔가 실수라도 한 게 아닐까.

"참 신기한 일이야. 저 녀석은 내가 본 이방인 중에 가장 이방인 같지 않은 놈인데, 너도 평범하진 않군. 어쩌면 자격이 될지도 모르겠어."

"무슨 말씀이신지……?"

"옆에 있고 싶으면 너도 저 녀석처럼 경계를 넘어야 한다는 뜻이야. 할 수 있겠어?"

"그 경계가 무엇을 의미하는지 모르겠지만, 전 뭐든 할 수 있어요."

눈물을 닦아 낸 체리가 처음으로 드래곤을 똑바로 쳐다보며 말했다.

"그 정도 각오라면 해 볼 만하겠군."

드래곤은 씨앗 하나를 꺼냈다. 색깔이 시시각각 바뀌는 콩알 같은 씨앗이었다.

체리는 무서워 떨면서도 자신도 모르게 탄성을 터트렸다. 너무나 아름다웠다.

"이건 세계수의 씨앗이다. 룬트란의 왕궁에 있다는 가짜 세계수가 아니라, 저 하늘 높이 떠 있는 천도의 세계수 이그드라실의 씨앗이다. 이걸 너한테 주마."

비디타스는 씨앗을 내밀었다.

체리는 정신이 나갈 지경이었다.

이그드라실이 무엇인지 그녀도 알고 있었다.

이그드라실이 등장하는 신화에 따르면, 이 세계 외에 여러 세계들이 존재하며…… 세계수는 그 많은 세계들을 연결하는 다리였다.

'이그드라실만 있으면, 마스터가 갑자기 사라져도…… 괜찮아. 내가 만나러 가면 되니까.'

체리는 용기를 내어 씨앗을 받았다.

그 씨앗은 손바닥에 닿자 스멀스멀 녹더니 금세 흡수되었다.

놀란 비디타스가 체리를 뜯어보았다.

'허, 몇 년은 걸려야 흡수 과정이 시작될 거라고 생각했더니만. 재능까지 갖춘 여자였어.'

손가락으로 씨앗이 사라진 손바닥을 만지던 체리가 드래곤을 쳐다봤다.

"……이제 어떻게 해야 하나요?"

"그건 자연스럽게 알게 될 거야. 그보다, 이 녀석의 상태에 대해 얘기를 해 주지. 김현이 정신을 잃은 이유는 이 녀석의 가슴 깊숙한 곳에 자카리안의 용옥이 있는데 그게 터졌기 때문이야."

"자카리안이라면…… 혹시?"

"맞아. 드래곤 로드 자카리안."

"……."

휘둥그레진 눈동자가 흔들렸다.

"몰랐어? 용옥이 뿜어내는 열기가 체내에 쌓이는데, 그게 감정이든 뭐든 자극을 받아 터지면 이런 식으로 정신을 잃게 되지. 아무래도 이번엔 스스로 터트린 모양이야. 이유는 본인만 알고 있겠지. 아, 며칠 안으로 깨어날 거야. 자카리안의 용옥은 몹시 위험하지만 동시에 이 녀석의 몸을 보호하고 있기도 하거든."

"왜 용옥이 마스터의 몸 안에 있는 겁니까?"

체리는 조심스럽게 물었다.

"이 녀석은 드래곤이 될 운명이거든. 정말 놀라운 건, 이렇게 오랫동안 버티고 있다는 사실이야. 몸이 불에 타 버리거나 드래곤이 되거나 둘 중 하나여야 정상인데."

체리는 귀로는 분명히 들었지만 머리와 마음으로는 소화할 수 없었다. 농담일지도 모른다고 생각했다. 인간이…… 그것도 이방인이 드래곤이 되다니!

하지만 진지한 눈으로 자신을 쳐다보는 존재는…… 드래곤이었다.

비디타스는 흐뭇하게 웃었다.

'이그드라실이 효과가 있군. 이런 이야기를 바로 이해한 걸 보면 말이야. 좋아. 천도 놈들이 뒤통수를 쳤으니, 나도 가만히 있을 수는 없지.'

"드래곤이 되는 순간, 김현은 모든 기억을 잃는다. 두 번 다시 널 알아보지 못할 거야."

싱크

"……."

체리의 얼굴이 새하얗게 질렸다.

"하지만 방법은 있어. 네가 그 씨앗을 부지런히 키운다면, 네게서 이그드라실이 자라난다면 넌 김현이 잃은 기억을 되찾게 할 수 있으니까."

"정말요?"

"난 드래곤이다."

"죄, 죄송해요."

"이건 너와 나의 비밀이다. 누구에게도, 김현에게도 발설해서는 안 된다."

"그, 그럴게요. 비디타스 님."

급히 고개를 끄덕이던 체리가 갑자기 '아악!' 비명을 질렀다.

드래곤은 눈살을 찌푸렸다. 저 반응을 어떻게 해석해야 할까? 비밀을 지키기 싫다는 뜻으로 받아들여야 하나.

체리가 손가락으로 김현의 가슴을 가리켰다.

바로 거기, 쪼개진 토끼가 놓여 있었다. 흐물흐물 흘러내린 피가 담요를 적시고 있었다.

쿵!

드디어 코불롬이 쓰러졌다.

황철호는 긴장이 풀려 주저앉을 뻔했다. 며칠이나 놈과 싸웠는지 알 수 없지만, 적어도 사흘…… 어쩌면 나흘 이상일지도 모른다.

고개를 돌렸더니, 타프는 아예 드러누웠고 진세진은 주저앉아 헐떡이고 있었다. 진세진의 공이 아주 컸다. 코불롬이 혼란 상태에 빠져 공격의 위력이 줄어들고 공격의 패턴이 달라지지 않았다면 이기지 못했을 것이다.

그때, 세 개의 머리 중 하나가 쑥 빠지더니 달아났다.

황철호는 당황해서 앞으로 움직였지만, 다리가 마비되어 뒹굴고 말았다.

옆으로 그림자가 빠르게 지나갔다.

노관장이었다.

황철호는 안심하고 아예 퍼져 앉아 다리를 주무르기 시작했다.

현기명은 뒷짐을 진 채 운중을 펼쳐 놈을 쫓았다. 속도를 내어 따라잡지는 않았다. 적당한 거리를 둬서 놈이 어디로 가는지 확인하고 만약 놈만큼 강력한 몬스터가 있다면 황철호 몰래 처리할 생각이었다.

좁은 동굴이 갑자기 넓어지며 눈앞이 부셨다.

현기명은 입을 쩍 벌렸다.

지하가 아니라 사막에나 어울리는 도시가 눈앞에 펼쳐졌고 그 너머로 오로라처럼 거대한 빛이 너울거리고 있었다. 노르웨이 스발바르제도에서 직접 본 녹색의 오로라보다 훨씬 크고 강렬할 뿐 아니라, 형태가 고정되어 있었다.

해파리를 닮은 몬스터는 그 빛의 장벽으로 도망치고 있었다.

'저기에 뭔가 있는 모양이군.'

노관장은 운종의 속도를 두 배로 올렸다.

코불롬의 본체는 장벽 너머로 사라졌다.

현기명 역시 통과하려고 속도를 내는데, 갑자기 뭔가가 공간을 뚫고 나타났다.

깜짝 놀란 현기명은 펄쩍 뒤로 물러났다.

툭, 바닥에 떨어진 건…… 나무로 짠 우리였다. 반으로 예리하게 잘려 있는데, 피가 묻어 있었다.

노관장은 주위를 둘러봤다. 이곳에는 자신뿐이다. 그리고 저 어설픈 우리는 누가 던진 게 아니라, 공간을 뚫고 왔다.

우리를 집어 들었다.

나무를 얽어서 만든 우리의 매듭이 눈에 익었다. 바로 자신이 윤태희에게 알려 준 매듭이었다.

'이런.'

노관장은 빛의 장벽을 노려보았다. 고개를 흔든 그는 몸을 돌려 황철호가 기다리는 곳으로 달렸다.

이번에는 최고 속도였다.

은색의 접시에 흰색의 뱀 수십 마리가 뒤엉킨 채 꼬불거리고 있었다.

앙즈는 손가락 길이의 뱀 하나를 집어 올려 입에 쏙 넣고 우적우적 씹었다. 입술 사이로 허연 즙이 흘러내리자 동왕은 혀로 쓱 핥았다.

'그 새끼는 왜 먼저 올라갔을까? 진군 명령을 내리는 건 서왕의 재량이니 상관없지만, 이유를 모르니까 영 찜찜해. 심어 놓은 첩자들도 전혀 모르겠다니, 혹시 놈이 첩자들을 매수해 버렸을지도 모르겠군.'

타릴의 진군 명령을 듣고 앙즈 역시 군대를 폐허 도시 올리엠으로 급히 움직였다. 타릴이 시간 장벽의 붕괴 시기를 정확히 알아냈을지도 모르기 때문이다.

하지만 비록 꾸준히 약해지고 있기는 해도 아직까지 장벽은 건재했다.

타릴의 군대는 베크렘에 주둔 중이었다. 기동훈련이었다면 데알렘으로 돌아가야 할 텐데.

'음, 어쩌면 놈이 장벽을 통과할 수 있는 방법을 찾아냈을지도 모르겠어. 소수의 선발대를 뽑아서 장벽 너머로 올려보낸 거지. 그렇다면 놈의 행동이 설명돼. 투리우스 폐하도 찾아내지 못한 걸 놈이 해냈을까?'

그때, 호위대장 푸투스가 천막으로 들어왔고 호위병들이 따라왔다.

"전하, 이것 좀 보십시오."

푸투스가 옆으로 비키자 호위병들이 특수한 재질로 짠 그물을 끌고 왔다. 그 안에는 해파리처럼 생긴 것이 꿈틀거렸는데, 앙즈는 즉시 알아봤다.

"코불로크가 아니냐?"

"맞습니다. 장벽을 통과해 넘어온 것을 동왕호위대가 잡았습니다."

"……코불로크가 여기 있다면, 코불롬……은 죽었다는 이야긴데."

"코불롬은 동왕군 소속 백인대가 포위해도 죽이기 어려운 몬스터로, 지상에서 장벽으로 내려오는 길을 막고 있었습니다. 따라서 외적이 침입했다고 봐야 합니다. 규모는 최소 수백 명, 어쩌면 수천에 이를지도 모릅니다."

"장벽 앞 병력을 세 배로 늘리도록."

"알겠습니다."

고개를 숙여 명령을 받든 호위대장이 밖으로 나갔다.

은접시 밖으로 뱀 한 마리가 떨어졌다. 앙즈는 발로 사정없이 밟고, 몇 번이나 비벼서 문질렀다. 도저히 참지 못한 그는 접시를 들어 가까이 서 있던 시녀에게 던졌다. 접시는 시녀의 목에 푹 박혔다.

"책사! 책사를 불러!"

"책사 스루, 이제 막 도착했사옵니다."

늙은 여자가 간드러진 목소리로 말하며 천막 안으로 들어왔다. 살랑살랑 엉덩이를 흔들며 걸을 때마다 목걸이에 달려 있는 눈동자들이 구슬처럼 서로 부딪치며 맑은 소리를 냈다.

"소식 들었지?"

"그럼요."

스루는 웃으며 눈짓했다.

다른 시녀들이 이제 막 숨을 거둔 동료를 데리고 천막 밖으로 나갔다.

"타릴이 장벽을 넘는 방법을 찾은 모양이야."

"그렇게 생각할 이유, 충분히 있네요. 아주 훌륭한 추측이십니다, 전하."

"맞다는 거야, 아니라는 거야? 확실히 말해, 이 할망구야!"

"호호, 전하께서 무척 화가 나신 모양입니다. 제 이야기를 들으시면 그 분노, 웃음으로 바뀌실 겁니다."

앙즈가 책사이자 주술사인 스루 앞으로 다가갔다. 그는 스루를 노려보며 말했다.

"어디 들어 볼까."

"서왕이 암습을 받았습니다."

"……암습?"

"자객이 서왕의 목숨을 노렸습니다."

"나 몰래 자객 보냈어?"

"그럴 리가요. 처음엔 서왕이 우리에게 혼란을 줄 목적으로 그와 같은 계획을 꾸민 게 아닐까 생각했습니다. 허나, 서로의 존재조차 모르는 첩자들 모두가 같은 내용의 연통을 보내왔습니다. 어쩌면 북왕이나 남왕이 따끔한 가르침을 위해 일을 꾸민 것인지도 모릅니다."

"그래서, 죽었어?"

"……사왕께서 그리 쉽게 목숨을 잃으시겠습니까? 하지만 그 화려한 천막이 불타 버렸고, 서왕군은 혼란에 빠지고 말았습니다."

"천막이 불타?"

"그렇습니다."

"하, 하하, 크하하하하하하."

앙즈는 스루의 말처럼 미친 듯이 웃기 시작했다. 타릴은 겉모습에 신경을 쓴다. 엄청나게 신경을 써서 제작한 천막이 타 버렸으니, 얼마나 속이 상할까. 서왕 타릴의 고통은 동왕 앙즈에겐 기쁨이었다.

"다만……."

스루가 말했다.

"다만 뭐?"

"서왕은 자객의 배후로 우리를 지목할 겁니다, 전하."

"놈이라면 충분히 그러고도 남지."

"가만히 있다가는 당할지도 모릅니다."

"책사에게 방법이 있구나. 그렇지?"

"역시 전하께서는 영민하십니다."

"말해 봐, 그 계획이 무엇인지."

"혼란을 틈타면 아무리 견고한 요새라도 무너뜨릴 수 있지요."

"아하, 좋아."

왕좌로 돌아가 앉은 앙즈는 히죽히죽 웃기 시작했다.

　노관장은 뒷짐을 진 자세로 사뿐사뿐 달리는데도 너무나 빨랐다. 마음이 급해서 속도를 더 올렸더니 순식간에 나머지 사람들이 뒤처졌고, 급기야 시야에서 사라졌다. 저 멀리 악마 타프의 비명이 날카롭게 들릴 뿐이었다.

　한숨을 내쉰 그는 다시 돌아가 타프의 몸을 손가락으로 찔러 고통을 멈춘 후, 헐떡거리며 달리는 제자 옆으로 붙었다.

"철호야."

"······사, 사부님."

"천천히 오너라. 먼저 가겠다."

"최대한 빨리 가겠습니다."

현기명은 듣지도 않고 달렸다. 그저 산보하듯 걸을 뿐인데 땅이 접히는 느낌이었다.

턱까지 숨이 차올랐던 황철호는 속도를 줄였다. 그 덕에 진세진도 쉴 수 있었다.

바위에 주저앉은 황철호는 진세진을 쳐다봤다.

"여긴 왜 왔어?"

"안종화 회장이 요청해서 왔다고 이미 말했······."

"진짜 이유는 그게 아니잖아."

"무슨 소리야?"

"아무 이유도 없이 요청을 받았다? 그래서 이런 엉뚱한 곳으로 넘어왔다? 너라면 그런 이야기, 믿을 수 있을까?"

"······절대 안 믿지."

진세진은 스스로 생각해도 자신이 여기 온 이유 또는 목적을 알 수가 없었다. 적어도 자신은 모른다. 프리벨리지의 마스터와 안종화 회장은 알고 있을 것이다.

한숨을 내쉬며 쉬는데, 천무관 노관장이 두고 간 기괴한 존재가 눈에 띄었다.

황철호를 힐끔 살핀 진세진은 촉수를 만들어 반쯤 의식을 잃은 악마의 뒤통수로 움직였다. 나중에 무슨 일이 벌어질지 모르니, 기회가 될 때 무엇이든 해 둬야 한다.

촉수가 타프의 정수리로 파고들었다.

노관장은 맹렬한 속도로 달리는 중이었지만, 시선은 왼쪽 공간을 힐끔 살폈다. 눈에 보이지는 않지만 무언가 따라오고 있었다. 감시의 눈이 느껴졌다.

내딛는 발로 가볍게 바닥을 차자 바닥이 부서지며 주먹만 한 돌멩이가 튀어 올랐다. 노관장은 무심한 얼굴로 돌멩이를 잡은 후, 낌새가 느껴지는 방향을 향해 힘껏 던졌다.

퍽.

물컹한 풍선 같은 것이 터지는 소리가 들렸다.

평소라면 정체가 무엇인지 알아보겠지만, 지금은 지상에 두고 온 아이들 염려로 마음이 급했다.

이를 악문 노관장의 보법이 달라졌다. 한 마리 용이 꿈틀거리며 승천하듯, 노관장은 수직에 가까운 절벽을 질주하기 시작했다.

눈을 뜬 비디타스가 몸을 일으켰다. 무릎이 아팠고, 허리 근처가 찌뿌드드했다.

얼마나 오랫동안 앉아 있었는지 기억도 나지 않았다. 그동안 감히 김현에게 토끼 반 토막을 보낸 놈을 탐색하는 중이었다.

어둠의 정령 퀴타 중 하나가 작은 돌멩이에 박살이 나며 정령계로 돌아갔다.

비디타스는 텔레포트로 이동했다.

체리는 여전히 침대 옆에 앉아서 김현을 내려다보고 있었다.

"찾았다."

"……비디타스 님."

체리가 몸을 일으켰다.

"널 놀라게 한 놈, 감히 내게 도전한 놈을 찾았다."

비디타스가 분노를 드러내자 거친 기세가 흘러나와 방을 가득 채웠다.

"안색이 좋아졌어요."

체리는 김현을 가리켰다.

"다행이군. 깨어나기 전에 선물을 준비해 둬야겠어. 크립테아가 장벽을 통과하는 방법을 찾아냈다고 해도 소수만 올라왔을 것이다. 시간 장벽은 허술한 마법진이 아니니까. 놈들은 스스로 무덤에 발을 디딘 것이야. 후후, 박살을 내 주마."

비디타스는 사라졌다.

지상으로 나가는 입구가 그리 멀지 않았다. 좀 더 속도를 내려는데, 무언가 이상하다는 직감이 왔다.

노관장은 즉시 뒤로 물러나며 발로 바닥을 찼다.

쾅!

타각이 펼쳐지며 무수한 돌 조각이 앞의 공간을 향해 날아갔다.

이제 막 텔레포트로 나타난 비디타스는 아슬아슬하게 방어막을 만들어 냈지만, 예리한 조각 하나가 그 전에 통과하여 뺨을 스쳤다.

피부가 찢어졌고, 피가 흘러내려 목으로 타고 내려갔다.

손을 올려 피를 닦아 낸 비디타스는 히죽 웃었다. 실로 오랜만에 화끈하게, 잔인하게 싸우고 싶은 마음이 솟아올랐다.

흙먼지가 가라앉자 상대가 보였다.

'늙은이잖아.'

비디타스는 방심으로 험한 꼴 당할 생각은 조금도 없었다. 상급 식별 마법을 실행했다.

눈이 휘둥그레진 비디타스는 할 말을 잃었다.

'저게 뭐야? 드래곤? 아닌데. 드래곤은 아니야. 어떻게 저럴 수가 있지? 오행의 힘이 몸 주위를 맴돌고 있잖아. 이유야 어떻든 크립테아 놈이야. 감히 드래곤을 상대로 그런 짓

을 하다니! 결코 내버려 둘 순 없지.'

비디타스는 이미 김현을 동족으로 생각하고 있었다. 그가 인정하든 하지 않든 간에.

놀라기는 노관장도 마찬가지였다. 어마어마한 존재감에 호흡까지 흔들렸다. 갑자기 나타난 저 녀석은 코볼롬보다도 훨씬 강했다.

'저 녀석이 내게 피 묻은 우리를 보낸 모양이군. 내가 올라올 줄 알고 기다렸다는 건가.'

단숨에 천부선공의 내공을 끌어 올려 천맥을 넘어 오행에 이른 노관장은 드래곤을 향해 돌진했다.

다음 권으로 이어집니다

꿈의 도약, 로크에서 하십시오
(주)로크미디어에서 신인 작가를 모십니다

즐거운 세상, 로크미디어는 꿈을 사랑하고 도전을 두려워하지 않는 작가 분들의 참신한 작품을 기다리고 있습니다. 21세기 장르 문학계를 이끌어 갈 차세대 선두 주자 (주)로크미디어에서 여러분의 나래를 활짝 펴 보시길 바랍니다.

모집 분야 판타지와 무협을 포함한 장르 문학
모집 대상 아마추어 작가, 인터넷 작가
모집 기한 수시 모집

작품 접수 시 유의 사항

1. 파일명은 작가명_작품명.hwp형식을 갖춰 주십시오.
1. 파일에 들어갈 내용은 다음과 같습니다.
   - 성명(필명인 경우 실명을 밝혀 주세요), 연락처, 이메일 주소.
   - 제목, 기획 의도.
   - A4 용지 1장 분량의 등장인물 소개.
   - A4 용지 2장 분량의 전체 줄거리.
   - 본문.
1. 작품이 인터넷에 연재되고 있다면, 게시판명과 사이트의 구체적이고 정확한 주소를 기재해 주십시오.

선택된 작품은 정식 계약 후 출판물로 간행되어 전국 서점에 유통됩니다.
작가분은 (주)로크미디어의 전폭적인 지원하에 전속 작가로 활동하시게 됩니다.
※ 자세한 내용은 로크미디어 홈페이지(rokmedia.com)를 참조하세요.

(03920) 서울시 마포구 성암로 330 DMC첨단산업센터 3층 314호
(주)로크미디어 편집부 신간 기획 담당자 앞
전화 : 02 - 3273 - 5135
www.rokmedia.com   이메일 : rokmedia@empas.com